虞美人草

ぐびじんそう

夏目漱石

Natsume Sōseki

茂呂美耶　譯

導讀／茂呂美耶

明治四十年（1907）三月，夏目漱石辭去東京帝國大學、第一高等學校教職，跳槽改行進入《東京朝日新聞》當報社社員，專任文藝欄，為報社寫小說，從此跨上職業作家之途。這一年，夏目漱石剛好滿四十歲。

二十世紀初的日本小說家，即便作品再如何暢銷，也無法光靠稿費或版稅養家糊口；小說家通常以記者身分進報社，每個月領固定月薪，如此才能專心執筆寫長篇連載小說。當時的報社記者和小說家的社會地位非常低，而公務員身分的大學講師或教授，權威很大，因此夏目漱石的跳槽事件轟動了全國。

跳槽之前，夏目漱石在文壇雖小有名氣，讀者卻只限文藝圈的圈內人。例如刊登夏目漱石的處女作亦是成名作《我是貓》的雜誌《子規》，原為俳句雜誌，發行量僅三百份。明治三十八年（1905）一月開始連載《我是貓》，《子規》雜誌發行量最高紀錄達四千份，但夏目漱石轉到《東京朝日新聞》後，雜誌發行量逐漸減至三分之一。

以夏目漱石三十九歲那年來看，四月在《子規》雜誌發表《少爺》，七月完成《我是貓》，九月在《新小說》雜誌發表〈草枕〉，十月在《中央公論》雜誌發表〈二百十日〉。《子規》雜誌最高發行量是四千份，《中央公論》僅有七百五十份，《新小說》雜誌發行量是一萬份。也就是說，夏目漱石於改行前的讀者數頂多只有一萬。

我們再來看看當時的稿費到底多少。《少爺》的稿費是一四八圓，《我是貓》完結篇的稿費是三十八圓五十錢；《我是貓》單行本書籍定價是九十五錢，初版發行量通常只有一千本，作家應得版稅是書籍定價的百分之十五。因此即便《我是貓》分為三冊上市，夏目漱石也只能拿到四百多圓的版稅。

當時的書籍非常貴，例如《我是貓》一冊定價九十五錢，而小學教師初次任職的月薪是八圓，一般報社記者的工資也只有十至二十五圓，在老百姓眼裡看來，書籍算是奢侈品，實在買不起。小說家無法靠稿費或版稅過日子也是理所當然。

《東京朝日新聞》向夏目漱石提出的條件是月薪二百圓，工作是半年寫一篇連載一百回左右的長篇小說或三篇中篇小說即可。這對夏目漱石來說是極具誘惑力的條件。何況夏目漱石早已厭棄教英文的教職生活，於是決定改行跳槽。夏目漱石在〈入社致詞〉中坦白說，因為家中孩子多，房租貴，光靠大學講師的八百圓年薪無法養家，令他不得不身兼多數講師工作。另一原因是夏目漱石在職場不得志。東京帝國大學文科英文系的前任講師是《怪談》作者小泉八雲。小泉八雲的教學方式傾向抒情，夏目漱石的教學方式則偏向理論，非常難懂，導致夏目漱石在學校不受學生捧場。總而言之，夏目漱石是為了經濟條件和職場問題而決定跳槽。

《虞美人草》正是夏目漱石進報社後的第一部長篇連載小說。小說連載之前，夏目漱石辭去教職進報社的事已成為八卦頭條新聞，訂定小說書名後，報導一出，三越吳服店（三越百貨公司）即出售「虞美人草浴衣」，珠寶商也推出「虞美人草戒指」，熱鬧哄哄。小說刊出後，車站報販及街頭報販更每天連連高呼「虞美人草」、「虞美人草」地叫賣報紙。在這種情況下，夏目漱石的壓力理應很大。

報紙的讀者群是不特定多數，何況當時的《東京朝日新聞》發行量是二十萬份，《大阪朝日新聞》是三十萬份，《虞美人草》同時在東京和大阪的《朝日新聞》連載，讀者群驟增為五十萬。這數量和最多一萬份的文藝雜誌全然不同，是夏目漱石身為職業小說家後真正接受考驗的第一步。

明治三十年代為止，日本文壇有所謂的四天王：紅露逍鷗。紅——尾崎紅葉，露——幸田露伴；這兩位作家與夏目漱石一樣，均分別生於日本改朝換代的慶應三年與明治元年。前者留下《多情多恨》、《金色夜叉》等暢銷通俗小說，在夏目漱石發表《我是貓》前一年過世；後者雖有《五重塔》、《命運》等文言文小說，但在夏目漱石出道時，創作力已減弱。「逍鷗」是坪內逍遙和森鷗外，兩人都比夏目漱石年長。坪內逍遙是寫實主義文學提倡者，他在《小說神髓》中否定向來的勸善懲惡式的婦孺故事，主張小說家應該著重人情世態和當代社會風俗描寫，而且必須著力於心理觀察並保持客觀態度。坪內逍遙雖然確立了日本近代文學的去向，自己卻無法擺脫舊時代讀物的影響，最後放棄小說創作，轉而致力於戲劇文學，並留下《莎士比亞全集》翻譯作品偉業。森鷗外的本行是軍醫，在文壇始終保持孤高態度，不結黨也不收弟子，除了創作歷史小說和現代小說，也著手外國文學翻譯，並積極寫評論和劇本。

以上四人是日本明治文壇的既成勢力，新勢力是寫實主義文學派的國木田獨步、島崎藤村、田山花袋等人。夏目漱石剛好在這兩個新舊文學大浪潮的碰撞時期登場。

以年齡來說，夏目漱石出道甚晚，三十八歲時發表《我是貓》，四十歲才決定自己的終生職業，孤注一擲辭去教職，進報社在報紙文藝欄連載《虞美人草》。然而，時代正在朝寫實主義文學筆直邁進，夏目漱石的文筆卻駐足在舊時代的駢體文，講究句式、對偶，詞藻華麗得如濃妝豔抹的女子，人物造型也過於格式化，可以想見當時的文壇對《虞美人草》的評論。比夏目漱石年少的寫實主義小說家兼文學評論家的正宗白鳥，日後在《作家論》中批評，夏目漱石寫《虞美人草》時，過於炫示自己的文筆，喋喋不休講述一些無聊道理，猶如近代化的曲亭馬琴（《南總里見八犬傳》作者）。

正宗白鳥的評論並非無的放矢，事實確實如他所說。嚴格說來，包括《虞美人草》，夏目漱石的初期作品都不是近代小說，但一百年後的現代日本讀者至少還讀得懂《我是貓》和《少爺》，只有《虞美人草》這部小說非常難懂。即便日文原文書的註釋多達四百五十多條，日本讀者仍會讀得昏頭昏腦，甚至連加註釋的文學專家也承認註釋得很辛苦。日本的文學研究者在研究夏目漱石的作品時，通常會故意漠視《虞美人草》，視這部小說為夏目漱石過渡期間的作品，不予評論。有專家說，這部小說的敘述文只能當作詩篇來看；另有專家說，這是一部無法逐字翻成現代日文的小說。

就譯者的立場來說，我也翻譯得非常辛苦。《虞美人草》中的人物會話雖然是白話文，但敘述文是把中國漢詩或古典文章翻譯成日文時的文言文，而且除了漢詩，還隨處安插日本俳句、和歌。小說故事遲遲不前進，作者一直在「喋喋不休講述一些無聊道理」。坦白講，對我來說，中國文言文的文章反倒比較易懂。但是，即便翻譯得很辛苦，或者說，正因為翻譯得很辛苦，我首次理解夏目漱石寫這部小說時的精神壓力和幹勁。他確實如他在辭職前一年寫給友人的信中所說那般，是秉著「如不顧性命的維新志士般的強烈精神」在經營文學，一字一句不厭其煩地推敲琢磨小說文字。

夏目漱石生前寫的信件都被保存下來，仔細讀他的信件，可以發現他在連載《虞美人草》時，精神狀況極為不安定，時躁時鬱。有時在信中向友人抱怨「很想拔出正宗名刀砍下妻子和下女的頭顱」，有時說「真不想繼續寫《虞美人草》。很想趕快殺掉（小說中的）女人」。夏目漱石並非無法駕馭小說人物和故事情節結構，真正令他寫得不時動肝火的原因是文體。用俳句發句和漢詩文體寫長篇小說需要極端強烈的耐性和毅力，再說這是報紙連載小說，一天都不能中斷。難怪夏目漱石在信中感概道：「我很想在八十歲之前變成很有耐性的人，寫出多篇傑作後再死去。」

遺憾的是，夏目漱石在滿四十九歲那年病逝。作家生涯非常短，僅有十年。

不知是不是不得圈內人好評之因，夏目漱石於生前也不喜歡《虞美人草》。《虞美人草》完稿後，翌年，夏目漱石繼續在《東京朝日新聞》連載《坑夫》。《坑夫》以及之後的作品，文體均一改過去的駢儷，猶如洗淨鉛華不施脂粉青鞋布襪的女人，樸實平淡。這也是夏目漱石的作品之所以耐得住長達一世紀時間考驗的最大理由吧。

【人物關係圖】

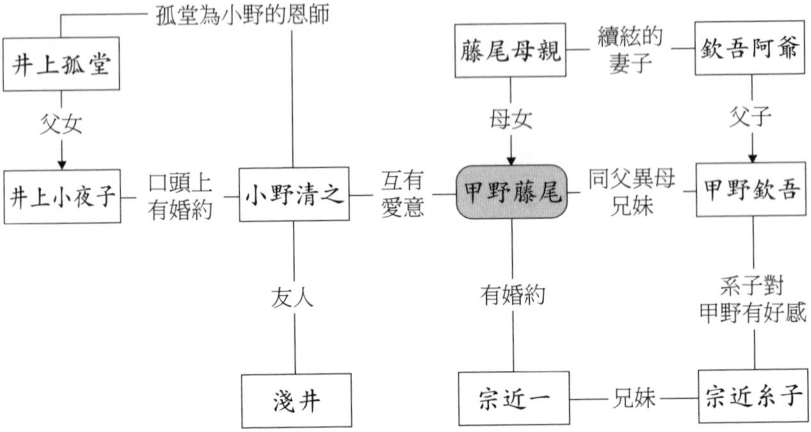

孤堂為小野的恩師
井上孤堂
父女
井上小夜子
口頭上有婚約
小野清之
友人
淺井
互有愛意
藤尾母親
續絃的妻子
欽吾阿爺
母女
父子
甲野藤尾
同父異母兄妹
甲野欽吾
有婚約
系子對甲野有好感
宗近一
兄妹
宗近糸子

一

「相當遠吶。本來應該從哪裡爬上來的？」

一人用手帕擦著額頭止步。

「我也不知道該從哪裡上來。從哪裡上來都一樣。反正山就在那邊。」

容貌和體格均是四方形的男人漫不經心地答。

男人戴著一頂帽檐上翹的棕色軟呢帽，揚起眉毛仰望深藍微茫春空，高聳的比叡山屹立在風一吹便會東搖西擺的輕柔大氣中，仿佛在向登山人挑釁。

「這真是一座頑固的山。」男人挺起方形胸膛，身子微微靠在櫻杖，隨即又以蔑視比叡山的口吻道：「既然能看得那麼清楚，小事一樁。」

「能看得那麼清楚？今天早上我們離開旅館時就已經看得一清二楚了。來到京都若看不到比叡山，那才叫大事一樁。」

「反正都看得到不就行了？你不要囉唆，走著走著自然會抵達山頂。」

高瘦男子不回話，脫下帽子在胸前搧風。他那平日都以帽檐遮住，從未讓漂染出油菜花的春日豔陽曬過的寬額，蒼白得格外顯眼。

「喂，現在不能休息，快走吧。」

對方讓冒汗的額頭全露在春風中，恨不得黏在頭上的黑髮能往上飛似的，隻手握著手帕，胡亂揉搓著額頭、臉龐、頸窩。他完全不在乎另一人的催促，反問：

「你剛才說那座山很頑固？」

「嗯，你看它那樣子不正是一副文風不動的態度嗎？就像這樣。」男人聳起方形肩膀，另一隻手握成拳頭，擺出一副自己也文風不動的姿勢。

「文風不動是形容能動卻不動的狀況吧？」男子斜著細長眼睛俯視對方。

「沒錯。」

「那座山會動嗎？」

「哈哈哈，你又來了。你是個只為嗑牙而來到這世上的人。快走吧。」男人嗖地舉起粗大櫻杖擱在肩上，隨即跨開腳步。高瘦男子也將手帕收進袖兜裡跨開腳步。

「早知道就在山端的平八茶屋[1]玩一天算了。現在爬上去也只能爬到半山腰。你說，到山頂究竟有幾里？」

「到山頂有一里半。」

「從哪裡算起？」

「我怎麼知道從哪裡算起？不過是一座京都的山嘛。」

高瘦男子不答話，默默地笑著。方形男人精神抖擻地滔滔不絕。

「跟你這種只會紙上空談卻不付諸行動的男人一起旅遊，會錯過很多地方。真正倒楣的是你的旅伴。」

「碰到你這種亂闖亂撞的人，你的旅伴也很倒楣。你帶人家出來，竟然連該從何處登山，該看哪裡，該從何處下山，不是完全摸不著門兒嗎？」

「這算什麼？這點小事也能列入計畫中嗎？不過就那座山而已。」

「就拿那座山來說好了，你知道那座山高度有幾千尺嗎？」

「我怎麼知道？這種無聊事……你知道嗎？」

「我也不知道。」

「看吧，你還說。」

「你別那麼自以為是，你不是也不清楚嗎？即便我倆都不清楚這座山有多高，你至少應該弄清楚我們到山上到底要看什麼，大概需要花幾個小時，這樣才能按照預定計畫進行我們的行程。」

「不能按計畫進行，那就重新安排計畫不就得了。像你這樣老把時間花在胡思亂想上，要重新計畫幾遍都行。」男人繼續快步往前走。高瘦男子無言地落在後頭。

京城春色易作詩，七條橫貫至一條[2]，柳色如煙亦似霧，窺探白布擊漚水[3]，數盡高野川河灘，遙遙路沿北蜿蜒，前行約走二里餘，山自左右迫眼前，腳下流水潺湲聲，轉個彎，拐個角，或此方，或彼方，曲曲彎彎蕩餘音。山中春意漸闌珊，春至山頂殘雪寒，高聳峰巒腳跟下，一條陰暗羊腸路，大原女[4]爬坡迎面來。牛也來。京城的春天像老牛撒尿拖著走，既長且安靜。

---

1 位於京都市左京區山端川岸町，是比叡山登山口高野川旁一家著名的老舖子飯館，明治維新之前便以淡水魚料理名滿京都，現在除了淡水魚料理，另有各種懷石料理及火鍋。

2 京都市中央地區的道路如棋盤，各自通往東南西北，大道自京都車站前的「七條通」橫貫至御所「一條通」。

3 染布時在河裡漂洗絲織白布。此處指與賀茂川合流的高野川。

4 大原女指往昔住在京都郊外大原地區村落的女人，她們通常頭上頂著薪柴或鮮花、蔬菜前往京都市內叫賣，算是行腳小販。目前只能在京都各種祭典中看到裝扮成大原女的表演秀。

「喂……」落在後頭的男子止步，呼喚遙遙領先的旅伴。春風在白晃晃的路面悠閒地傳送喚聲至盡頭，撞上芒草叢生的山壁時，總算讓遠在一百米前的晃動方形影子頓住腳步。高瘦男子把長臂舉得比肩膀高，搖晃兩下作勢要對方回來。櫻杖反射著溫暖陽光，在男人肩膀閃了一下，不一會兒，男人便回到男子面前。

「什麼事？」

「你還問什麼事？要從這兒登山。」

「原來要從這兒登山？這就怪了。怎麼要走這條獨木橋呢？」

「像你那樣一個勁兒往前走會走到若狹國[5]。」

「走到若狹也無所謂，你熟悉這這一帶的地理嗎？」

「我剛才問過一個大原女。她說只要過了這道橋，再往那條小路爬一里左右就到了。」

「到了？到哪裡？」

「到比叡山山頂。」

「山頂的什麼地方？」

「我也不知道。不爬上去怎麼知道會爬到哪裡？」

「哈哈哈，看來像你這種喜歡紙上空談的人也不好意思問得太仔細。這叫千慮一失吧？那我們就聽她的話，過這道橋吧。總算要往上爬了，你還走得動嗎？」

「走不動也得走。」

「不愧是哲學家。如果再聰明點就更像了。」

「隨你怎麼說，你先走吧。」

「你跟在我後頭？」

「反正你先走。」

「只要你願意跟上來，我就走。」

兩人的影子前後相繼度過好不容易才架在溪澗的獨木橋，隱身於草叢中一條勉強以一縷微弱力量直達山上的草山小徑。枯萎的草叢仍殘留著去年的冷霜，但透過薄雲從正上方射下的陽光讓草叢發出水蒸氣，暖和得令兩人臉頰發熱。

「喂，甲野！」男人回頭呼喚。甲野筆直挺起他那瘦長得與山間小路極為般配的身子，垂著臉應了一聲。

「你大概快舉白旗了吧？真不中用。你看看那下面。」男人又掄起櫻杖自左而右地揮舞一圈。揮舞的櫻杖盡頭遠處可以望見發出一絲刺眼銀光的高野川，河川左右兩側塗滿了盛開得像是即將燒垮的油菜花，背景是淡紫色的縹渺遠山。

「果然是好景色。」甲野扭回站在六十度陡坡的高挑身子，險些沒滑落。

「我們什麼時候爬得這麼高了？速度蠻快的。」宗近說。宗近是方形男的姓氏。

「這和人在不知不覺中墮落，又在不知不覺中醒悟的道理一樣吧。」

---

5 翻過比叡山有一條若狹街道通往若狹國，若狹國指福井縣西南部，面臨若狹灣。但比叡山距離若狹很遠，此處是誇張形容。

「和白天變成黑夜，春天變成夏天，年輕人變成老人一樣嗎？我早就明白這個道理。」

「哈哈哈，那你今年幾歲了？」

「問我幾歲，不如問你幾歲？」

「我當然知道我幾歲。」

「我也知道我幾歲。」

「哈哈哈，看來你果然想隱瞞。」

「這有什麼好隱瞞的？我知道我幾歲。」

「那你到底幾歲？」

「你先說。」宗近面不改色。

「我今年二十七。」甲野爽快地答。

「是嗎？那我也說，我二十八。」

「你還真老。」

「開什麼玩笑？不是只差一歲嗎？」

「我是說彼此彼此。我們都老了。」

「原來是彼此彼此？這還行，要是光說我老……」

「你就不心服嗎？不心服，表示你仍年輕。」

「什麼意思？你不要在爬坡途中耍我。」

「你這樣會在坡道擋住別人。讓開，讓開。」

有個女人在不到十米就會拐彎的迂迴曲折坡道上，邊道歉邊不慌不忙地走下來。她那濃密綠髮上頂著比她身高還要長的大捆樹枝，甚至沒用手去撐住那些樹枝地與宗近擦身而過。叢生枯萎的芒草響起一陣沙沙聲後，兩人眼中只留下全身深藍棉衣打扮的女人背部那兩條斜斜交叉的鮮紅布條。即便相隔一里，她可能也會隨意伸手說就住在不遠處，而她伸出的指尖勉強勾起的那間茅屋，大概正是她家。八瀨後山那一帶的村落仍保持著往昔天武天皇[6]逃難至彼處時，四周均被薄霧靉靆永久封住的恬靜。

「這一帶的女人都漂亮得令人驚訝，好像畫中的女人。」宗近說。

「那應該是大原女吧。」

「不，是八瀨女。」

「我可沒聽過什麼八瀨女。」

「沒聽過也肯定是八瀨女。你不相信的話，下次碰到對方時問問看。」

「我不是不相信。只是，那類女人不是都通稱大原女嗎？」

「我敢擔保一定是八瀨女。」

「這樣形容比較有詩意，聽起來很風雅。」

「那我們就暫且當做雅號這樣稱呼她們吧。」

---

6 日本七世紀下半葉的天皇，上一代天皇過世時，他與大友皇子爭奪皇位發生「壬申之亂」，曾一時逃難至比叡山西部山腳的八瀨。八瀨面臨高野川溪谷，位於若狹街道旁。

「雅號不錯。反正這世上有各式各樣的雅號。什麼立憲政體，什麼泛神教，什麼忠信孝悌，形形色色。」

「有道理。蕎麥麵店名都是藪[7]，牛肉店名都是伊呂波[8]，這也是一種雅號吧？」

「沒錯，就跟我們自稱學士一樣。」

「無聊。既然會得出這種結論，倒不如廢掉雅號算了。」

「往後你不是還要爭取外交官的雅號嗎？」

「哈哈哈，這個雅號很難爭取。大概是考官裡沒有雅士。」

「你名落孫山幾次了？三次？」

「別開玩笑。」

「兩次？」

「你明明知道還問？不是我誇口，我只當過一次。」

「應考一次名落孫山一次，那你以後……」

「想到以後不知還得應考幾次，我還真有點不安，哈哈哈。對了，我的雅號是外交官，那你呢？你想爭取什麼雅號？」

「我嗎？我只想爬比叡山……喂，你不要用後腳踢石頭。跟在你後面的人很危險……啊，我好累，我要在這兒休息。」甲野唰一聲地仰躺在枯乾芒草中。

「這麼快就服輸了？說了一大堆雅號什麼的，爬山就完全不行。」宗近用手中的櫻杖在躺在地面的甲野頭頂處咚咚敲著。每敲一次，杖尖就會發出掃平芒草的沙沙聲。

「起來吧，馬上就到山頂了。想休息的話，等爬到山頂後再好好休息。喂，起來！」

「唔。」

「嗯？怎麼了？」

「我想吐。」

「你想吐了再舉白旗嗎？哎，算了，我也休息一會兒。」

甲野把黑髮塞進枯黃草叢中，帽子和傘任其落在坡道，仰躺著眺望天空。他那鼻高俊逸的潔白臉龐，與一望無際翛然飄浮著薄雲的天空之間，毫無任何能遮擋視線的東西。嘔吐是吐在地面之物。他那望向天空的眼眸中，只存在著遠離大地，遠離塵俗，遠離古今世界的萬里天空。

宗近脫下米澤織[9]絲綢外褂，簡單折疊後再擱在肩上，隨即又轉念從胸前伸出雙手，坦露著上半身[10]。裡面是夾背心子。夾背心子內露出亂蓬蓬的狐皮。這是曾去過中國的友人送給宗近的珍貴夾背心子。據說千羊之皮，不如一狐之腋，宗近總是穿著這件夾背心子。但夾背心子襯裡的狐皮零星起毛，而且經常脫毛，看來肯定是隻脾氣相當壞的野狐。

「你們要上山嗎？要不要我幫你們帶路？呵呵，你們怎麼睡在這種怪地方呢？」坡道又來了個全身深藍棉衣打扮的女人。

7 本為東京著名的蕎麥麵老舖子，一八〇〇年起，各地出現同樣店名的蕎麥麵店。

8 當時有牛肉火鍋大王之稱的木村莊平，在東京開了二十數家牛肉飲食連鎖店，店名全取為「伊呂波」。

9 山形縣米澤附近生產的絲綢。

10 宗近穿的是和服，所以有外褂，而且男性和服可以自衣服內扒開前襟伸出雙手。甲野是西裝。

「喂，甲野，她說我們睡在怪地方。連女人都在笑我們，你趕快起身上路吧。」
「女人就是愛笑別人。」
甲野依然眺望著天空。
「你這樣泰然自若地睡在這裡，我怎麼辦？你還想吐嗎？」
「一走動就會吐。」
「真難搞。」
「所有的嘔吐都是因為動才會吐。俗界萬斛的嘔吐皆因動。」
「搞了半天，原來你不是真的想吐？無聊。我還以為最後可能必須揹你下山，正有點傷腦筋呢。」
「你少管閒事，我又沒拜託你。」
「你真是個不討人喜歡的男人。」
「你知道討人喜歡的定義嗎？」
「說來說去，你就是不想多動一下，是吧？真是無理取鬧。」
「所謂討人喜歡……是一種能擊敗強大對手的柔軟武器。」
「這麼說來，冷淡是一種能讓弱者做牛做馬的銳利武器嗎？」
「世上哪有這種邏輯？只有想動時，人才會做出討人喜歡的行為。明知道一動就會嘔吐的人，有必要討人喜歡嗎？」
「你今天怎麼這麼愛詭辯？抱歉，我要先上路，可以嗎？」

「隨你便。」甲野依舊望著天空。

宗近將垂下的兩條袖子一層層裹在腰上，再撩起纏在小腿的豎條紋下擺，同樣塞進縐綢白腰帶裡。最後把剛才疊好的外褂掛在櫻杖尖頭，不客氣地留下一句「一劍行天下去」，走至十步前的岨徑盡頭，飄然地左拐後即消失蹤影。

剩下的是一片靜寂。當四周都靜寂下來後，恍悟自己的一縷性命將託付給靜寂時，儘管通往大乾坤某處的自己的血脈在肅靜流動，儘管在這無聲的寂定[11]中視形骸如土木，血脈依稀具有活氣。那活氣就跟煙嵐雲岫、天空朝夕的變化那般，是一種超越所有拘泥的活氣，讓你自覺眼下正活在這世上，自覺無法擺脫生來必定承受的所有煩惱。除非隻腳跨進涵蓋東南西北、古今往來的所有世界以外的另一個世界——否則想成為化石。想成為吸盡紅色，吸盡青色，吸盡黃色和紫色，不知該如何還原為五彩原色的漆黑化石。要不然想死一次看看。死亡是萬事的終點，亦是萬事的起點。即使積累時間成日，即使積累日成月，即使積累月成年，歸根結底均是積累一切成為墳墓而已。墳墓此岸的所有糾紛矛盾，均猶如在僅隔一層肉體垣牆的因果上，在枯朽骸骨上注入不必要的同情油脂，讓失去用途的屍體在墓穴中拚命舞蹈那般滑稽。具有超然心胸的人，應該景仰理想國度。

甲野漫然胡思亂想了一大堆後，總算坐起身。他必須繼續前進。必須觀看並不想看的比叡山，留下不必要的眾多水泡當作毫無用處的登山痕跡，化為兩三天的痛苦紀念。如果痛苦紀念是人生不可缺少的，他已經多到數至白髮蒼蒼也數不盡，多到即便撕成碎片滲入骨髓也無法消失的程度。為

[11] 佛教用詞，表示遠離所有妄想煩惱的境地。

何還得讓腳底徒增一二十個水泡——甲野瞄向剛跨上鋒利亂石的繫帶皮靴後跟時，亂石隨即變臉，眨眼間令甲野還沒踩穩的腳步往下滑了二尺左右。甲野小聲吟詠一句：

「不見萬里路。」

他拄著傘好不容易爬到岨路盡頭時，眼前突然出現一道陡坡，屹立在帽檐前，那陡坡一副想引誘從坡下爬上來的人直接升天的模樣。甲野掀起帽檐，從坡道下筆直仰望坡道盡頭，再自坡道盡頭望向瀰漫著無垠春色的廣闊淡藍天空。甲野此時再度小聲吟詠第二句：

「但見萬里天。」

登至草叢山頂，在雜樹林中爬了四五層後，肩膀處突然陰暗下來，踏在地面的鞋底也似乎潮濕起來。原來小徑自西往東橫穿山脊後，隨即不見草叢，眼前變成森林。在這片令近江[12]天空加深顏色的森林中，假如不走動，那些重重疊疊綿延幾里的上方樹幹和更上方的枝葉，看似自古以來便每年都在反覆堆疊綠意，使其變黑。葉子背面掩埋了二百山谷，掩埋了三百神轎，掩埋了三千惡僧[13]，依舊綽綽有餘，這片掩埋了三藐三菩提所有佛陀，森森聳立在半空的林子是傳教大師[14]以來的杉林。甲野單獨一人穿過這片杉林。

杉樹樹根左右夾攻地伸出雙手擋住行人去向，不但穿破地面劈開岩石深深滲入地基，更將剩餘的力量反彈至陰暗小徑，在小徑築起一條條兩寸高的橫木板階。甲野視那些踏起來很舒服的層層板階為山神的賞賜，上氣不接下氣地順著鋪著天然枕木的無數級岩階往上爬。

自黑暗中溢出般地爬得滿地的石松，擋住前方的杉樹，穿過緊纏在雙腳的石松叢後，順著細長莖蔓望過去，可以看到伸手不可及的彼方有即將枯萎的羊齒，在無風的白晝中搖來晃去。

「在這兒！在這兒！」

宗近在頂上突然發出天狗般的叫聲。甲野走在積滿陳年爛草的地面，每踏一步，高靴便會無聲無息地深深陷入，只能拄著洋傘往上爬，好不容易才爬到天狗之座[15]。

「善哉！善哉！我在這兒等你好久了。你到底在磨蹭些什麼？」

甲野只回了一聲「哦」，隨即拋出洋傘撲通一聲坐下。

「又想吐了？嘔吐之前先看看那邊的景色。只要看了那景色，你就不會想吐。」

宗近抬起櫻杖指向杉林。整齊並列封住天空的亭亭老幹之間，可以看到的皪[16]的近江湖。

「果然不錯。」甲野定睛細看。

用亮得像一面鏡子來形容湖色還嫌不夠。像是比叡山的眾天狗為避開刻有「琵琶」銘文的這面鏡子的亮光，偷偷在夜晚喝神酒喝得爛醉，發起酒瘋往整個湖面哈出酒氣那般——酒氣沉入湖底後，飄散在原野山中的煙靄聚集在巨人的顏料碟上，巨人再隨意揮上一筆，便讓十里外都罩上瀲灩春色氤氳。

12 滋賀縣。
13 日本平安時代至鎌倉時代，延曆寺有許多僧兵，時常抬著神轎遊街鬧事，藉此發揮政治力量。
14 比叡山延曆寺創始僧最澄（767-822）的諡號。
15 比叡山俗稱。
16 鮮明的樣子。夏目漱石似乎很喜歡「的皪」這個詞，在他創作的漢詩以及其他作品中經常出現。蘇東坡的詩詞中也有「的皪殘梅尚一枝」、「的皪梅花草棘間」，《文選》中亦有「丹藕凌波而的皪，綠芰泛濤而浸潭」等句子，可見夏目漱石對中國古典詩詞的造詣很高。

「果然不錯。」甲野再度說。

「你只會說這句？無論給你看什麼，你好像都不高興。」

「給我看？這又不是你創造的。」

「哲學家往往都是忘恩負義的人。整天學些不孝的學問，逐日遠離人間……」

「那真是很抱歉……不孝的學問嗎？哈哈哈。你看那邊有白帆。看，就在那個小島綠山前……看上去文風不動，不管看多久都不動。」

「那船帆真沒意思，含糊不清的，很像你。不過，看起來很美。咦，這邊也有。」

「你看，遠方的紫色岸邊也有。」

「嗯，有，有。全都沒意思，都一個樣。」

「好像身在夢境。」

「哪裡是夢境？」

「哪裡？就是眼前這片景色。」

「是嗎？我還以為你又想起什麼事了。雜七雜八的東西還是盡快收拾比較好。你不能老把雙手揣在懷裡，說什麼身在夢境之類的話。」

「你說什麼？」

「在你聽來，我說的話也是夢話嗎？哈哈哈。對了，將門在哪裡誇下海口[17]的？」

「好像在對面。他當時在山上俯視京都誇下海口，應該不是這邊。那小子也是個蠢蛋。」

「將門嗎？嗯，與其誇海口，乾脆嘔吐比較像個哲學家。」

「哲學家怎麼可能嘔吐？」

「真正的哲學家只剩一顆頭顱，他們只會思考，跟不倒翁一樣。」

「那個霧色朦朧的小島是什麼島？」

「那個島嗎？看起來還真的很縹渺。大概是竹生島[18]吧。」

「真的嗎？」

「我亂說的。反正我不在乎什麼雅號，只要資質靠得住，稱什麼都無所謂。」

「這世上有靠得住的東西嗎？因此必須給予雅號。」

「人間萬事都如夢？真受不了。」

「只有死亡是真實的。」

「我還不想死。」

「不與死亡相撞，人往往改不掉心浮氣躁的毛病。」

「改不掉也好，我可不想與死亡相撞。」

「就算不想，死亡也會來臨。等死亡來臨時，才會恍然大悟事情原來如此。」

「誰會恍然大悟？」

17 據說平安時代中期武將平將門正是在四明岳山頂岩上俯視京都皇宮時，向藤原純友說將奪取天下。平將門曾一時統治關東地區，建造宮殿自稱新皇。

18 琵琶湖北部的小島。

「喜歡耍小花招的人。」

下山後一踏進近江原野便是宗近的世界。而在既高又暗的陰暗處遠遠眺望遙不可及的明媚春日世間，則是甲野的世界。

二

裹著紅香[19]的三月醺酣白晝，那女人猶如春色中提煉出的一滴深紫，鮮艷地滴落在沉睡中的大地。她有一頭比夢中女人更光澤的黑髮，端整梳攏的髮鬟插著一根細長金簪，簪頭鑲嵌著一朵夜光貝刻鏤成的耀眼紫羅蘭。靜謐的白晝令人心神恍惚，但那女人只要轉動黑眸，便會令觀者立即回過神來。深紫只滲出半滴，即在瞬間揚起不為人知的疾風威勢，那是一雙居於春色中亦能制伏春色的深濃眼眸。如果回望她的眼眸而抵達魔境盡頭時，恐怕將在桃源化為白骨，無法再度返回塵寰。這不是一般夢境，而是廣闊朦朧的夢境，那紫色如一顆燦然妖星，在夢境中逼近眉睫地喚道：至死為止都要一直望著我。女人身穿紫色和服。

女人在靜謐白晝輕輕抽出書籤，朗讀擱在膝上的燙金[20]厚書。

「跪在墳前說。這雙手……我用這雙手埋葬了你，如今這雙手也失去自由。雖然我將被囚禁至遙遠國度，但請你務必記住，這雙手永遠只為你掃墓，只為你焚香。在有生之年，縱使莫耶[21]也難以分割我們，死亡，竟是如此殘忍。羅馬的你，葬身於埃及，埃及的我，將葬身於你的羅馬。你的羅馬……我是那麼深愛它，無奈可能將遭拒絕，你的羅馬，無情的你正是羅馬本身。然而，羅馬眾神若有慈悲，對我將承受的，比生還痛苦的，遊街示眾之辱，他們在雲端一定不會視而不見。不會捨棄我，讓我成為你的仇人的勝利品。不會捨棄被埃及眾神拋棄的我。我的性命是你復仇的遺物。祈求慈悲的羅馬眾神保佑……保佑我能藏身。讓我倆永遠藏身在不須受辱的墓地下。」[22]

女人抬起臉。白淨小巧的雙頰隱約看得出上了淡妝，單眼皮眸子深處彷彿隱藏著某種滿溢的東西，焦躁的男人若想看清那隱藏的東西，皆會成為她的俘虜。男人刺眼地半張開嘴。當人的嘴唇無法緊閉而張開時，表示這人的意志已經成為對方的餌食。故作姿態地蠕動下唇時，在還未開口那瞬間，便已失去開口的機會。

女人只是像隻在天空攫取獵物的隼，瞅了男人一眼而已。男人無聲笑著。勝負已定。與舌頭伸至上顎冒泡的螃蟹進行烏鷺之爭[23]，是所有策略中最愚蠢的下策。厲兵秣馬擂鼓鳴金締結城下之盟，是所有策略中最凡庸的策略。甜言蜜語暗吹毒針或逼迫對方喝毒酒，皆不能稱其為策略。至上

19 高級香名，沉香、伽羅之類的香料。

20 封面邊緣燙金的書，在此表示英文原文書。

21 中國春秋戰國期間傳說中的刀匠夫妻，干將與莫耶，夫妻倆為楚王造劍，三年才製成，劍是雌雄劍，但因花費時日過久，而且干將只交出雌劍，楚王大怒，殺死了干將。另一種說法是莫耶為了讓丈夫干將成功製成名劍，主動跳入火中，讓鐵劍流出鐵汁。文中的「莫耶」意喻名劍。

22 藤尾讀的是普魯塔克（Plutarch）著作的《希臘羅馬名人傳》（*Parallel lives*）。這段文章是表示藤尾閱讀原文時翻譯成日文時的朗讀。

23 「冒泡的螃蟹」指說話口沫橫飛的人，「烏鷺之爭」指圍棋勝負。整句意思是彼此為了是非黑白而滔滔不絕地爭論。

的戰場不允許彼此互交一言[24]。拈花一笑[25]後，即便並非八千里外地[26]，最終亦不言又不語。在你躊躕的剎時，乘虛而入的惡魔會暗自稱快，寫下「迷」和「惑」兩字，再寫下「失落的人子」，眨眼間把你拉走。縱使你用白髮當刷帚，也洗不掉惡魔用噴上腥臊青磷的筆鋒，偷偷在紅塵萬丈的鬼火上寫下的字。一旦笑了就無法挽救，男人不能收回笑容。

「小野先生。」女人呼喚。

「啊？」當場應聲的男人來不及重整走樣的嘴唇。雖然他是因為無事可做才讓內心的浪花流為草書[27]，繼而無意識地化為笑容，但在他剛讓第一波浪花流為草書，正在懊惱應該繼續流為草書的第二波浪花為何還不來時，湊巧聽到呼喚，安心之餘便順勢讓喉嚨滑出「啊？」一聲。女人本來就不好對付。讓男人應了一聲「啊」後，仍保持沉默。

「什麼事？」男人接著問第二句。若不接著問，會破壞好不容易才合拍的兩人的節奏。不合拍會令人不安。只要對方是你在乎的人，即便王侯也會陷入這種心境。何況眼下這男人除了紫色女人，其他全不入眼簾，當然會愚蠢得發出第二句話。

女人依舊默不作聲。掛在壁龕的容齋[28]畫中，小松樹旁那個頭髮盤成稚兒髻的近侍，始終一副悠閒的樣子。畫中那個身穿便服騎在栗色馬匹上的主人，不知是否過慣了無所事事的宮殿生活，對眼前正在進行的景色亦無動於衷。只有男人坐立不安。第一箭沒射中，第二箭也不知去向如何。萬一第二箭仍沒射中，他必須再發出第三箭。男人屏氣凝神地望著女人。雖然不知女人的豐滿嘴唇會發出單數或雙數[29]的回應，但他似乎在等待女人那張鵝蛋臉會浮出他所期望的表情，並說出令他滿意的答案。

「原來你還在那兒？」女人平靜地說。這完全是出人意表的回應。猶如向上空拉弓發箭後，葫蘆箭羽反倒飛回，差點射中自己的頭頂。男人忘我地凝望著女人，女人卻始終因膝上那本書而忘了坐在眼前的男人。然而，女人起初是因為看到這本書的美麗燙金封面，從男人手中奪走書後才開始閱讀。

男人只能回一聲「是」。

「這女人打算前往羅馬嗎？」

女人頗不以為然地浮出不快表情望向男人。小野必須對「克麗奧佩特拉」[30]的行為負起責任。

「她不去！她不去！」

小野為毫無關係的女王辯護。

「不去？要是我，我也不去。」女人總算贊同。小野好不容易才走出陰暗隧道。

「如果讀莎翁寫的作品，就能理解這女人的個性。」

小野剛脫離隧道就想騎上自行車往前飛奔。魚在深淵跳躍，老鷹在蒼空飛翔。小野是住在詩鄉

---

24 這段暗喻男女之間的戀愛感情戰爭。無論用任何手段都比不過女人的一個無聲眼神。

25 佛教用語，表示不須語言便能彼此會意，亦即心心相印。

26 指釋迦之國的印度。

27 形容小野內心的動搖，嘴角含笑之意。

28 日本幕末時期至明治初期的狩野派畫家，菊池容齋（1788-1878），擅長畫歷史人物。

29 擲骰子的數目。表示不知是吉或凶。

30 莎士比亞的悲劇《安東尼與克麗奧佩特拉》中的埃及艷后。

的人。

焚燒金字塔天空之處，擁抱獅身人面像沙土之處，隱藏鱷魚的尼羅河之處，兩千年前的妖婦克麗奧佩特拉與安東尼相擁並以鴕鳥扇翇輕拂玉肌之處，均是好畫題亦是詩文最佳題材。這是小野的專長。

「閱讀莎翁描寫的克麗奧佩特拉時，會陷入一種奇怪的情緒。」

「什麼情緒？」

「像是被拉進一個古老洞穴，什麼事都做不成地發著呆時，眼前突然鮮明地出現紫色的克麗奧佩特拉。好像從即將褪色的浮世繪中，單獨一人燃燒成紫色火焰浮現出來。」

「紫色？你時常提到紫色。為什麼是紫色？」

「這只是我的感覺。」

「是這種顏色嗎？」女人迅速掀起大半攤開在青綠榻榻米上的長袖，在小野眼前翻飛。小野眉間深處突然飄出克麗奧佩特拉的味道。

「啊？」小野頃刻回過神來。女人早已收回霍閃的神祕顏色，美麗的手擱回膝上，猶如掠過上空的杜鵑鳥，眨眼間在雨中翱翔穿過，駟馬難追。擱在膝上的手安靜得如同沒有脈博。

飄出的克麗奧佩特拉的味道逐漸自鼻子深處溜走。小野迷戀地追趕自兩千年前的古代出其不意被喚出的影子，一顆心飛往兩千年前遙遠彼方的杳冥之境。

「那不是微風吹拂的愛情，也不是淌淚或長吁短嘆的愛情。那是暴風雨的愛情，是沒有記錄在曆本的大暴風雨愛情。是生死與共的愛情。」小野說。

「生死與共的愛情是紫色嗎？」

「不是生死與共的愛情是紫色，是紫色的愛情必須生死與共。」

「你是說，斬斷愛情時會噴出紫色的血嗎？」

「我的意思是，當愛情發怒時，那把斬斷愛情的匕首會發出紫色亮光。」

「這是莎翁寫的詞句？」

「這是我對莎翁作品的評價……安東尼在羅馬與屋大薇[31]結婚時……使者來報告婚訊時……克麗奧佩特拉她……」

「因嫉妒而令紫色更深濃嗎？」

「當埃及的陽光烤焦紫色時，冰冷的匕首會發出亮光。」

「這種程度的濃度，應該不礙事吧？」話還未說畢，長袖再度閃了一下。小野被打斷話頭。這女人即便有事相求，也會任性地打斷別人的話頭。女人得意地望著張口結舌的男人。

「接到婚訊時，克麗奧佩特拉怎麼了？」方才勒住男人頸項的女人又放鬆韁繩。小野不得不往前奔馳。

「她追根究底地問使者有關屋大薇的事。而且她的問法和責備態度令她的個性更突出，這點很有趣。克麗奧佩特拉一直追問使者，屋大薇的身高有沒有她高？頭髮是什麼顏色？臉蛋是長是圓？聲音低不低？年齡幾歲……」

---

[31] Octavia，安東尼的第四任妻子。

「追問的人到底幾歲？」

「克麗奧佩特拉應該正值三十歲。」

「那跟我一樣已是個老太婆了。」

女人歪著頭呵呵笑著。男人被捲入女人那神秘的酒窩中，有點不知所措。如果肯定，等於說謊。若要否定，又太平凡。直至女人那白皙牙齒閃出一絲金光並且即將消失之前，男人什麼話都說不出。女人今年二十四歲。小野早就知道對方比自己小三歲。

美女過了二十歲仍未嫁，徒然數著一二三，到了二十四歲的今日仍未嫁，委實令人想不通。熙春庭院徒夜闌，花影飄香酣欄杆，眼看遲日將窮盡，懷抱瑤琴幽怨多，這是世間一般錯過婚期的女子常態，眼前這女人卻將撣塵尾時發出的各種幻聲，當做弦柱琵琶聲，並且興致勃勃地享受這些虛擬音色，這點越發令人費解。沒有人知道詳情。只能從這對男女的談話中，偶爾偷窺隱藏在話語中的意思，想入非非地暗自猜測這段曖昧戀情的內幕八卦。

「隨著年紀增長，嫉妒也會增強嗎？」女人一本正經地問小野。

小野再度不知所措。詩人必須深知人性。他當然有義務回答女人的提問。但他無法回答他不理解的問題。沒看過中年人的嫉妒模樣的男人，即便是詩人亦或文士也答不出。小野是個精通文字的文學家。

「這個，大概因人而異吧。」

此答案雖不會引起爭議，卻含糊不清。女人當然不肯罷休。

「等我到了老太婆的年紀……哦，我現在就已經是個老太婆了，呵呵呵……不過，等我到了那個年紀，不知會怎麼樣？」

「妳……妳會嫉妒嗎？怎麼可能？現在的妳……」

「也會嫉妒啊。」

女人以靜如春風的聲音斬向男人。在詩詞國度玩耍的男人，突然一腳踏了個空，墜入塵世。掉落下來後才明白自己只是個凡人。對方站在遙不可及的高聳懸崖上，正在俯望他。他甚至無暇思考到底是誰踢落了自己。

「清姬[32]在幾歲時化為蛇的？」

「這個，如果不設定在二十歲之前，應該很難編成戲劇，大概十八九歲吧。」

「安珍呢？」

「安珍最好是二十五歲前後吧？」

「小野先生。」

「是。」

「你幾歲了？」

「我嗎……我……」

「你連自己的年齡也必須仔細想嗎？」

---

32 日本和歌山縣的傳說《道成寺緣起》中的女子，清姬因暗戀僧侶安珍，安珍卻違背與清姬結縭的約定，最後清姬追趕安珍至道成寺，化為蛇噴吐火焰燒死躲在吊鐘內的安珍，自己也沉河自盡。

「不是……我和甲野應該同齡。」

「對，對，你跟我哥哥同齡。可我哥哥看起來很老。」

「不會吧。」

「是真的。」

「要我請客嗎？」

「好，讓你請客。不過，你不是外貌看起來年輕，而是精神年輕。」

「我看起來真那樣嗎？」

「很像個小弟弟。」

「真可憐。」

「是很可愛。」

女人的二十四歲相當於男人的三十歲。不懂道理也不懂是非，當然更不懂世間如何運轉又如何停止。她們根本不懂自己在這個無止盡往前發展的廣闊古今舞台上，到底居何種地位又飾演何種角色。不過，她們個個能言善道。女人無法處理與天下有關的事，無法處理與國家有關的事，也無法處理面對群眾時該如何應付的事。但女人擅長玩一對一的把戲。當兩人進行單挑時，必定是女方得勝。男人絕對會打敗仗。女人被飼養在具象籠子中，每次啄食一粒粒小米時，都會開心得奮翅鼓翼。在籠子的小天地和女人較量啁啾的人必定會斃命。小野是詩人。正因為是詩人，他才會把半個頭伸進籠子。小野完全沒有機會展喉高歌。

「你很可愛，就像安珍那般。」

「說我像安珍未免太過分了。」

男人賠罪般地接住女人的啁啾。

「你不服氣？」女人眼裡帶著笑意。

「我……」

「我什麼？你不服氣什麼？」

「我不會像安珍那樣逃之夭夭。」

這叫做來不及逃跑只能回身接招。小弟弟不懂得見風轉舵安全撤退。

「呵呵呵，我會像清姬那樣追你。」

男人默不作聲。

「如果要化為蛇，我是不是有點老了？」

女人發出不合季節的春雷擊穿男人的胸膛。顏色是紫色。

「藤尾小姐。」

「什麼事？」

呼喚的男人與被呼喚的女人相對而坐。六疊房[33]與外界隔著墨綠灌木叢，馬路的汽車響聲若有若無。只有他們兩人活在這靜寂的塵世。彼此以榻榻米的褐色鑲邊為境界，相隔兩尺地互望時，社會自他們身邊遠遁。救世軍此時在市內敲鑼打鼓進行遊行。醫院裡奄奄一息的腹膜炎病患正要斷

[33] 六疊房是六張榻榻米大的房間，日式房間均以「疊」計算大小。一張榻榻米長一米八，寬九十厘米，厚五厘米。

氣。俄羅斯虛無黨[34]在拋擲炸彈。扒手在停車場被捕。火災發生。嬰兒正要出世。新兵在練兵場挨罵。有人跳河自殺。有人正在殺人。藤尾的哥哥和宗近在攀登比叡山。

在花香濃厚的深巷中，在沉入死亡深淵的春影上，兩名男女欣喜雀躍地互相呼喚。宇宙是兩人的宇宙。三千多條血管的年輕熱血咄咄逼向心臟大門，大門為愛情一開一閉，躍然地在天空描繪出石像般的兩個男女。兩人的命運在這岌岌剎那間定下了。只要身軀微微一動，即能決定往東去西的方向。呼喚是非同小可的事。被呼喚也是非同小可的事。石像般的兩人的軀體是兩把火焰，彼此間有道比生死關頭更重要的難關，或對方先拋出冪然爆炸物，或自己先擲出。

「您回來啦。」玄關傳來招呼聲，駛在碎石路的車輪戛然而止。繼而傳來開紙門的聲音。接著是在走廊小跑步的腳步聲。屏氣斂息的兩人鬆了一口氣。

「是我母親回來了。」女人坐著若無其事地說。

「哦，是嗎？」男人也若無其事地答。只要不明確表達心意便不算犯罪。可以隨時改竄的謎題，不足以成為法庭的證據。不形於色地彼此周旋的兩人，雖然都默認彼此之間確實發生了某事，仍不形於色地安下心來。天下很太平。任何人都不能在背後指指點點。若有人這樣做，那是對方的錯。天下始終很太平。

「令堂到哪兒去了嗎？」

「是的，出門買點東西。」

「我打攪得太久了。」男人起身前先換個正襟跪坐的坐姿。之前他介意長褲的摺痕會走樣，一直盡量輕鬆坐著。此時為了能隨時當支柱地抬起臀部而擱在膝上的手背，被伸長的雪白袖口蓋住，灰暗條紋袖子下露出閃閃發光的景泰藍袖扣。

「你多坐一會兒吧。我母親回來也沒什麼事找我。」女人似乎無意去迎接回來的人。男人也不想起身告辭。

「可是……」男人邊說邊摸暗兜，取出一根粗紙煙。紙煙的煙能掩飾很多東西。何況那是金色濾嘴的埃及產香煙。把濃煙吹成圓圈，吹成山形，吹成雲霧時，或許能再度落座，縮短男人與克麗奧佩特拉之間的距離。

當輕煙穿過黑髭冉冉飄出時，克麗奧佩特拉果然下了謙恭和藹的命令：

「不急，你請坐。」

男人無言地再度盤起腿坐著。對兩人來說，春日很長。

「最近家裡都是女人，太冷清了。」

「甲野什麼時候回來？」

「不知道他到底什麼時候回來。」

「有消息嗎？」

「沒有。」

「現在季節好，想必京都一定很好玩。」

「你應該跟他們一起去玩。」

34 十九世紀下半葉在俄國成立的無政府主義思潮革命黨派，經常進行暗殺活動。

「我……」小野答得模稜兩可。

「你怎麼沒一起去呢？」

「也沒什麼理由。」

「你不是老相識嗎？」

「啊？」

小野不客氣地讓煙灰落在榻榻米。他說出「啊？」時不小心動了手指。

「你不是在京都住了很久嗎？」

「所以是老相識？」

「是的。」

「因為待得太久，反倒不想去了。」

「那不是太不近人情嗎？」

「不會。」小野這回比較用心地將埃及香煙吸進肺部。

「藤尾！藤尾！」對面房間傳來呼喚。

「是令堂？」小野問。

「是的。」

「那我告辭了。」

「為什麼？」

「令堂找妳應該有事吧？」

「有事也無所謂。你不是老師嗎？老師來教學生上課，誰回來都無所謂吧？」
「我也沒教妳多少。」
「有，教了這些已經夠多了。」
「是嗎？」
「你不是教了克麗奧佩特拉和其他許多事嗎？」
「如果妳認為克麗奧佩特拉不錯，那我還能教妳很多。」
「藤尾！藤尾！」藤尾的母親頻頻呼喚。
「對不起，我失陪一下。我還有事要問你，請你在這兒等我。」
藤尾起身。六疊榻榻米房只剩男人。安放在壁龕平台的古薩摩[35]香爐有燃盡的香灰，掉落的香灰仍保持原狀，藤尾的房間在昨日和今日都很安靜。失去主人的八端織[36]座墊尚有餘溫，餘溫隨著輕柔春風幽閒地飄蕩，等待主人回來。
小野默然地望著香爐，再默然地望著座墊。方格花紋的座墊角懸浮在榻榻米上，底下夾著發光的東西。小野微微歪頭苦思那發光的東西到底是何物。看來是懷錶。之前他完全沒有注意到。也許是藤尾起身時，滑溜的絲綢座墊也跟著偏離原位，致使藏在座墊下的東西現出。橢圓環連結成的錶

35 日本鹿兒島縣的名產瓷器，國家指定傳統工藝品，古薩摩是初期作品的總稱。
36 縱橫以褐色、黃色絲線織成的條紋絲綢。

鏈外側閃爍著細光，隱約可見凸起的魚子地[37]雕金錶框。確實是懷錶。小野歪著頭。

所有純色中，金色最深濃。喜愛富貴的人必定喜愛此顏色。冀求榮譽的人必定選擇此顏色。負有盛名的人必定裝飾此顏色。此顏色猶如磁石吸鐵那般，會吸入所有人。不在此顏色前平身的人是失去彈力的橡膠，以一介草民身分在世間吃不開。小野認為這顏色很好。

恰好這時從對面房間順著迴廊傳來逐漸挨近的絲綢窸窣聲。小野趕忙移開偷看金錶的視線，若無其事地觀看正面的容齋的畫時，門口出現兩個人影。

兩肩下垂的婦人身穿繡著三個家紋的黑縐綢和服，內襯灰色前襟，光潤的頭髮梳成舊式髮髻。

「你來啦。」藤尾的母親頷首打招呼，坐在靠近迴廊之處。院子雖然聽不到鶯啼聲，但也乾淨得看不到顯眼的塵埃，只有一棵稍嫌過高的傲然松樹佇立在院子。這棵松樹和眼前這個母親看起來好像渾然一體。

「我家藤尾老是麻煩你……她大概老對你使性子吧。跟小孩子似的……你隨意坐……我應該早就來向你打個招呼，可我這個老太婆來了只會打攪你們，所以每次都失陪……這孩子不懂事，我拿她沒辦法，老是不聽話……不過託你的福，她好像特別喜歡英文……最近好像也讀得懂一些難懂的書，她得意得很呢……反正她有個哥哥，其實也可以叫她哥哥教她……可是啊……兄妹就是這樣，反倒不好教……」

藤尾的母親口若懸河，滔滔不絕。小野連發出半句感嘆的餘地都沒有，只能隨著藤尾的母親的如簧之舌往前奔馳。小野當然不知會奔往何處。藤尾默不作聲地翻開剛才小野借給她的書籍繼續閱讀[38]。

「女王在墳前獻上花束，親吻墳墓，一味地哀嘆自己的辛酸身世，然後入浴。沐浴後再用晚餐。這時有個卑賤草民，送來一小藍無花果。女王託草民傳話給凱撒，希望死後能和安東尼埋在一起。無花果的茂密綠葉裡，暗藏一條用尼羅河泥土冰鎮其火舌的毒蛇。凱撒的使者趨前。打開房門一看……黃金床鋪上，正躺著身穿華麗高貴禮服的女王屍骸。名叫艾拉斯的侍女死在女王腳旁。另一個侍女查米恩，無力地伸手托著女王頭上那頂聚集月黑夜露水，鑄有千粒珠寶，搖搖欲墜的王冠。開門進來的凱撒使者問侍女到底怎麼回事。查米恩說，這正是世代冠冕的女王的死法，這才是真正的女王，說完倒下閉目而亡。」

最後一句「這正是世代冠冕的女王的死法，這才是真正的女王」，猶如快燃盡的濃厚熏香留下一抹通往虛冥的裊裊輕煙，令頁面朦朧不清。

「藤尾。」不知情的母親呼喚女兒。

男人總算寬下心地望向被呼喚的人。被呼喚的人垂著臉。

「藤尾。」母親再度呼喚。

女人的視線總算離開頁面。彎曲廂髮[39]的白皙額頭下是勻稱的細長鼻樑，其下是微微抹上硃紅的嘴唇——順著嘴唇下滑，是與臉頰吻合的均勻下巴——下巴之下是柔軟往後倒退的咽喉——這些

---

[37] 在金屬上敲出無數密密麻麻的立體小圓點，呈漩渦狀規則排列，看似魚子表面。

[38] 此處的藤尾是默讀。

[39] 明治時代末期，女子大學生及女子美術學校學生流行的髮型。耳朵以上部分的頭髮綁在後頭部上方形成馬尾巴，再綁上蝴蝶結等裝飾。跟現代的髮型差不多，只是當時前髮和兩鬢均成帽檐形狀。

五官逐漸顯現於現實世界。

「什麼事？」藤尾回應。這是站在白晝與夜晚之間的人的白晝與夜晚之間的回應。

「哎呀，妳還真清閒。那本書有那麼好看嗎？……等一下再看吧。妳這樣很失禮……你看，我這女兒就是沒見過世面又這麼任性，真拿她沒辦法……妳那本書是小野先生的嗎？封面真漂亮……妳可不要給人家弄髒了。書籍要好好珍惜……」

「我知道。」

「知道就好，可別像上次那樣……」

「上次是哥哥不對。」

「甲野怎麼了？」小野總算第一次開口說出像個人樣的話。

「哎呀，我們家這兩個孩子都很任性，成天像個小孩子似的老是吵架……前幾天她把她哥哥的書……」母親望著藤尾，似乎在考慮該不該說出。年長者對年少者經常玩這種富有同情心的恐嚇手段遊戲。

「她把甲野的書怎麼了？」小野好奇又小心地問。

「要我說出嗎？」老人家笑著欲言又止。一副用玩具匕首逼向女兒的氣勢。

「我把哥哥的書丟到院子。」藤尾不理母親，向小野眉間擲出鋒利的答案。母親苦笑著。小野張口結舌。

「你也知道她哥哥個性很怪。」母親委婉地討好不高興的女兒。

「聽說甲野還沒回來？」小野靈活地轉換話題。

「他一出門就不回來……那孩子老說身體不舒服，懶懶散散的，所以我就勸他乾脆出門旅遊一趟，看能不能讓他變活潑一點……可是，那孩子還是拖拖拉拉的，找各種藉口不出門，我才拜託宗近帶他出去。結果他一出門就不回來。年輕人就是這樣……」

「我哥哥雖然年輕，但他與眾不同。他在哲學方面超群出眾，是特殊的人。」

「是嗎？我完全不懂……再說，那個叫宗近的孩子是個樂天派，他才真像個子彈，一去不返，真令人頭痛。」

「啊哈哈，他是個爽快又有趣的人。」

「提到宗近，剛剛那個東西呢？」母親睜大眼睛炯炯有神地環視房間。

「在這兒。」藤尾微微斜抬起雙膝，抽出絲綢座墊，座墊滑至青綠榻榻米。魚子地雕金錶框高高端坐在蛇狀般盤成三層的富貴顏色錶鏈中。

藤尾伸出右手，閃爍的懷錶鏗鏘一響，險些自她手掌滑落至榻榻米，藤尾抓住一尺長的錶鏈，細長錶鏈與鑲在末端的石榴石在藤尾手中搖晃了兩三下。第一波是硃紅圓珠擊中女人的白皙手腕。第二波是橢圓地轉了一圈輕輕觸及女人的袖口。正當第三波即將停止時，女人突然站起身。

小野愣愣地望著那疾速晃動的五彩繽紛優美顏色時，女人已坐到小野面前，回頭說：「媽，這樣更好看。」說完即起身回座。

橢圓環組成的金錶鏈穿過小野背心胸前的左右扣子，在發黑的呢絨布料上燦然發光。

「怎麼樣？」藤尾問。

「果然很相稱。」母親答。

「到底怎麼回事？」小野莫名其妙地問。母親呵呵笑著。

「送給你好不好？」藤尾眉眼傳情地問。小野默不作聲。

「那，算了。」藤尾再度起身自小野胸前卸下金錶。

三

這天是柳葉篆煙吹欄杆的雨天。掛在衣架的深藍西裝陰影下，蹲踞著反捲了三分之一的圓黑襪。狹窄的裝飾櫥架上擱著偉大的行囊，一旁的牙膏和白牙刷正在對沒紮緊而懶散下垂的行囊細繩道早安。緊閉的玻璃格子門外可見白色雨絲的細長亮光。

「京都這地方，冷得要命。」宗近在旅館提供的浴衣上披著絲綢棉袍，背倚松木柱子，傲然地盤腿坐著。他望著門外向甲野搭話。

甲野下半身蓋著一條駱駝毛織毯子，黑頭枕在噗噗作響的空氣枕上。

「比起冷，我更想睡。」

他邊說邊稍稍偏個頭，剛梳好的濕髮因空氣的彈力看起來很像脫下的襪子。

「你老在睡覺。好像來京都睡覺似的。」

「嗯，這地方很舒適。」

「你覺得舒適就好。你母親擔心得很哩。」

「是嗎？」

「你還好意思說？我為了讓你感到舒適，暗地裡不知花了多少心血。」

「你讀得懂那匾額上的字嗎？」

「的確有點怪。僝雨僽風？我沒看過這種字。兩個字都是人字旁，大概是人怎麼樣了吧？淨寫些沒用的字。這是誰寫的？」

「不知道。」

「不知道也無所謂。倒是這扇紙門比較有意思。整面黏上金紙看起來很豪華，不過有些地方竟然有皺褶。簡直跟不入流的小戲班子道具一樣。而且上面還畫了三根竹筍，到底是什麼意思？喂，甲野，這是個謎。」

「什麼謎？」

「不知道。這上面畫著不明所以的東西，應該是個謎吧？」

「不明所以的東西不能稱之為謎，有含意的東西才是謎。」

「不過，哲學家認為不明所以的東西是個謎，都在絞盡腦汁思考。好像對著一盤瘋子發明出的象棋殘局，研究得青筋畢露似的。」

「那這竹筍大概也是個瘋子畫家畫的。」

「哈哈哈，既然你明白這個道理，應該不會煩惱吧？」

「世間跟竹筍怎能相提並論？」

「喂，往昔不是有個Gordian knot的傳說嗎？你知道這個故事嗎？」

「你以為我是中學生？」

「我沒這麼說，只是問問而已。你如果知道就說來聽聽。」

「你真的很煩人，我說過我知道。」

「那你說來聽聽。哲學家都很會弄虛作假，而且很固執，不管問他們什麼問題，他們都會死不承認自己不知道答案……」

「真不知道是誰固執。」

「誰固執都無所謂，你說說看。」

「Gordian knot是亞歷山大時代的故事。」

「嗯，我知道。然後呢？」

「有個名叫Gordius的農民獻了輛牛車給宙斯神……」

「喂，喂，等一下，有這種事嗎？之後呢？」

「你竟然問我有這種事嗎？難道你不知道？」

「我知道的沒你那麼詳細。」

「說了半天，原來你自己都不知道。」

「哈哈哈，學校老師沒教得那麼詳細。老師肯定也不清楚詳情。」

「那個農民用蔓藤在牛車的車轅和車軛打了個死結，任何人都解不開。」

「原來如此，所以稱那個死結為Gordian knot。我明白了，後來亞歷山大嫌麻煩就拔刀砍斷那個死結。嗯，原來如此。」

「我沒說亞歷山大嫌麻煩才砍斷。」
「這點不重要。」
「亞歷山大聽說神諭指示，若有人能解開這個死結，那個人將成為東方霸主，所以亞歷山大便……」
「這個我知道。學校老師教的正是這個。」
「那不就行了？」
「行是行，但我覺得，當人碰到問題時，若沒有亞歷山大那種既然如此，我乾脆這樣做的決心，可就不行。」
「你這種看法也不錯。」
「你這樣說太沒勁了吧？反正無論如何，Gordian knot是個解不開的死結。」
「用刀砍斷就能解開嗎？」
「用刀砍……即便解不開，反正對自己有利。」
「有利？這世上最卑鄙的東西正是有利。」
「這麼說來，亞歷山大是個很卑鄙的男人？」
「你認為亞歷山大是個偉人嗎？」
會話暫時中斷。甲野翻個身。宗近盤腿坐著繼續觀看旅遊指南。雨絲斜斜地下。
濛濛細雨令古都益發枯寂，當大地為了不辜負赤腹衝向天空的燕子背影而逐漸濃綠時，下京和上京均肅靜地淋著淅瀝細雨，三十六峰[40]的嫩綠底層，所有聲音都溶入友禪染[41]的硃紅流水中，筆直注入油菜花田。女人在門口洗著芹菜唱著「你在上游，我在下游……」，卸下深深蓋住眉毛的手巾即可望見「大文字」[42]。本應春鶯旦夕喧的竹林中，只剩披上累代春苔的「松蟲」和「鈴蟲」[43]墳墓。自從妖鬼不再出沒於羅生門後，羅生門也不知在何時被拆毀。渡邊綱扭下的妖鬼胳膊[44]亦行蹤不明。只有春雨一如既往地下著。春雨在寺町[45]降在寺院，在三條降在橋上[46]，在祇園降在櫻花，在金閣寺降在松樹。在旅館二樓降在甲野和宗近兩人身上。

甲野躺著寫日記。橫訂的褐色布料封面頁腳沾著些許汗跡，他折紙般地翻開頁腳，翻了兩三頁，出現一頁三分之一是空白的頁面。甲野從這頁寫起。他用鉛筆一口氣寫下：

「一奩樓角雨，閑殺古今人。」

寫完後陷於思考。看似打算添上轉句和結句作成一首絕句。

宗近拋開旅遊指南，大踏步地威嚇著榻榻米走到廊子。廊子恰好擱著一張藤椅，正寂寞地等著人來坐。稀疏的連翹花間可以望見鄰家房間。格子紙門緊閉著。紙門內傳出琴聲。

「忽聒彈琴響，垂楊惹恨新。」

甲野在另一行又寫了十個字，但似乎不滿意，當場畫線刪去。接著是普通文章。

「宇宙是個謎。每個人都可以任意解謎。任意解謎再任意得出答案是一種幸福。只要起疑，連父母也是個謎。兄弟亦是謎。包括妻子和孩子，甚至連觀察者的自己也是個謎。人為何而生？為了解開強加於自己身上的無法解開的謎，僵佪至白頭，煩愁至深夜，人正是為此而生。為了解開父母的謎，不得不與父母融為一體。為了解開妻子的謎，不得不與妻子同心。為了解開宇宙的謎，不得不與宇宙同心同體。若無法做到這點，父母和妻子及宇宙都是謎。無法解開的謎是一種痛苦。明明已經有父母兄弟這個無法解開的謎，又甘願迎入妻子這個新謎的行為，與明明無法管理自己的財產，又甘願負責保管別人的錢財一樣。不但迎入妻子這個新謎，又讓這個新謎生下另一個新謎讓自己痛苦不堪的行為，大概跟別人託付自己保管的錢財生了利息，而自己竟把別人的所得視為自己的所得一樣……只有捨棄自己才能解開所有的疑惑。問題是該如何捨棄自己。死亡？選擇死亡未免太無能。」

40 日本京都東側的山脈總稱，通稱「東山」。
41 日本京都特有的染色技法，因京都是名水之都，用紅花染布後，在賀茂川漂布時，河水會變成紅色。這段文章均以顏色形容京都的春天，東山的綠色，河川的紅色，油菜花的黃色。
42 京都東山山脈中的如意岳，通稱「大文字山」。每年八月十六日在京都各山上點燃篝火的「五山送火」儀式中，如意岳山腰上點燃的篝火文字是「大」字。
43 十二世紀末，在後鳥羽上皇身邊服侍的兩名女官，因入佛門而逃出宮殿，死後安葬於京都東山鹿谷的安樂寺。
44 渡邊綱是平安時代中期的武人，源賴光的四天王之一，據說在羅生門扭下妖鬼的胳膊。
45 縱貫京都市南北的大道「寺町通」。
46 三條大橋。

宗近一直傍若無人地坐在藤椅聆聽鄰家傳來的琴聲。他不理解御室御所的春寒，也不理解蒙賜銘牌的琵琶風雅音色[47]。更缺乏雅興欣賞南部桐[48]製成的菖蒲形[49]面板、龍舌[50]鑲嵌著象牙蒔繪[51]的十三根弦高貴古琴。宗近只是漫不經心地聽著琴聲。

點滴覆蓋著籬笆的連翹黃花內側是一叢業平竹，不足三坪的小院子擱有長滿青苔的花崗岩洗手盆，地面爬滿了疏葉卷柏。琴聲正是傳自此院子。

京都的雨都一樣。冬天時會冰凍雨衣。秋天時會讓燈芯變細。夏天時方便洗兜襠。春天時——猶如一根掉落在榻榻米的銀扁簪，在內側閃爍紅金藍光的貝合[52]一旁，噹啷嗚一聲，又噹啷吟一聲。宗近聽的正是這種噹啷聲。

「眼看是形狀。」甲野再另起一行。

「耳聞是聲音。形狀與聲音均非物體的本質。人若不領悟物體的本質，形狀與聲音都毫無意義。當人捕捉到某物的本質時，該物的形狀與聲音也會隨之變形。這正是象徵。象徵只是為了讓眼睛能看到、耳朵能聽到本來空[53]的工具……」

彈琴的手逐漸加快速度。白指甲仿佛在雨滴間隙中穿行般，不停在燕柱上飛舞，碰到緊湊旋律時，粗弦聲和細弦聲揉捏為一體，迭出迭入地亂彈一氣。甲野寫完「聽了無弦琴，首次領悟序破急[54]的意義」這句時，靠在廊子藤椅上一直俯視鄰家的宗近對著房內說：

「喂，甲野，你不要光講道理，過來聽一下那琴聲。彈得不錯。」

「嗯，一開始就在洗耳恭聽。」甲野啪嗒一聲闔上日記。

「你怎能躺著聽呢？我命你到廊子來，你快出來。」

「在這兒聽也一樣。你不用理我。」甲野依舊躺在空氣枕上，毫無起身的打算。

「喂，東山看起來很美。」

「是嗎？」

「唷，有人在過鴨川。真是詩情畫意。喂，有人在過鴨川哩。」

「要過就讓他過。」

「不是有一首披著棉被臥看什麼的俳句[55]嗎？到底是哪裡披著棉被？你過來一下告訴我好不好？」

---

47 這句文章指能樂謠曲《平家物語》典故。「御室」是位於京都右京區的仁和寺雅稱，創建者是平安時代的宇多法皇，宇多法皇在寺院內建立居所，通稱「御室御所」。「蒙受賞賜銘牌琵琶」者為平安時代末期平氏一門的武將平經政，他生前是琵琶名手，法皇因深愛平經政的琵琶手藝，賞他一把傳自中國唐朝的琵琶名器「青山」。

48 青森縣東半部至岩手縣中部生產的桐木，是高級木材。

49 指古箏尺寸樣式，比近代箏短又窄。

50 箏首側面的半橢圓形部分。

51 日本漆器工藝一種裝飾技法，在漆面描繪圖案紋樣後，以金屬或貝殼塗嵌在漆器表面，構成各種花鳥山水等圖案形狀。

52 由兩枚文蛤貝製成的裝飾品兼和歌對句遊戲道具，文蛤內側畫著各式各樣的金銀圖案紋樣，一片文蛤只能配原本文蛤的另一半。

53 佛教用詞，謂世間諸法皆假有，而非本來實有。一切萬有皆為現象假立而存。

54 日本能樂、雅樂中，始、中、終三個組成部分，先是導入，再是緩慢的展開，最後急速結尾。

55 服部嵐雪的俳句「披著棉被臥看東山」。

「不好。」

「你在那邊搞東搞西時，加茂川的河水已經上漲了。不得了！橋快掉了！喂，橋快掉了！」

「掉了也不關我的事。」

「掉了也不關你的事？晚上不能看都踊[56]也不關你的事嗎？」

「不關，不關。」甲野似乎懶得再理宗近，翻個身觀看身旁那扇金紙門的竹筍。

「既然你那麼無動於衷，我也沒辦法。看來我只能認輸了。」宗近終於讓步地進房。

「喂，喂。」

「什麼事？你真煩。」

「你聽了那琴聲吧？」

「我不是說過我聽了？」

「彈琴的一定是女人。」

「那還用說。」

「你猜對方幾歲？」

「誰知道幾歲？」

「你這麼冷淡真沒意思。如果有意告訴我，你就直說啊。」

「我不說。」

「不說？你不說的話，我來說。那一定是個未婚女子。」

「房門開著？」

「房門關得緊緊的。」

「你又在給人家亂冠雅號？」

「雅號往往也是真名。我看到那女子了。」

「怎麼看得到？」

「你想聽？」

「不聽也無所謂。聽你說那種事，不如研究這竹筍更有趣。躺著看這竹筍，竹筍怎麼會變矮呢？」

「那是因為你的眼睛也躺著吧。」

「這兒只有兩扇紙門，為什麼畫三根竹筍呢？」

「可能畫得太差勁，順便再送一根。」

「為什麼是雪白的竹筍？」

「大概是個暗示吃了竹筍會中毒的謎。」

「果然是個謎？原來你也會解謎？」

「哈哈哈，我偶爾也會解解看。我剛才就一直想解開那個未婚女子的謎，可是你卻一點都不感興趣，不讓我解謎，這不像哲學家的行為。」

「你想解你就解啊，何必裝模作樣？我是不會向人低頭的哲學家。」

56 每年四月一日至三十日在京都祇園歌舞練場舉行的藝妓舞蹈大會。

「好，那我就先低頭解給你聽，之後再讓你向我低頭……你聽我說，那個琴聲主人……」

「嗯……」

「我看到了。」

「這句話你剛才說過了。」

「是嗎？那我就沒話可說了。」

「沒話可說也好。」

「不好。那我就說吧。昨天我洗完澡沒穿上衣在廊子乘涼時……你想聽了吧？……我隨便環視著鴨東[57]景色，正覺得很舒服時，無意間往下瞄了鄰家一眼，剛好那女子打開格子紙門半邊，靠在紙門觀看院子。」

「是個美女嗎？」

「是個美女。雖然比不上藤尾小姐，但比我家糸公漂亮。」

「是嗎？」

「你這樣說未免太不夠意思吧？至少也得說句太可惜了，我也想看看什麼的。」

「那真是太可惜了，我也想看看。」

「哈哈哈，我剛才叫你出來就是想讓你看。」

「紙門不是關著嗎？」

「過一會兒也許會打開。」

「哈哈哈，若是小野，很可能會一直等到對方打開紙門。」

「是啊，早知道就帶小野來，讓他也看看。」
「京都很適合那種人住。」
「嗯，京都很小野。我叫他來，他卻說東說西，結果沒跟我們一起來。」
「他是不是說春假想好好學習什麼的？」
「春假學習個屁啊？」
「他那個樣子，任何時候都沒辦法學習。文學家都很輕佻，辦不成事。」
「這句話我聽來有點不舒服。你也不是穩重的人啊。」
「我是說，一般文學家都沉醉在雲霞中，整天恍恍惚惚，他們根本無意撥開雲霞探求物事本質，所以不穩重。」
「雲霞醉鬼嗎？那麼哲學家老是想東想西，一臉苦悶表情，應該是鹽水醉鬼嗎？」
「像你這種爬比叡山竟然爬過頭，直接爬到若狹的男人，應該是驟雨醉鬼。」
「哈哈哈，每個都成了醉鬼，真好笑。」
甲野的黑頭這時總算離開枕頭。本來被光潤濕髮壓扁的空氣因彈力而膨脹，枕頭在榻榻米上稍微轉了一下。駱駝毛織毯子也跟著滑落，表裡相反地折成一半。毯子下出現隨便纏在腰上的鬆軟腰帶。

57 泛指鴨川東側。

「果然是個醉鬼。」跪坐在枕邊的宗近立即給予評價。甲野伸長胳膊抬起細瘦身子後，再用手掌撐著上半身觀看自己的腰部。

「確實像個醉鬼。你怎麼反倒坐得這麼端正？」甲野睜著細長單眼皮瞪著宗近。

「因為我沒醉。」

「坐姿是沒醉。」

「精神也沒醉。」

「你穿著棉袍跪坐著，表示你其實已經醉了，卻得意洋洋說自己還沒醉。這不是更可笑嗎？醉鬼就要有醉鬼的樣子。」

「是嗎？那我就不客氣了。」宗近馬上盤起腿來。

「你這種不固執己見的個性實在令人佩服。這世上沒有比明明是愚者，卻自以為是賢者的人更滑稽。」

「從諫如流這句話說的正是我這種人。」

「醉鬼也會說人話，看來還可以。」

「那出言不遜的你呢？你明明知道自己醉了，卻連盤腿坐或跪坐都辦不到。」

「我大概是站街人[58]吧。」甲野寂寞地笑著。本來說得很起勁的宗近突然嚴肅起來。看到甲野這種笑容，宗近不得不嚴肅起來。在無數臉孔的無數表情中，有一種表情必定會沁人肺腑。他臉上的筋肉並非為了搶鋒頭而躍動。他頭上的每一根毛髮並非為了打雷而豎立。他的淚管決口並非為了增強涕泗滂沱的印象。虛偽的誇張表情，猶如壯士無緣無故揮舞長劍斬向地板那般。因為膚淺而動。

那是本鄉座[59]的戲劇。甲野的笑容不是劇場舞台上的笑容。

那是內心深處不為人知的感情波浪，順著毛髮般的細管不小心瀉於俗世陽光下，現出一絲隱約可見的影子而已。那種表情與街上隨處可見的表情不同。那感情只是稍微露出個臉，待察覺眼前是俗世時，會立即折回深院。在那感情折回之前，有幸捕捉到的人便是勝者。沒捕捉到的人永遠無法理解甲野這個人。

甲野的笑容淡然柔軟，甚至趨於冷靜。在那安靜的笑容中，過隙般的笑容中，稍縱即逝的笑容中，明確地描繪出甲野的一生。能夠理解這瞬間意義的人，便是甲野的知己。如果把甲野安置在廝殺世界中而自以為理解甲野，即便對方與甲野是親子關係，也沒有資格自稱理解甲野。即便是兄弟，終究是外人。把甲野安置在廝殺世界中來描述他的性格，是庸俗小說的做法。二十世紀不會輕易出現廝殺場面。

春天的旅遊很悠閒。京都的旅館很安靜。兩人都平安無事。他們只是在開玩笑而已。這期間，宗近能理解甲野，甲野也能理解宗近。這正是現實世界。

「是站街人嗎？」宗近說完後玩弄起駱駝毛織毯子的穗子，過一會兒才問：「永遠是個站街人嗎？」

58 指站在坡道下等人力車來，在人力車後面幫忙推車討一口飯吃的下級體力勞動者。

59 位於東京本鄉春木町的新派流戲劇劇場。

宗近沒有望著甲野，他像是在提問，又像在自言自語，仿佛對著駱駝毛織毯子說話那般，重覆著「站街人」這句話。

「就算成為站街人，我也認命。」甲野這時首次換了坐姿，面對著宗近。

「如果伯父還活著，那倒無所謂。」

「我阿爺還活著的話，反倒更麻煩。」

「說得也是。」宗近拉長了最後那個「是」。

「總之，只要讓藤尾繼承家業就沒問題。」

「那你打算怎麼辦？」

「我是站街人。」

「你真的要去當站街人？」

「嗯，反正我繼承了家業也是站街人，不繼承家業仍是站街人，對我來說都一樣。」

「可是，你不能這麼做。伯母怎麼辦？」

「我母親嗎？」

甲野一臉複雜的表情望著宗近。

只要起疑，連自己都無法信任自己。何況自己以外的人都站在利害得失的街角，戴著厚重面具，避開所有可能蒙受的不利損失，令人難以揣摩面具內的真意。眼前這個好友對母親所下的評語，是從面具內發出？亦或面具外的敷衍？自己都覺得自己內部隱藏著連自己都會受騙的魔鬼，即便對方是至交，是父親那方的遠親，也不能大意地洩露天機。宗近那句話，是想套出自己對繼母的真正感情嗎？如果宗近知曉自己的真心後仍一成不變，那倒無所謂，但倘若他是個懂得話裡套話的人，沒人能保證在他套出所有一切後不會翻臉不認人。宗近那句話是基於他表裡一致的直率個性，深信母親說的言外之意的反應嗎？從他平日的言行看來，應該是的。他不可能受母親之託，做出在自己那陰暗得連自己都覺得可怕的內心深淵，丟下一個探測深度的測錘之卑鄙行為。然而，愈正直的人愈容易被使喚。只是，宗近或許無意為母親賣力，他只是看錯了母親的為人，受母親之託，卻為了至交著想，明知這種行為卑鄙，明知這樣問可能會令彼此都不高興，故意在旅程結束之前，提及此事也說不定。總之，還是守口如瓶為妙。

兩人暫時默不作聲。鄰家仍在彈琴。

「那琴聲是生田流派[60]嗎？」甲野答非所問地問。

「好冷，我去加件狐皮背心。」宗近也答非所問地答。兩人各別在不同地方開口。

宗近敞著胸口從櫥架取下那件奇異背心，斜著上半身剛套進一條手臂時，甲野開口問：

「那背心是手製品？」

「嗯，是個去過中國的朋友送給我的，前面是糸公幫我縫的。」

「是真貨。縫得很好。阿糸小姐跟我家藤尾不一樣，是賢妻良母型，很好。」

「很好？唔，我還真有點捨不得她嫁人。」

「有沒有人來提親？」

60 箏曲流派之一。

「提親？」宗近望了甲野一眼，不起勁地拉長尾音說：「有是有……」

甲野換個話題。

「阿糸小姐要是嫁了，伯父也會傷腦筋吧。」

「傷腦筋也沒辦法，反正她總有一天要嫁人……你呢？你不打算娶妻嗎？」

「我……你又不是不知道……我養不起妻子。」

「你就聽你母親說的，繼承家業不就……」

「不行。無論我母親怎麼說，我都不願意。」

「你真的很奇怪。你不娶妻的話，藤尾小姐不是不能嫁人嗎？」

「不是不能嫁人，是她不想嫁。」

宗近無言地聳動著鼻子。

「又要讓我們吃海鰻。每天吃海鰻，吃得肚子裡都是魚刺。京都這地方實在沒創意，我們還是早點回去好不好？」

「回去也可以。如果只是因為不想吃海鰻，不回去也罷。話說回來，你的嗅覺非常靈。你聞到海鰻味了？」

「不是聞到了，是廚房整天都在烤海鰻。」

「如果我阿爺的鼻子也像你這麼靈，或許他就不必死在國外。看來我阿爺的嗅覺不靈。」

「哈哈哈。對了，伯父的遺物送回來了嗎？」

「大概送回來了。公使館的佐伯先生應該會送過來……沒什麼東西吧……也許有些書籍。」

「那個懷錶呢?」

「是我阿爺經常自誇在倫敦買的那個懷錶嗎?應該會送來吧。藤尾小時候常把那個懷錶當玩具。她每次拿到那個錶就不會輕易放手。她很喜歡錶鏈上的石榴石。」

「仔細想來,那懷錶還真古老。」

「是啊,那是我阿爺第一次出洋時買的。」

「送給我當做伯父的紀念品吧。」

「我正打算送給你。」

「伯父上次出國前,跟我說好回國後要送我那個懷錶當畢業禮物。」

「我也記得……說不定這個時候藤尾又把那個懷錶當玩具玩……」

「藤尾小姐離不開那個懷錶嗎?哈哈哈,沒關係,我照樣取走。」

甲野無言地一直望著宗近的眉間。果然如宗近所說,晚餐有海鰻。

四

甲野的日記有這麼一句:

「觀色者不觀形,觀形者不觀質。」

小野是觀看顏色過日子的男人。

甲野的日記另有這麼一句:

「生死因緣無了期，色相世界現狂癡。」

小野是住在色相世界的男人。

小野出生在陰處。有人甚至說他是私生子。他小時候上學時就經常被同學欺負。走到哪裡都遭狗吠。某天他父親死了。在外頭吃盡苦頭的小野無家可歸，不得不寄人籬下。

水底下的海藻在陰處漂蕩，不知道白帆駛去的岸邊有陽光。海藻只能任由波浪愚弄地搖右漂左。只要隨波逐流便沒事。習慣了就不會在乎波浪的存在，也無暇思考波浪到底是何物，更遑論去思考為何波浪總要殘酷地擊打自己。即便去思考此問題，也無法改善問題。命運之神命海藻生長在陰處，於是海藻便生長在陰處。命運之神命海藻朝夕晃動，於是海藻便朝夕晃動——小野是水底下的海藻。

他在京都受孤堂老師照顧。老師幫他訂做藍白碎花衣服。每年二十圓的學費[61]也由老師資助。老師有時也會教他讀書。他學會在祇園櫻樹下低首徘徊。仰望知恩院[62]的御賜匾額時，領悟此物高高在上。吃飯時逐漸增至成人男子的份量。水底下的海藻總算離開泥土浮出水面。

東京是令人眩目的城市。往昔在元祿時代[63]能維持百年壽命的東西，到了明治時代即比能維持三天壽命的東西還要短命。其他城市的人都用腳跟走路，在東京則要用腳尖走路，或倒立著走，或側身前進。性急的人甚至用飛的。小野在東京滴溜溜地打轉。

小野滴溜溜轉了一圈後，睜開眼睛一看，發現世界已面目全非。即便揉了眼睛，世界也沒有恢復原狀。世界變得比以前更壞時，人才會感覺有異狀。小野豪不猶豫地往前走。朋友說他是秀才。教授誇他前途有望。寄宿處的人成天喊著小野先生、小野先生。小野毫不猶豫地往前走。往前走著走著，竟然得到陛下敕賜的銀錶[64]。浮出水面的海藻，開出一朵白花。海藻完全沒有察覺自己其實沒有根。

世界是顏色的世界。只要觀賞顏色，等於在觀賞世界。世界的顏色隨著自己的成功而更加鮮明。當顏色鮮明得勝過真正的錦緞時，才算沒白活這寶貴的人生。小野的手帕有時會散發香水味。

世界是顏色的世界。形狀是顏色的遺骸。只懂得討論遺骸而不解其味的人，猶如只計較方圓器[65]，卻不知該如何處理往上冒出的美酒泡沫的男人。無論人們如何品評，盤子也不會被吃掉。但如果不及時讓嘴唇蘸上泡沫，酒便會失去味道。注重形式的人，將摟著無底的道義酒杯在街頭踽踽。

世界是顏色的世界。是烏有的空華，亦是鏡花水月。所謂真如實相，是不為世間所接納的畸形人，為了雪除不為世間所接納的心中積怨，在黑甜鄉裡做的一場白日夢而已。盲人摸鼎時，因為看不見顏色，所以更想細究其形狀。但沒有手的盲人連摸都不摸一下。欲於耳目之外追求物事本質的人，如同沒有手的盲人。小野在桌上插花。柳絮在窗外吹綠。小野的鼻頭戴著一副金邊眼鏡。

61 小野在京都讀高等中學時的學費。

62 位於京都東山區的淨土宗總寺院。

63 十七世紀末至十八世紀初的江戶時代中期。

64 當時就讀東京帝國大學的學生於畢業典禮時，天皇會出行賞賜銀懷錶給高材生，銀懷錶上背面刻著「恩賜」兩字。

65 水隨方圓之器，表示人隨環境和交友可變好變壞。

大自然的定律是先越過絢爛境地，再跨入平淡境界。往昔我們在被稱為嬰兒的那個時期，人們給我們穿上紅色娃娃服。大多數人都生長在五彩繽紛的浮世繪中，之後從四條流派[66]的淡彩畫逐漸老成練達為雲谷流派[67]的水墨畫，最後與棺材短暫親熱一番。回顧一生的話，不但有母親，有姐姐，有糖果，也有鯉魚旗[68]。愈是往後回顧，人生愈華麗。但小野的景色與別人不同。他是逆著大自然的路徑，切斷了陰暗泥土中的根，隨著陽光照射的透明波浪漂浮至明亮岸邊——自從他在坑底出生後，為了接近美麗塵世而一階階地往上爬，總計花了二十七年。如果從過去的孔穴窺探他這二十七年來的歷史，愈是遠方愈陰暗。途中只有一棵隱約搖晃的紅花。剛來東京時，小野很懷念這棵紅花，不厭其煩地再三重溫他那寒冷記憶，經常窺探過去的孔穴，守著長夜，守著永晝，守著秋冬之交的陣雨，度過思慕日子。而現在——那棵紅花已離他相當遠。顏色也褪色許多。小野逐漸懶得再去窺探孔穴。

欲封堵過去孔穴的人，通常滿足於眼下的生活。假如眼下不景氣，他們會製造未來。小野目前的生活是薔薇。是薔薇花苞。小野沒有必要製造未來。只要讓現在仍是花苞的薔薇全部盛開，那些盛開的薔薇自然而然就是他的未來。如果用得意管子去窺探未來孔穴，薔薇已經開花了。看似只要伸手便能抓住。有人在他耳畔叫他趕緊去抓。於是小野決定寫博士論文。

到底是寫得出論文才能成為博士，亦或為了成為博士才寫得出論文，這問題若不問博士當然不知道答案，總之，小野必須寫論文。而且不是普通論文，必須是博士論文。所有學者中，博士的顏色最漂亮。小野每次窺探未來管子時，博士兩個字總是燃燒為金色。博士一旁高高懸著金錶。紅石榴石在金錶下化為一簇心臟火焰，正在東搖西擺。黑眸的藤尾在一旁伸出細長手臂向他招手。那是一幅完美的畫。詩人的理想是成為這幅畫中的人物。

往昔有個名叫坦塔羅斯[69]的人。據說他做了錯事而受到殘酷懲罰。他站在水深至肩頭的水中，頭上懸著結滿無數甜美水果的樹枝。坦塔羅斯覺得口渴。他想喝水，水卻總是往後退。坦塔羅斯覺得肚子餓。他想吃水果，水果卻總是逃得遠遠的。坦塔羅斯的嘴巴若移動一尺，對象就移動一尺。若前進二尺，對象也前進二尺。不要說三尺四尺，即便前進千里，坦塔羅斯也總是口乾舌燥忍飢挨餓。或許眼下他仍在繼續追趕著清水和水果——小野每次窺探未來管子時，總覺得自己像是坦塔羅斯的手下。不僅如此，藤尾有時會擺出一副與己無關的態度。有時會將兩條長長細眉擠成短眉，嚴峻地瞪視著小野。有時石榴石會突然燒得火旺，女人在火焰中全身裹著烈火消失無蹤。有時博士這兩個字會逐漸變淡，並剝落得模糊不清。有時金錶會自遙遠天邊像隕石般掉落，並出現裂痕。這時金錶會發出啪啦一聲。小野是個詩人，他能描繪出各式各樣的未來。

小野在桌前支著下巴，彩色玻璃小花瓶中插著一根山茶花，他照例望著花的彼方窺探自己的未來。在好幾種未來景色中，今天的未來景色最差勁。

「女人說，我想送你這個金錶。小野伸手說，請送我金錶。女人狠狠地在小野手心拍了一掌，說，對不起，這金錶已經有主。小野問，那我不要金錶，但是妳……女人答，我？我當然要跟金

66 日本畫的流派之一。

67 日本畫的流派之一。

68 日本五月五日端午節是男兒節，家家戶戶習慣在院子懸掛鯉魚旗，祈願家裡的男孩子健康成長並能鯉魚跳龍門。

69 Tantalus。在希臘神話中，他是宙斯的兒子。

錶一起走。女人說完轉頭快步離去。」

小野描繪自己的未來描繪到此，由於結局太殘酷，他大吃一驚，打算重新描繪，正抬起有點發痛的下巴時，下女打開紙門，說聲「有你的信」，繼而擱下一封信。

小野看到信封上收件人之處以子昂[70]筆法寫的「小野清三先生」這行字時，突然使勁地撐起兩肘，本來靠在桌上的身軀往後跳躍。窺探未來的那根山茶花管子也同時晃了一下，一枚深紅色花瓣無聲無息地掉落在羅塞蒂[71]詩集上。小野的完美未來正在瓦解。

小野的左手仍擱在桌上，他側著臉遠遠望著手心上那封信，不敢翻轉信封看另一面的寄件人署名。就算不翻轉信封，他也知道寄件人是誰。正因為知道是誰，他才不敢翻轉信封。如果信封另一面寫的名字正如他推測那般，後果不堪設想。以前曾聽過一個小烏龜的故事。小烏龜只要伸頭便會挨打。既然每次都會挨打，小烏龜只能盡量躲在烏龜殼內。即便挨打的命運逼近眼前，小烏龜也盡可能爭分奪秒地往內縮頭。想想，小野應該是暫時躲過現實判決的學士龜。烏龜早晚必定要伸頭。小野也早晚不得不翻轉信封。

望了一會兒，小野的手心開始發癢。享受過片刻的和平後，為了讓和平更加穩定，就必須翻轉信封確認事實。小野終於在桌上翻轉了信封。信封另一面出現「井上孤堂」四個字。在小野眼裡看來，不惜墨汁在白色信封寫下的那行粗大草體字，猶如種在紙上的一列針尖，看似即將離開紙面飛向小野。

小野退避三舍地自桌上收回雙手。臉龐仍朝向桌上的信封。但他的膝蓋與桌子間有一道一尺寬的山谷，斷絕了他與信封的緣份。自桌上收回的手無力下垂，似乎想脫離肩膀遠去。

到底要不要拆封?如果這時有人來問他為何不拆封,他會向對方說明不拆封的理由,順便讓自己安心。只是,如果無法讓別人屈服,也就無法讓自己屈服。半吊子的柔術家若不實際在街上摔過別人,便無法向人證明自己確實是柔術家。理虧的議論與半吊子的柔術類似。此時的小野很希望京都的老朋友登門造訪。

二樓的學生彈起小提琴。小野正打算過幾天也去學小提琴。但今天的他毫無學琴興致。他很羨慕那個悠閒的學生——山茶花又掉落一枚花瓣。

小野捧著小花瓶拉開紙門走到廊子。他把花丟到院子。順便倒掉花瓶內的水。花瓶仍在他手中。他其實想順便丟掉花瓶。但他仍握著花瓶站在廊子。眼前有一棵檜木。也有圍牆。對面是二樓。已風乾得差不多的院子擱著一把正在晾曬的雨傘。黑色雨傘邊緣黏著兩枚花瓣。院子還有其他各式各樣的東西。每樣東西都毫無意義。全是機械性物體。

小野拖著沉重腳步再度回到房內。他站在書桌前。過去的孔穴突然大開,往昔的歷史看起來既長又遠。而且陰暗。有個小點在黑暗中霍地燃燒起來。那火焰逐漸挨近。小野迅速地彎腰取起信封,當下拆開封口。

---

70 中國元朝的書法家趙子昂。

71 Rossetti,Christina Georgina(1830-1894)。英國女詩人,擅長寫有關大自然與愛情的詩。明治時代的日本文藝青年很喜歡讀她的詩集。

敬啟者：

適逢柳暗花明好時節，祝你身體健康。鄙人依舊無恙，小夜亦平安無事，請放心。去年臘月曾去信告知我們將移居東京，之後因各種瑣事而遲遲無法起程，前幾天剛辦完所有瑣事，近幾日即可動身，特此奉告。自從二十年前搬離東京，鄙人曾兩度上京，兩度均只逗留五六天，完全不諳故鄉的今日面貌。這回移居東京，人地生疏，想必會給你增添不少麻煩。

至於多年來住慣的房子，鄰家蔦屋懇求讓渡，其他另有幾家也提出讓渡請求，但鄙人已決定讓與鄰家。其他行李和家具均打算在此賣掉，盡可能從簡起程。唯小夜所持古箏，應小夜要求將一起帶至東京。請憐察無法捨棄舊物的婦女心。

你也知道小夜於五年前來京都之前一直住在東京讀書，她非常盼望能盡快搬至東京。有關小夜的將來，她已大致同意，在此不另細述。其他瑣事待我們見面後再仔細商討。

東京舉辦博覽會[72]，想必貴地已人山人海。鄙人打算盡可能搭乘夜行快車前往東京，但快車是供有急事在身的人搭乘，故鄙人也有可能於途中住一二宿，慢條斯理地上京。待日期時間確定後，鄙人將再去信告知。臨書倉促，不盡欲言，僅先草草幾筆。

讀畢信文的小野依舊站在書桌前。還未捲起的信紙在他右手中無力往下垂落，寫著「清三先生……孤堂」幾個字的信尾在掛著山羊絨毛衣的衣架上重疊成兩三層。小野順著自己手中的信紙依次望向白色桌布。往下看的視線望至盡頭時，他只得轉移視線望向桌上的羅塞蒂詩集。望向掉落在詩集封面的兩枚紅花瓣。紅色吸引他把視線移至應該擱在右邊角落的彩色玻璃小花瓶。但小花瓶不在原處。前天插的山茶花也不見蹤影。他失去窺探美麗未來的管子。

小野在書桌前坐下。他無力地捲起恩人寄來的信，信紙散發一股奇異味道。是陳舊又帶點霉味的味道。那是過去的味道。是他想忘卻又猶豫不決牽著絲尾的味道，那條細得即將斷掉的緣份細絲，連結著昔日與眼前的今日。

倘若順著那條若隱若現長達半生歷史的細絲回溯，愈往後回溯愈暗澹。如今的小野已成為發芽的樹幹，事到如今，其實沒有必要用尖錐刺向早已斷絕葉脈的枯枝末端，殘忍地一刀結束記憶的性命。傑納斯神[73]擁有兩張臉，同時瞻前顧後。所幸小野只有一張臉。他背對著過去，只看得見眼前的熙熙前程。如果他往後看，背後只有呼呼作響的北風。他好不容易才在昨日今日擺脫那個寒冷的地方，不料寒冷的東西自寒冷的地方追了上來。至今為止他只須忘掉過去即可。只要投入溫暖鮮豔的萬里鵬程未來中，盡可能一步步遠離過去即可。活著的過去也安靜地嵌在死亡的過去中，雖然他不時擔憂活著的過去會動，卻仍自我安慰地每天前進一步，再每天回顧一下背後那些連綿不絕的全景，幸好活著的過去始終文風不動，令他鬆一口氣。然而，在他認為已無後顧之憂而再度窺探過去的管子時——裡面竟然有東西在動。自己正在逐次捨棄過去，過去竟主動挨了過來。過去正在逼近。過去彷彿一把照亮暗夜的燈籠，越過安靜的前後方和枯朽的左右方，正在搖搖晃晃地挨近。小野在房內轉著圈子。

---

72 一九〇七年三月二十日至七月三十一日在東京上野公園舉行的東京勸業博覽會。

73 羅馬神話中掌管天宮的門神 Janus，祂是擁有兩張臉的雙面神，一張臉回首過去，另一張臉望向未來。

大自然不會用盡大自然的東西。人在決定某事之前會發生某事。大自然的敵人是單調。小野在房內轉不到半圈時，下女在紙門外露臉。

「有客人來訪。」下女笑著說。小野不明白下女為何總是在笑。向小野道早安時笑，迎小野回來時也笑，叫小野吃飯時亦笑。經常無緣無故陪笑臉的人，必定對人有所求。這個下女確實在期待小野給她某種報酬。

但小野只是無精打采地望了下女一眼。下女很失望。

「要不要讓客人進來？」

小野漫不經心應著「啊，嗯」。下女再度覺得失望。下女會經常對小野笑是因為小野待人親切。對下女來說，態度冷淡的房客，半文都不值。小野也明白對方的心理。至今為止他會得到下女的好感也是基於這點。小野是個連下女的好感也不想輕易失去的男人。

往昔的哲學家曾說過，二者不可能同時占有同一個空間。此刻的小野腦中同時存在著親切和不安，有違哲學家發明的理論。親切若後退，不安則會前進。下女只是來得不湊巧而已。親切若後退，不安則會前進。以假亂真的哲學家會認為親切是裝腔作勢，不安才是本質。其實是為了讓房東進屋，親切和不安私下商討後，暫時讓不安占有租房而已。不過小野也很倒楣，竟讓下女撞見這種態度。

「讓客人進來好嗎？」

「嗯，是啊。」

「就說你不在家？」

「客人是誰？」

「是淺井先生。」

「淺井嗎？」

「說你不在家？」

「是啊。」

「你要讓我說你不在家嗎？」

「怎……麼辦好？」

「怎麼辦都好！」

「那就見吧？」

「我讓客人進來。」

「喂，等一下！喂！」

「什麼事？」

「啊，沒事。好，好。」

人有想見朋友和不想見朋友的時候。如果能明確知道是什麼時候，人便不會苦惱。不想見時就說不在家即可。只要不會傷害對方的感情，小野是個有勇氣說不在家的男人。但最令人難堪的是既想見又不想見，前前後後遲疑不決，連下女都瞧不起你的時候。

人在街上會遇見人。這時雙方只要擦肩而過便會成為毫不相關的陌生人，一切恢復原狀。但有時雙方會同時往右或往左地彼此讓路。當你察覺不妙而縮回腳打算轉往反方向時，對方也同樣察覺不妙而縮回腳轉往反方向。反方向碰上反方向時，彼此都察覺不妙，一方打算重來時，另一方也同時打算重來。雙方都打算重來而縮回腳步，縮回腳步後又打算重來，結果就像掛鐘鐘擺那般不停地左右晃動，猶豫來猶豫去。猶豫到最後，彼此都想開口大罵對方是個混蛋。頗得人心的小野差點被下女認為是個優柔寡斷的混蛋。

此時淺井進房。淺井是京都以來的舊友。他用右手捏住有點走樣的褐色帽子，隨手拋在榻榻米，隨即盤腿坐下說：「今天天氣真好。」

小野完全忘了天氣的事。

「是好天氣。」

「你看了博覽會沒有？」

「沒有，還沒去。」

「你去看看，很有趣。我昨天去吃了冰淇淋[74]回來。」

「冰淇淋？是嗎？昨天確實很熱。」

「我打算再去吃一頓俄羅斯料理。你要不要跟我一起去？」

「今天嗎？」

「嗯，今天也可以。」

「今天有點……」

「不去嗎？太用功會生病。你是不是打算盡快拿到博士學位，再娶個漂亮媳婦？真不夠朋友。」

「沒那回事。我沒法專心學習，正煩著呢。」

「是神經衰弱吧？你臉色很難看。」

「是嗎？難怪我覺得不舒服。」
「我說對了吧？你這樣會讓井上家小姐擔心，趕快吃頓俄羅斯料理把身體養好。」
「為什麼？」
「為什麼？井上家小姐不是要來東京嗎？」
「是嗎？」
「你還裝傻？你應該已經收到通知。」
「你收到了？」
「嗯，收到了。你沒收到嗎？」
「不，我也收到了。」
「什麼時候收到的？」
「就在剛才。」
「你快要跟她結婚了吧？」
「怎麼可能？」
「不結婚嗎？為什麼？」
「有許多說不清楚的理由。」

74 日本的國產冰淇淋於一八六九年在橫濱首次出現。一八八六年五月《東京日日新聞》出現冰淇淋廣告，當時一杯是十錢，相當昂貴。一八九九年以後才逐漸普及。

「什麼理由？」

「以後再慢慢說給你聽。井上老師以前很關照我，只要我能辦得到的事，我當然願意全力以赴。但是結婚這種事，怎麼可能說結就結呢？」

「你們不是約好要結婚嗎？」

「這個，我早就想跟你說……其實我很同情老師。」

「那還用說。」

「我打算等老師來東京後再慢慢向他說明。總不能讓對方單方面決定這種事吧。」

「怎麼會是單方面決定呢？」

「看信上那樣寫，好像已經決定了。」

「那老師很頑固。」

「他不會輕易改變自己的決定。他很固執。」

「最近他家的經濟情況也不太好吧？」

「我不清楚。不過應該不會很窮。」

「對了，現在幾點了？你幫我看一下錶。」

「兩點十六分。」

「兩點十六分？……這就是那個恩賜錶嗎？」

「嗯。」

「你實在很幸運。早知道我也領一個。有了這東西，世間對你的評價會完全兩樣。」

「不會吧？」

「會。畢竟是天皇陛下當保證人，絕對會。」

「你等一下還打算去哪裡？」

「唔，今天天氣好，我打算去玩。要不要一起去？」

「我有點事……不過我可以跟你一道出門。」

小野在門口與淺井分手，前往甲野府宅。

五

跨入山門[75]一步，古邈世界的綠意霍地從左右兩方襲至肩膀。形形色色的天然石整齊排在六尺寬小徑，平鋪小徑只響起甲野和宗近兩人的錯落腳步聲。

順著筆直細長的小徑望向盡頭，再望向石徑上的遠方盡頭，可以仰望迦藍。左右兩方的厚重屋頂板層層疊至陡峭屋脊，頂著兩方的翹曲宏大屋翼，屋脊上方端坐著另一棟伸長小屋翼的小屋頂。可能是為了通風或採光而設。甲野和宗近同時以韻味最佳的側面角度仰望這座寺院[76]。

75 天龍寺右邊的山門。

76 此處指的並非正殿，而是寺院廚房。小屋頂的功用類似煙囪。其實這棟建築物在小說中的年代時，屋頂已經改建為瓦頂。夏目漱石似乎故意描寫為江戶時代的構造。

「果然沒錯。」甲野拄著拐杖止步。

「那座正殿雖是木製的，但看起來不易損壞。」

「本來就建成不易損壞的形狀吧。也許正符合亞里士多德說的形式[77]。」

「你又提起難以理解的事了。我不管亞里士多德說什麼，這一帶的寺院都給人一種奇妙的感覺，實在很怪。」

「京都人的雅興和那些喜歡船板圍牆或喜歡掛燈籠[78]的人不同。這是夢窗國師[79]建的。」

「仰望那座正殿會陷於一種奇妙的感覺，原來是因為可以成為夢窗國師。哈哈哈，提到夢窗國師，這話題我還能跟得上。」

「在這兒逍遙散步的價值正是可以成為夢窗國師或大燈國師[80]。光是觀看的話毫無意義。」

「夢窗國師成為屋頂一直活到明治時代是件好事。比那些低廉的銅像有意義多了。」

「沒錯，一目了然。」

「什麼一目了然？」

「這寺院內的景色。完全沒有拐彎的地方，一切都能看得清清楚楚。」

「正像我這樣的人。難怪我進寺院時都會感覺很舒服。」

「哈哈哈，也許吧。」

「這麼說來，是夢窗國師像我，不是我像夢窗國師。」

「誰像誰都無所謂……我們休息一下吧？」甲野坐在橫跨蓮池[81]的石橋欄杆。欄杆腰部有一棵三寸厚的高大三蓋松[82]，枝葉垂落至水面。石橋上稀疏長出一層青苔斑紋，深深扎入夾雜灰色的紫色地質，橋下的枯蓮莖毫不費力地突破去年的冰霜，佇立在三月春色中。

宗近取出火柴，再取出香煙，咻一聲點燃後，即把燃剩的火柴拋進池內。

「夢窗國師不會做這種壞事。」甲野把下巴擱在握著拐杖頂部的雙手上。

「那就是說，他比我低級。他應該學學宗近國師的樣子。」

「讓你當國師，不如讓你當馬賊。」

「馬賊當外交官有點怪，不過我會光明正大地到北京當常駐外交官。」

「專門研究亞洲的外交官？」

「是亞洲的經綸，哈哈哈。像我這樣的人不適合西方世界。你說，如果我好好學習，能不能像你阿爺那樣？」

「像我阿爺那樣死在國外可就不好辦。」

「沒關係，我的後事交給你辦。」

「那更麻煩。」

---

77 亞里士多德是古希臘哲學家。文中的「形式」是《形而上學》中的理論，謂實體是形式與質料的結合，質料是結構或材質，形式則為實際物體。此處與美術史無關。

78 指東京人，東京人喜歡用舊船板製成的圍牆，手藝人和藝人喜歡在門口掛燈籠以避禍。

79 臨濟宗僧侶，名「疎石」（1275-1351），創建京都天龍寺，除了建築，造園術造詣亦很高。

80 臨濟宗僧侶，名「妙超」（1282-1337），創建京都大德寺。

81 天龍寺的放生池。

82 枝葉成三層的松樹。

「我又不是白死，我是為國家大事而死，你不過幫我辦後事而已，還嫌麻煩？」

「我自己都自身難保。」

「你就是太任性。你的大腦中有沒有日本這個國家？」

之前兩人的談話內容雖認真，卻仍罩著一層戲言雲彩。此時戲言雲彩終於散開，浮出嚴肅面貌。

「你考慮過日本的命運嗎？」甲野用力拄著拐杖，微微抬起上半身。

「命運的問題讓神去思考。人只要能夠像個人樣地認真工作就好。你看看那場日俄戰爭。」

「那是感冒偶然好了，就誤以為自己會長壽的例子。」

「你是說，日本會夭折嗎？」宗近逼近一步。

「那不是日本和俄羅斯的戰爭，是種族與種族間的戰爭。」

「那還用說。」

「你看看美國，看看印度，看看非洲。」

「你這樣說，等於在說伯父死在國外，所以我也會死在國外。」

「事實勝於雄辯，反正任何人都難逃一死。」

「死和被殺是同一回事嗎？」

「人通常在不知不覺中被殺死。」

排斥一切的甲野用拐杖在石橋咚地敲了一聲，發冷般地縮起肩膀。宗近驀地站起。

「你看看那邊，看看那座正殿。聽說那是一個名叫峨山[83]的和尚，只靠一個碗，到處托缽，到處化緣，用乞討的錢重建的。而且他好像在五十歲之前就過世。人如果沒幹勁，連橫躺的筷子也沒法豎起。」

「你不要看正殿，你看那邊。」甲野依舊坐在欄杆伸手指向反方向。

把世界切成圓片的緊閉山門唰地左右敞開，山門中——有紅色東西路過，有青色東西路過。女人路過。小孩路過。京都人傾心於嵯峨[84]春色，繽紛絡繹地前往嵐山。

「就是那個。」甲野說。兩人再度跨進顏色世界。

在天龍寺門前往左轉是釋迦堂[85]，右轉則為渡月橋[86]。京都連地名都很美。兩人穿過兩側擺滿各式各樣名產的商店街，踏著奔波了七天猶存旅情的雙腳前往車站[87]。一路上遇見的都是京都人。為了不讓人們錯過花期，每隔半時辰自二條車站出發的火車，吐出剛抵達的俊男美女送給嵐山的櫻花。

「太美了。」宗近早已忘卻國家大事。京都很適合滿身綾羅的女人。國家大事也比不過京都女人的色彩。

83 臨濟宗僧侶橋本昌禎（1853-1900），京都人，天龍寺於幕末動亂時期的一八六四年被燒毀，峨山於一八九九年成為天龍寺住持，之後重建了天龍寺。

84 京都市右京區地名。

85 嵯峨清涼寺，裡面安置十世紀末自中國宋朝運至日本的釋迦如來佛像。

86 架在嵐山山腳大堰川的長橋。

87 嵯峨車站，現在改名為「嵯峨嵐山」車站。

「京都人朝夕都在跳都踊，無憂無慮的真好。」

「所以我說京都很小野嘛。」

「不過都踊很好看。」

「的確不錯，看起來很繁華。」

「不對，都踊女人都缺乏異性感。女人打扮得太過分，裝飾品反倒會喧賓奪主，讓女人失去人的分子。」

「有道理，理想女人的極端例子正是京人形。人形是器械，不會令人生厭。」

「那些臉上化著淡妝到處活動的女人比較危險，她們擁有最多人的分子。」

「哈哈哈，那種女人對任何哲學家來說都很危險吧。不過都踊很安全，對外交官來說也很安全。我非常同意你的意見。幸好我們是來安全的地方玩。」

「人的分子若以第一義[88]為本而活動，那還好，但一般人都是第十義在胡亂活動，令人厭惡。」

「我們居於第幾義？」

「我們兩人品格很好，不會居於第二義或第三義之下。」

「我這樣也算品格好？」

「你雖然老是閒扯淡，但很有意思。」

「謝謝。可是，第一義到底是什麼活動？」

「第一義嗎？必須流血才會出現。」

「那不是更危險？」

「當人用鮮血洗滌愚蠢意圖時，第一義便會躍然跳出。人就是如此輕薄。」

「用自己的血？還是別人的血？」

甲野沒回應，望向商店陳列的抹茶茶碗。不知是不是揉泥土手製的，三層架子上擺的茶碗都有點愚蠢相[89]。

「對那種愚蠢的人，用再多鮮血洗滌也沒用吧？」宗近仍在糾纏。

「這是……」甲野取起一個茶碗觀看，宗近卻不分皂白用力拉著甲野的袖子。茶碗掉落在地面摔成碎片。

「就這樣。」甲野望著地面的碎片。

「喂，摔碎了嗎？碎了就碎了，別管它。你快來看，快！」

甲野跨出商店門檻。「什麼事？」他回頭望向天龍寺方向，卻只看到一群京人形背影正在絡繹不絕地往前邁步。

「什麼事？」甲野再度問。

「走掉啦。太可惜了。」

「什麼走掉啦？」

88 本為佛教用詞，指深奧而無出其右的妙理，為聖者所覺悟的真諦。但甲野說的不是佛教的真諦，而是對當事人來說，最重要且最有價值的意義。

89 意指廉價貨。

「那個女人。」

「什麼女人？」

「鄰家女人。」

「鄰家？」

「那個琴聲的主人。是你想看卻沒看到的那個姑娘。我好心想讓你看，結果你在那邊玩那些無聊的茶碗。」

「那真是太可惜了。她在哪裡？」

「你還問？早就不見了。」

「沒看到那姑娘確實可惜，但那個茶碗也很可憐。是你的錯。」

「錯就錯，我願意承擔。那種茶碗洗了也沒用。那種東西不壞掉就沒法改變，是最難應付的玩意。這世上沒有比茶人的茶具更令人討厭的東西。他們的每件東西都很乖僻。我真想蒐集全世界的所有茶具一個個給打碎。要不然我們順便多摔幾個茶碗再回去？」

「唔……一個到底多少錢？」

兩人付了茶碗的錢，來到車站[90]。

京都的火車載著遊興沖沖的人們去賞花，再從嵯峨折回二條。不回二條的火車則穿山越嶺開往丹波。兩人買了開往丹波的車票，在龜岡下車。自古以來，保津川[91]的急湍舟遊都以此站為起點。眼前的急湍舟遊河水流速尚緩，頗有碧油韻味。岸邊已在營業，地面也已長出當地孩子愛摘採的筆頭菜。艄公把船聚集在岸邊等待遊客。

「這船很怪。」宗近說。船底是一整塊平板，船舷卻離水面不到一尺。紅毛毯上擱著煙草盆，兩人等分地拉開距離坐下。

「你們可以再靠左邊一點，沒事的。波浪不會濺上來。」船夫說。船上有四名船夫。最前面的船夫負責十二尺長的竹竿，其次兩名船夫在右側划槳，站在左側的船夫也是負責竹竿。

船槳發出咯吱聲響。粗工刨平的樫木槳板頸項纏著粗藤蔓，剩餘的一尺為圓杆，利於雙手緊握。握著圓杆的手，骨節黝黑凸出，青筋如松樹小枝地拚命脈動，以便主人用力划槳。頸項纏著藤蔓的船槳似乎不肯屈服於船夫的力量，頑強地挺直脖子，每划一次便與藤蔓磨碰，與船舷摩擦。船槳每划一次都會咯吱作響。

岸邊激起兩三層波浪，無聲河水片刻不停地往前流。水流重重疊疊往前行，頭上聳立著環繞山城[92]的春山屏風。無處可逃的河水只能流進山間。忽覺照在帽子的陽光失去蹤影，原來船已經駛入峽谷。此處正是保津急湍起點。

「快來了。」宗近望向船夫背後不遠處的懸岩。水聲轟隆作響。

「原來是這個樣子。」甲野自船舷伸出頭時，船已經駛入急湍。右側的兩名船夫立即停止划槳。船槳順著水流緊貼著船舷。站在船首的船夫只是橫握著竹竿。傾斜的船如飛矢往下衝，坐在船

---

90 嵯峨車站。

91 大堰川的上游，自龜岡附近到嵐山山腳有許多急湍，景色很美，觀光遊覽船都以龜岡為起點。

92 京都府東南部。

底的屁股下響起疾馳的隆隆水聲。兩人正覺得船可能會迸裂時，船已經駛出急湍。

「就是那個。」宗近指向船尾說，甲野順著指尖望去，只見一百米長的白泡沫翻來覆去，正在爭先恐後搶奪射進山谷那絲陽光中的萬粒碎珠。

「真是壯觀。」宗近心滿意足。

「與夢窗國師比起，你喜歡哪個？」

「比起夢窗國師，這個好像比較偉大。」

船夫十分冷靜。峭壁上的松樹看似隨時會崩落，船夫卻視若無睹地划槳撐篙。船通過的急湍千迴百折。每迴旋一次，眼前就會出現新的山。激流穿過令遊客來不及屈指細數的石山、松山、雜樹林山，再驅策船躍入另一個奔湍。

前面有塊圓形大岩石。岩石拒絕青苔在它身上堆疊累贅，裸露著紫色身體，腰部以下任由春寒飛沫擊打，佇立在綠色怒濤中等待駛來的船。船迫不及待地一直線衝向這塊大岩石，毫不考慮可能會被漩渦捲走或撞上岩石而粉身碎骨。船客無法想像兩側被削成斜坡的河底到底有多深，波浪的去向比船客的未來更不可測。船是否會撞上岩石而粉碎？是否會被激流捲走？或者墜入深不可測的彼方……船只是一直線往前駛。

「會撞上！」宗近抬起屁股時，紫色大岩石已經壓在船夫頭上。船夫大喊一聲使勁地操縱船首。船以裂成兩半的勢頭潛入吞沒浪濤的岩石大肚中。船夫調轉橫握的竹竿高高舉起雙手時，船也跟著轉了一大圈。篙頭推開野獸般的岩石，船緊靠著岩石腳斜斜滑下，落至岩石另一方。

「怎麼看都比夢窗國師厲害。」宗近邊坐邊說。

穿過所有急湍後，對面有空船逆流而上。船夫不但沒有使船篙也沒有划船槳。船夫不用伸出拳頭用力推開岩石稜角，只是在深藍棉衣肩頭斜斜纏著細麻繩，順著狹長山澗拚命拉著空船上來。船夫在除了水流根本毫無立錐之地的岸邊，腰彎得腳上的草鞋凹陷，忽而跳上石頭，忽而爬上岩石。無力下垂的雙手指尖始終浸在被岩石擋住而形成漩渦的河水中。有些岩石歷經世世代代船夫們使勁踩踏，自然而然地被磨平，形成石階，讓拉著空船的船夫能輕易爬上。綁在各個岩石上的長竿，據說是為了讓船夫的拉繩可以順利繞過岩石，以便空船快速逆流而行[93]。

「波浪平靜了。」甲野望著兩旁岸邊。毫無踏腳處的遙遠峭壁頂端傳來砍柴的叮咚聲。上空有黑影在晃動。

「看起來像猴子。」宗近露出喉頭地仰望山峰。

「只要習慣了，什麼活都能幹。」甲野也伸手罩在額頭向上觀看。

「不知他們幹一天能賺多少錢？」

「到底能賺多少呢？」

「要不要問問他們？」

「這兒的水流太急了，哪有閒情問。你沒看船一直在往前駛。如果沒有這種水流比較緩慢的地方，真的會受不了。」

93 一九五〇年以後用卡車運空船，一九七〇年以後用強化塑膠船運空船，現在已經看不到船夫用人力拉空船的光景。往昔拉空船時，一名船夫在船上，三名船夫各自在肩頭拉著拉繩，順著河岸的岩灘往上流拉。

「我還想駛船。剛才船衝向岩石腹部轉了一圈時，實在很刺激。我真想向船夫借船篙，自己轉轉看。」

「讓你轉的話，我們兩個早就死了。」

「不會，那才叫刺激。比觀看京人形還刺激。」

「大自然都是以第一義為本而活動。」

「這麼說，大自然應該是人類的榜樣。」

「不是，人類才是大自然的榜樣。」

「你果然是京人形黨？」

「京人形不錯，很接近大自然。就某種意義來說，京人形也是第一義。令人傷腦筋的是……」

「是什麼？」

「很多事都令人傷腦筋吧？」甲野答非所問。

「傷腦筋就沒辦法嘍，等於失去榜樣。」

「認為下急湍很刺激的人是因為有榜樣。」

「我嗎？」

「沒錯。」

「那我是第一義的人。」

「在下急湍時是第一義。」

「難道下急湍後就是凡人嗎？」

「在大自然翻譯人類之前，人類先翻譯了大自然，所以人類是大自然的榜樣。覺得下急湍很痛快，是因為你內心的痛快感以第一義為本而活動，繼而轉移至大自然。這是我對第一義的翻譯，也是對第一義的解釋。」

「所謂肝膽相照，是因為彼此都以第一義為本而活動吧？」

「大致是這樣。」

「你有沒有肝膽相照的時候？」

甲野沉默地望著船底。老子曾說，言者不知[94]。

「哈哈哈，那我和保津川是肝膽相照的關係。有趣，有趣。」宗近拍了幾次手。水流忽摟忽離地在錯亂突起的岩石左右縈迴，半透明的綠色光琳波[95]描畫著幼蕨般的曲線，緩慢地越過岩石稜角。河流逐漸接近京都。

「轉過那個鼻端就是嵐山。」船夫將長竹竿插進船舷說。咯吱作響的船槳平滑地把船划出深淵後，左右兩旁的岩石主動讓路，船抵達大悲閣[96]。

兩人在松樹、櫻樹、成群的京人形之間往上爬。鑽過毗連成帷幕般的長袖[97]，再穿過松樹林來到渡月橋時，宗近又用力拉了甲野的袖子。

94 老子：知者不言，言者不知。
95 日本江戶中期畫家尾形光琳創出的裝飾性波浪圖形。
96 位於京都嵐山山腰的大悲閣千光寺，附近有溫泉。
97 形容京都未婚女子穿的長袖和服。

以二摟粗的赤松為背景，大堰川白浪和明亮花影為點綴的橋頭葦簾茶棚內，坐著一個梳著高島田[98]髮髻的女子。頂著一頭在當前罕見的古風髮髻的白皙瓜子臉，猶如臨花不堪風，低著頭避人眼目地正在觀看當地名產的糰子。她端正地併攏膝頭，披著一件淡色綾羅外褂，看不清外褂內的衣服。但甲野一眼就看到外褂領子邊露出的不知是什麼紋樣的內襯領[99]。

「就是她。」

「誰？」

「她就是那個彈琴的女子。穿黑外褂的一定是她阿爺。」

「是嗎？」

「她不是京人形，是東京人。」

「你怎麼知道？」

「旅館下女說的。」

三三五五醉葫蘆酒鬼傍若無人地高聲狂笑，揮舞著手臂從身後擠來。甲野和宗近斜著身軀讓路給狂妄人。眼下是色相世界的高峰時期。

六

罕見愁容的圓臉，領子內隱約可見淡草黃蘭花在肌膚吐露幽香，灑落在衣服主人的胸前。糸子正是這樣的女人。

向人指示目標時，通常用手指。四根手指折進手心，再用食指指著目標物叫人看時，手指只指向一個明確方向，不會混亂。如果伸出五根手指叫別人看目標物，即便能答對東西方，也讓人缺乏答對的感覺。糸子是類似五根手指並排在一起的女人。雖然不能說別人如此看她是錯誤的，但確實有點不正確。美中不足是因為手指太短。過分完美則因為手指太長。糸子是類似五根手指同時並排在一起的女人。不能說美中不足，也不能說過分完美。[100]

如果指向對方的手指既細又長，指尖肉薄，對方會逐漸將注意力移至眼前這根手指指尖，形成指尖是焦點的構圖。藤尾的手指看似自紅色指尖滑出的尖利縫衣針。看到這手指的人，雙眼會立即發痛。笨手笨腳的人不會過橋。手腳太靈活的人會走欄杆。走欄杆的人有落水之虞。

藤尾和糸子在六疊榻榻米房進行五根手指與縫衣針的戰爭。這世上的所有會話都是戰爭。而女人的會話是最激烈的戰爭。

「有陣子沒見到妳了，真是稀客。」藤尾以主人身分說。

「我父親一個人忙得很，所以好久沒來問候……」

「妳還沒去看博覽會嗎？」

「沒有。」

---

98 江戶時代未婚女子的髮髻，在小說設定的明治四十年看來，與東京女子的時髦髮型比起，算是很老式的髮型。

99 和服內搭配的內側領子。

100 這段文章是形容糸子是個不顯眼的女子，跟人有五根手指一樣，平淡無奇。與「紫色女人」的藤尾剛好成對比，雖很平凡，卻跟哥哥宗近一樣，個性很正直，表裡如一。

「向島[101]呢？」

「什麼地方都沒去。」

藤尾內心想，老待在家裡竟然還能如此心滿意足——糸子每次答話時，眼角都會浮出笑容。

「妳真那麼忙嗎？」

「都是些瑣事……」

糸子答話時通常只答一半。

「偶爾也要出門一下呀，不然對身體不好。一年只來一次春天呢。」

「是啊，我也這麼想……」

「雖然一年只有一次，但要是死了，不就只有今年這次嗎？」

「呵呵呵，死了就沒意思了。」

兩人的會話貫穿一個「死」字，各自往左右兩邊閃開。自上野可以前往淺草，同時也可以前往日本橋。藤尾打算把對方帶到墳墓另一方，但對方連墳墓還有另一方這件事都不知道。

「等我哥哥結婚後，我會出門到處逛逛。」糸子說。賢妻良母型的女人只會說出賢妻良母型的回答。這世上沒有比死心認為自己是為了服侍男人而生的女人更可憐的人。藤尾在內心嘲笑。藤尾認為自己的眼睛、自己身上的長袖、自己擅長的詩歌，均與鍋子炭盆之類的截然不同。它們是在這美麗世間晃動的美麗影子。當女人被冠上「實用」兩字時——美女——會失去本來面目，覺得受到無比的侮辱。

「一先生打算什麼時候結婚呢？」藤尾敷衍地繼續進行會話。糸子回話前先抬臉望著藤尾。戰爭逐漸打得火熱。

「只要有人願意嫁給他，任何時候都歡迎。」

這回輪到藤尾在回話前先瞪著糸子。黑暗中的縫衣針是以備不時之需，不會輕易出現。

「呵呵呵，他應該能隨時娶到出眾的賢妻吧。」

「要真那樣就好了。」糸子半是話中有話地纏住藤尾。藤尾必須準備逃路。

「妳不知道他想娶誰嗎？只要一先生真打算結婚，我會認真幫他找對象。」

雖然糸子不清楚自己手中的粘竿[102]夠不夠長，但小鳥似乎真逃走了。不過仍有必要進一步確認。

「請妳認真幫他找，就當是我姐姐。」

糸子有點深入危險地帶。二十世紀的會話是一種巧妙藝術。不跨出一步就不得要領。跨得太深會被撣掉。

「妳才是我姐姐。」藤尾割斷對方拋過來的試探繩索反擲回去。糸子仍未聽明白。

「為什麼？」糸子歪著頭。

射出的箭沒射中靶子是因為射箭人不夠本領。但明明射中靶子，靶子卻沒反應，則是射箭人器量不夠。對女人來說，器量不夠比不夠本領更令人沮喪。藤尾微微咬著下唇。既然進行到這種地步，屢戰屢勝的藤尾當然不會停戰。

101 向島在當時是賞櫻名所。

102 頂端塗有黏劑，立在田野中捕鳥的竿子。

「妳不想當我姐姐嗎？」藤尾若無其事地問。

「哎。」糸子的臉頰不自覺地飛紅。敵方暗罵一聲活該，冷笑地撤兵。

甲野和宗近兩人經協議後得出的結論是——不以第一義為本而活動的人，無法領會肝膽相照的意義。兩人的妹妹卻在肝膽外圍開戰。這場戰爭的目的是想把對方引入肝膽內圍？還是想把對方趕至肝膽外圍？讓二十世紀的哲學家來評論，哲學家說，這是一場肝膽互壘的戰爭。

然而，小野來了。小野因被過去追趕，在寄宿房內不停繞圈子。無論怎麼繞都無法逃開時，他見了老朋友，試著調停過去與現在。調停似乎成功又似乎失敗，小野依舊陷於不安狀態。他當然缺乏勇氣揪住追趕上來的過去。小野不得不跑來向未來求救。有道是躲在袞龍袖之後。小野打算躲在未來袖之後。

小野蹌蹌踉踉地來了。遺憾的是很難說明為何蹌蹌踉踉的理由。

「你怎麼了？」藤尾問。小野來不及在自己身上那件擔憂衣服縫上從容家紋。

哲學家曾說，二十世紀的人都必須具備兩三件縫有從容家紋的衣服。

「你看起來臉色很壞。」糸子說。唯一能仰賴的未來竟然反戈想挖掘過去，可憐的小野。

「這兩三天都睡不著覺。」

「哦。」藤尾說。

「怎麼了？」糸子問。

「他最近在寫論文……是吧？所以才睡不著覺吧？」藤尾既回答糸子又同時問小野。

「是的。」小野是急奔渡口恰有停舟地答。無論任何停舟，只要有人叫小野必須搭乘，小野是不會站在原地的人。大部分的謊言都是渡口的舟。因為有舟，才會搭乘。
「是嗎？」糸子隨口答。對賢妻良母型的女子來說，寫什麼論文都跟自己無關。賢妻良母型的女子只會關心對方臉色不好這件事。
「畢業後也很忙吧？」
「他在畢業時拜領了銀錶，今後還要寫論文爭取金錶[104]呢。」
「很好啊。」
「是吧？小野先生，我說的沒錯吧？」
小野報以微笑。
「難怪你沒有跟我哥哥和她哥哥欽吾先生一起到京都玩……我哥哥實在很愛玩。真希望他偶爾也忙得睡不著覺。」
「呵呵呵，不過總比我哥哥好吧。」
「欽吾先生比我哥哥好多了。」糸子半不自覺地說完後才察覺自己說漏了嘴，膝上的絲綢手帕被揉搓成一團。
「呵呵呵。」

103 表示來不及隱瞞心中的焦急。
104 日本沒有因寫博士論文而得金錶的規矩。此處是暗喻藤尾和糸子都不懂當時的大學制度，又暗喻藤尾認為「金」比「銀」高等，深信寫了博士論文就能得到金錶。日本明治時代的學制是小學八年，中學六年，之後才是大學，當時的大學相當於現代的研究生院碩士、博士課程。

藤尾雙唇間露出裝飾在門牙角的一絲金光。敵人順利地中了自己的圈套。藤尾高唱第二首凱歌。

「京都那邊仍沒有消息嗎？」這回輪到小野問。

「沒有。」

「其實也應該寄封明信片回來。」

「不是說像顆子彈一去不回嗎？」

「誰說的？」

「上次我母親不是說過嗎？說他們兩人都像子彈那樣……糸子小姐，聽說宗近先生是顆大子彈。」

「誰說的？伯母嗎？一顆子彈就夠煩人了，還大顆子彈。要是不讓他快點結婚，真不知道他會飛到哪裡去，老讓人擔心。」

「那妳快點讓他結婚嘛。小野先生你認為呢？我們幫他找個好對象吧。」

藤尾有所示意地望著小野。小野的眼神和藤尾的眼神撞在一起抖個不停。

「好，我幫他介紹個好對象。」小野取出手帕輕輕擦著唇上的稀薄鬍子。手帕飄出一陣幽香。據說香味太濃為下品。

「你在京都有很多朋友吧？你就介紹個京都人給一先生好了。聽說京都有很多美女？」

小野的手帕有點失控。

「實際沒那麼漂亮……等甲野回來，妳可以問他。」

「他才不會聊這種事呢。」
「那妳問宗近。」
「我哥哥說京都有很多美女。」
「宗近以前去過京都嗎?」
「沒有,這回是第一次,他寄來一封信。」
「咦,那他不是子彈。他寄信回來了?」
「不是信,是明信片。他寄來一張京踊的明信片,角落寫著京都的女人都很漂亮。」
「是嗎?真那麼漂亮?」
「明信片上一整排都是白臉,我完全看不出到底漂不漂亮。不過要是能看看倒也不錯。」
「實際看了也是一整排白臉。漂亮是漂亮,不過沒表情,沒什麼意思。」
「他還寫了其他事。」
「懶人還會寫那麼多?寫了什麼?」
「他說,鄰家的琴聲彈得比我好聽。」
「呵呵呵,一先生怎麼可能聽得出琴聲的好壞呢。」
「他大概是故意氣我的,我彈得不好。」
「哈哈哈,宗近也太壞了。」
「而且他還說,對方比我漂亮。真氣人。」
「一先生說話就是這麼露骨。我在一先生面前也說不過他。」

「不過他在信中誇了妳。」

「是嗎？他說什麼？」

「他說，對方比我漂亮，但比不上藤尾小姐。」

「哎呀，討厭。」

藤尾仰起細長脖子，眼神夾雜著得意和輕蔑之念而閃閃發光。她看似打算掀起一陣匹敵鬢毛的波浪，唯有夜光貝紫羅蘭發出星眼般的楚楚亮光。

小野的視線此時再度與藤尾對視。糸子不明白其中意義。

「小野先生聽過三條有家叫蔦屋的旅館嗎？」

小野沉迷在深不可測的黑眸中，全身掛在未來救命索上，不料竟突然來個陰溝裡翻船，轟然掉進過去的世界中。

為了躲避追趕上來的過去，小野逃進冒出紫雲的手香爐煙霧中，但他根本沒時間享受那縹緲雅趣，更別說飽嘗，只不過用眼神彼此瞄了幾眼，便自還未開花結果的夢中醒來，反倒被拋至過去的世界。草間有蛇，切勿踏青。

「蔦屋怎麼了？」藤尾問糸子。

「明信片上說，欽吾先生和我哥哥住在那家蔦屋旅館，我不清楚那是什麼地方，所以順便問一下小野先生。」

「小野先生知道嗎？」

「三條嗎？三條的蔦屋，我記得好像有……」

「這麼說來，不是很有名的旅館了？」糸子天真無邪地望著小野。

「是的。」小野看似悲傷地答。這回輪到藤尾開口。

「小旅館不也很好嗎？在房內還能聽到琴聲……只是聽的人是我哥哥和一先生的話，就不行了。如果是小野先生，一定很喜歡吧？在春雨淅瀝下個不停的安靜的日子，輕鬆躺著聆聽旅館鄰家美女彈琴，不是很有詩意嗎？」

小野一反常態默不作聲。他甚至不看藤尾，只是出神地望著壁龕的棣棠。

「很好啊。」糸子代小野答。

不懂詩詞的人沒有資格介入雅趣問題。如果只為了賢妻良母型女子的一句「很好啊」的贊同而心滿意足的話，乾脆一開始就不提春雨、房內、琴聲之類的事。藤尾很不滿。

「想來應該是一幅很有趣的畫。到底是什麼樣的地方呢？」

賢妻良母型女子為何會提出這種問題，實在令人費解。藤尾不想多管閒事，只好默不作聲。小野則非開口不行。

「妳認為是什麼地方呢？」

「我？我嘛……那個……最好是裡屋的二樓……有迴廊，可以遠遠望見加茂川……從三條可以望見加茂川嗎？」

「有些地方可以。」

「加茂川岸邊有柳樹嗎？」

「有。」

「那柳樹遠遠看去很迷濛，柳樹上有東山……是東山吧？那個美麗的圓圓的山……那座山像綠色供品那般圓圓凸起，朦朦朧朧。朦朦朧朧的景色中隱約可以看到五重塔[105]……那座塔叫什麼名字？」

「哪座塔？」

「東山右角不是有一座塔嗎？」

「我記不清了。」小野歪著頭。

「有，一定有。」藤尾說。

「可是琴聲是鄰家傳來的。」糸子插嘴。

這句話令女詩人的幻想破滅了。賢妻良母型的女人是為了破壞這美麗世界而來到這世上。藤尾微微皺起眉頭。

「妳真性急。」

「沒有啊，我聽得很入迷。接下來五重塔會怎樣呢？」

五重塔根本不會怎樣。這世上有只看一眼生魚片便收下盤子拿進廚房的人。而想讓五重塔怎樣的人，是從小便被教育成不吃生魚片不罷休的實用主義的人。

「那不說五重塔算了。」

「很有趣啊，五重塔很有趣，小野先生，你說是不是呢？」

惹人動怒時，必定要向對方道歉是世間常情。觸到女王的逆鱗時，用鍋子、濾醬篩子之類的供品是沒法彌補的。在實際生活中毫無用處的五重塔，必須小心翼翼地安置在朦朧煙霧中。

「沒有五重塔了。五重塔該怎樣呢？」

藤尾的眉毛動了一下。糸子覺得想哭。

「妳生氣了……對不起。五重塔真的很有趣，我不是在獻殷勤。」

摸刺蝟時，你越摸，牠會越豎刺。小野必須在刺蝟爆炸之前阻止。

再提五重塔肯定更生氣。可琴聲對小野來說是禁忌。小野暗自思量該怎麼調停比較好。如果話題離開京都，對小野來說是好事，但無緣無故轉移話題會招惹糸子的輕蔑。小野必須繞著對方的話題轉，而且把話題進展至不會傷害自己的方向。對銀錶來說，這問題似乎太難了。

「小野先生，你能理解我說的話吧？」藤尾先開口。糸子被視為外行人而遭排除。小野不想看到令自己不愉快的語言決鬥，才想調停兩個女人的戰爭。既然文錦細眉白刃交鋒的兩人，有一方不把另一方當一回事，小野就沒必要出手。只有被排除的人再三糾纏時，才有必要發揮親切心讓對方加入陣容。只要對方老老實實，無論被排除或被輕視，暫時都跟小野的利害無關。小野已經沒必要再顧慮糸子的心情。他只要配合先開口的藤尾的節奏就絕對平安無事。

「我當然能理解……詩詞的性命比事實重要。只是世間有許多不懂詩詞的人。」小野說。小野並非瞧不起糸子，他只是以藤尾的心情為重而已。而且他的答案是真理。是一種對弱者出氣的真理。為了詩詞，為了愛情，小野願意做這種犧牲。道義不會在弱者頭上發光，糸子覺得有點無依無靠。藤尾總算能吐氣揚眉。

105 京都東山法觀寺，因通稱八坂寺，寺內的五重塔也通稱八坂塔。

「那麼，我繼續說給你聽好嗎？」

常言道，害人者亦害己。小野不能不答應。

「好。」

「從二樓望下去，有三塊交叉的腳踏石，前方有井口木框，井邊有盛開的雪柳，吊桶碰到雪柳時，花瓣會簌簌搖晃，似乎即將掉落井中……」

糸子默不作聲地聽著。小野也默不作聲地聽著。布滿淡雲的天空逐漸降落。烏雲重重疊疊，陰沉沉地壓住三月天。白晝漸次昏暗。離防雨窗五尺處的竹籬笆角落，並排著妖艷的星花木蘭。透過樹叢仔細看，偶爾會看到斷斷續續落下的兩三條雨絲。雨絲斜斜落下又乍止。怎麼看都不像降自上空，更不像落於大地。雨絲的壽命僅有一尺餘。

居移氣[106]。藤尾的幻想與天空同時濃厚起來。

「你在二樓欄杆看過雪柳嗎？」藤尾問。

「沒有。」

「雨天時……哎，好像下雨了。」藤尾望向院子。天空益發陰暗。

「接下來是……雪柳後面是建仁寺[107]的竹籬笆，籬笆內傳出琴聲。」

終於出現琴聲了。糸子心想，原來如此。小野則暗吃一驚。

「從二樓欄杆往下看，可以一清二楚地看見院子……順便說說院子的樣子給你們聽好嗎？呵呵呵。」藤尾高聲笑著。冰冷的雨絲閃爍地掠過星花木蘭。

「呵呵呵呵，你們不想聽嗎……天好像暗下來了。淡雲蔽空的天氣似乎要變臉了。」

壓在不遠處的烏雲即將變化為細絲。一條細絲橫穿過樹叢後，另一條細絲緊接著落下。眨眼間，一束束細絲落在同一個地方。雨腳逐漸綿密。

「哎呀，看來真的會下雨。」

「下雨了，那我先失陪。妳聊得這麼起勁，實在很失禮，不過妳描述得很有趣。」

糸子起身。話題隨著春雨瓦解。

七

擦火柴時，火焰會立即消失。掀完層層的彩錦後，即為素色境地。春興盡在兩名青年身上。穿著狐皮背心橫行天下的青年，與懷中揣著日記思百年憂的青年，一起踏上歸途。

罩著古剎、古社、神森、佛丘的悠閒京都日頭總算下山。那是倦怠的傍晚。一切都將消逝的大地只剩星辰，星辰卻也混濁不清。星辰懶得眨眼地打算融入天空。過去在沉睡大地的深處開始活動。

每個人的一生都有一百個世界。人有時會潛入地底世界，有時在風的世界中飄搖。甚至在鮮血世界中淋著血雨。集一人的世界於方寸之地的糰子，與清濁同流的其他糰子，重重疊疊活現出千人

106《孟子．盡心上》：「居移氣，養移體，大哉居乎！」，指人會隨著地位、環境的改變而有所變化。

107 建仁寺是京都五山之一，京都東山臨濟宗大總部。

的千個現實世界。每個人的世界中心都安置著每個人的因果圓心，左來右去地畫出與自己相稱的圓周。以憤怒為圓心的圓周快速如飛，以愛情為圓心的圓周在空中烙下火痕。有人操縱著道義細絲在活動，有人隱隱繞著奸譎之圜。當縱橫前後、上下四方、紛亂飛舞的世界與世界交叉時，秦越之客便會同舟。甲野和宗近盡了三春行樂興後，踏上東行歸途。孤堂先生和小夜子則搖醒沉睡的過去往東前進。兩個完全不同的世界在八點開出的夜車上偶然交叉。

自己的世界與自己的世界交叉時，有人會切腹，自取滅亡。自己的世界與別人的世界交叉時，有時兩個世界會同時崩潰甚至綻裂。或者互相碰撞噹啷一聲地拖著熱氣分道揚鑣於無極。生涯中若發生一次激烈交叉，人就不用站在閉幕舞台也能成為悲劇的主人公。上天賜予的性格在此時方始以第一義為本而躍動。在八點開出的夜車上交叉的兩個世界並不激烈。然而，倘若只是相遇又離別的萍聚緣分，在耀星春夜，在連名稱都帶著蒼涼味道的七條[108]，他們沒有交叉的必然性。小說能雕琢自然。自然無法成為小說[109]。

兩個世界綿延不絕如夢似幻地在二百里遠的火車內交叉。無論搭牛載馬，搬運何人的命運又如何搬運至東方，二百里遠的火車根本漠不關心。火車只是隆隆滾動著不畏這世界的鐵輪，再筆直衝入黑暗而已。乘客中有歸心如箭的人，有離情依依的人，有以四海為家不在乎往來的旅人，但火車視他們為捆成一束的土偶，一律給予同等待遇。雖然夜晚看不見，火車卻始終不停地冒著熊熊黑煙。

所有人皆提著燈籠在沉睡的黑夜中朝七條前進。當人力車的車夫擱下車轅時，車上的黑影會霍地明亮起來，走進候車室。黑暗中不斷出現黑影。車站內擠滿活生生的黑影。留在原地的京都想必很安靜。

京都的活動全集中在七條這個中心點，火車為了在天亮之前把這些匯集的一千、兩千個活動世界，不分皂白地送到東京而不停冒煙。黑影開始四散——聚集為一團的固體東零西散為黑點。黑點左右移動。過一會兒，車廂門發出天下無敵的砰砰響聲依次關上。月台像被一氣掃掉般突然空無一人。從車廂窗內望去，只能看到月台的大時鐘。遙遠後方響起口哨聲。火車晃動一下。甲野、宗近、孤堂老師、楚楚可憐的小夜子，四人均在這輛黑暗火車上憑著嗅覺往前移動，彼此都不知道彼此的世界將被織成何種關係。不知情的火車隆隆滾動車輪。不知情的四人扛著四個交叉的世界走進黑夜。

「相當擁擠啊。」甲野環視車廂說。

「嗯，京都人都搭這輛火車到東京看博覽會吧。看來有很多人坐這班火車。」

「那還用說，你沒看候車室像一座黑山。」

「京都現在大概很寂寞。」

「哈哈哈，這倒是事實。京都確實是個閑靜的地方。」

「真想不到住在那種地方的人也會動，他們大概也有各種事要辦吧。」

「就算再閑靜，總有剛出生的人和正在死去的人。」甲野抬起左腳擱在右膝。

---

108 京都車站所在。當時的京都與現在不同，明治維新後，天皇和所有公卿貴族全遷移至東京，京都像個被遺棄的哀怨女人。

109 這句話是在諷刺當時日本文壇興起的自然主義文學。

「哈哈哈，生和死是他們要辦的事嗎？住在蔦屋隔壁的父女大概也是這類人。我看他們家很安靜，一點聲音都沒有。沒想到他們也要去東京。」

「應該是去看博覽會。」

「不是，聽說他們要搬家。」

「是嗎？什麼時候？」

「不知道。我問下女時沒問得那麼詳細。」

「那個姑娘總有一天也會嫁人吧。」

「哈哈哈，應該會吧。」宗近把行囊擱在架上後，邊坐邊笑。甲野別著半邊臉望著玻璃窗外。窗外黑漆漆一片。火車百無所忌地穿過黑暗。四周只有轟隆聲。人是無能之輩。

「開得欒快的。不知道時速有幾英里？」宗近在席上盤起腿說。

「外面黑漆漆的，根本看不清開得有多快。」

「外面再黑也感覺得出開得很快吧？」

「看不清能比較的東西，沒感覺。」

「看不清也感覺很快。」

「你有感覺嗎？」

「嗯，我有感覺。」宗近大搖大擺又換了個盤腿坐姿。話題再度中斷。火車逐漸加快速度。對面架子上擱著一頂不知是何人的帽子，傾斜的圓頂硬禮帽抖抖顫顫。服務員有時會穿過車廂。大部分的乘客都面對面坐著。

「反正就是很快。喂！」宗近又開口。甲野半睡半醒。

「什麼？」

「反正就是……很快。」

「是嗎？」

「嗯，那當然……是很快。」

火車轟隆前進。甲野只是無聲笑著。

「快車很舒服，這才有坐火車的感覺。」

「是不是又比夢窗國師厲害？」

「哈哈哈，火車是以第一義為本而活動。」

「跟京都的電車[110]完全不一樣吧？」

「京都的電車？我真是服了。那完全是第十義以下的玩意，真想不通那玩意怎麼開動。」

「因為有人坐。」

「因為有人坐……那也太荒唐了吧。聽說京都是全世界最初[111]鋪設電車的。」

「不會吧？全世界最初鋪設的話，未免太差勁了。」

---

110 此處的電車指有軌電車，日本於一八九五年首次在京都開通有軌電車。對宗近等當時的東京人來說，比起近代文明產物的快速火車，京都的有軌電車顯然是落後的交通工具。

111 京都於一八九五年一月開通電車，是日本第一個鋪設電車的城市。

「不過，如果京都是全世界最初鋪設電車的話，進步速度也是全世界最慢的。」

「哈哈哈，跟京都很搭配。」

「是啊，那是電車的名勝古蹟，是電車金閣寺。雖然十年如一日這句話本來是讚賞詞。」

「不是也有『千里江陵一日還』[112]這句詩嗎？」

「應該是『一百里程壘壁間』[113]。」

「那是西鄉隆盛[114]。」

「是嗎？難怪我覺得有點怪。」

甲野閉口不應聲。會話又中斷。火車依舊轟隆前行。兩人的世界暫且搖搖晃晃地消失於黑暗。與之同時，另兩人的世界，則在一縷於細長夜間中搖晃不停的燈光下逐漸顯現。

生於明亮月影西斜夜，所以取名小夜子。母親過世後，她和父親兩人在京都過著簡樸日子的住居已經掛過五次盂蘭盆燈籠[115]。想到今年秋天可以在久違的東京點迎魂火祭祀母親亡靈，小夜子不禁自左右攤開的長袖伸出白皙雙手，習慣性地疊在一起。裊娜情思聚集在她那嬌小肩頭。所有怒氣全滑進她那輕柔光滑的多情長袖內。

紫色招引驕者，深情者追尋黃色。二百里鐵路連結東西兩地之春，心願細絲深信愛是真誠的，綁在髮髻上的白紙髮飾抖抖簌簌，在長夜中一路往前奔馳。往昔的五年是一場美夢。那場用蘸滿顏料的畫筆淋漓盡致描繪出的美夢，雖然沉澱在記憶深淵，但每次翻開那張畫紙時，顏色依舊鮮明地滲於紙上。小夜子的美夢比性命更鮮明。她在春寒懷中溫熱著她的鮮明美夢，隨著滾動的黑漆火車往東行。火車載著美夢一味地往東行。懷著美夢的人為了不讓美夢掉落，緊緊摟著灼熱之物往東行。火車一股勁兒地往前衝。衝過野地綠意，衝過山中雲層，衝過星夜星辰往東行。懷著美夢的人愈往前行，鮮明美夢便愈遠離黑暗深淵，逐漸曝露在現實世界前。火車愈往前行，美夢與現實之間的距離便愈縮短。小夜子的旅程要在鮮明美夢與鮮明現實相撞並融為一體時才會終止。夜仍很長。

坐在一旁的孤堂老師沒有懷著特別重要的美夢。他捋著日漸泛白的下巴的稀疏鬍鬚正在回憶往事。往事躲在二十年前的深處，不輕易出來見人。遼闊紅塵中有東西在動。看不清到底是人是狗是木是草。當人的過去模糊得竟然連人狗草木都分辨不清時，過去才會成為真正的過去。人若是愈留戀無情拋棄了我們的昔日舊事，昔日舊事便會愈模糊，人狗草木全亂成一團。孤堂老師用力拉了一把蒼髯。

「妳是幾歲時來京都的？」

112 李白所作〈下江陵〉：「朝辭白帝彩雲間，千里江陵一日還。兩岸猿聲啼不盡，輕舟已過萬重山。」

113 日本醫師兼文化人西道仙（1836-1913）所作漢詩〈城山〉：「孤軍奮鬪破圍還，一百里程壘壁間。吾劍既折吾馬斃，秋風埋骨故鄉山。」形容西鄉隆盛死於西南戰爭的遺憾。城山位於鹿兒島，亦是西鄉隆盛自殺之地。

114 日本明治維新最大功勞者，因反對閣議決定的「征韓論」，辭職回故鄉鹿兒島，當時有六百名欽慕西鄉隆盛的陸軍幹部等也跟著回鹿兒島設立私立學校。西鄉隆盛雖辭去閣僚職位，仍保有陸軍大將名銜，明治政府派二十數名特務監視，特務與學生發生衝突，引起西南戰爭。為時十八日的戰爭，雙方戰死人數多達一萬四千。身為大將的西鄉隆盛被冠上叛賊污名，死於這場戰爭，享年五十一歲。

115 陰曆七月十五日前後為超度祖先亡靈舉行的佛教儀式。十三日晚上點上迎魂火把祖先靈請回家中，上供，念經，十六日晚上再點上送魂火把祖先靈送走。盂蘭盆會期間，各公司都按慣例放一個星期左右的假，在城市工作的人往往利用這個假期帶著家屬回故鄉探親，因此，每年這一時期的人口大流動都會造成一時性的交通阻塞。文中的「五次」表示已過了五年。

「退學後就來了，剛好是十六歲那年春天。」
「那妳今年是……」
「第五年。」
「原來已經五年了。日子過得好快，我還以為才過不久。」
「剛來京都時，您不是帶我們到嵐山玩嗎？那時是跟母親一起去的。」
「對，對，那時我們去得太早，櫻花還沒開。現在的嵐山跟那時比起，變化很大。當年好像沒有名產的糰子。」
「當時已經有糰子了。我們不是在三軒茶屋旁吃了糰子嗎？」
「是嗎？我都忘了。」
「那時候小野先生老是挑綠色糰子吃，您不是還笑他了？」
「我想起來了，那時小野還在，妳母親也還在。真沒想到妳母親會那麼早就過世。這世上沒有比人的命運更難懂的事。那以後的小野大概也變得很多，畢竟已經五年沒見到他……」
「不過他很健康，這樣就很好。」
「是的，他來京都以後身體好多了。他剛來時臉色很蒼白，而且總是一副惴惴不安的樣子，習慣了後才慢慢好起來……」
「他性情很柔和。」
「是很柔和。太柔和了……不過他畢業時因為成績優秀還領了銀錶，很好……我照顧他總算沒照顧錯。就算他生來性情好，如果當時不顧他，讓他自生自滅，現在恐怕都不知道會變成什麼樣子了。」

「是。」

鮮明的美夢在小夜子胸中迴轉起來。這不是已經死亡的美夢。浮雕般深刻的記憶自五年前的深處跳出，浮至咫尺距離的眼前。女人只是定睛望著逼近眼前的鮮明美夢，左右前後地望著那明亮的光景。陷於美夢中的人，會忘了年老父親的蒼髯。小夜子沉默良久。

「小野會到新橋接我們吧？」

「他當然會來。」

美夢再度起舞。即便小夜子抑止美夢飛舞，美夢依然躲在黑夜中搖搖晃晃地往前飛馳。老人放下捋鬚的手。過一會兒即閉上眼睛。人狗草木混茫不清的世界於不知不覺中垂下黑色布幕。另一個世界則在小夜子的小小胸中飛舞迴轉，雖被抑止卻依舊往前飛馳，鮮明得如照亮黑夜的火光。小夜子懷著鮮明世界進入夢鄉。

列車突破層層包圍的黑夜，勇敢地逆風前進。火車尾猛力捶打窮追不捨的冥府神，終於駛出冥府國，迎向綠意迷濛的拂曉國。茫茫原野無盡頭地不停往上飛昇，似乎要逼向天空，火車揮斥著猶存的殘夢，睜大雙眼駛向中空時，日輪世界已開幕。

神代金雞[116]鼓起五百里羽翼於天空鳴叫時，峨峨雲層披垂下界，大虛中央浮出明朗的萬古積

116 指的是日本神話中的神武天皇東征典故。神武天皇自九州遠征關東平野與敵方作戰時，有一隻金鳶飛至神武天皇的弓箭上，因金鳶金光四射，致使敵方落荒而逃。

雪，以鎮壓關東平野的氣勢傾瀉而下，積雪往四面八方擴展，腰部以下埋沒於蒼茫中。白雪向天空誇耀般地往下流貫。連綿不絕地流瀉了一段後，分裂成幾條凌亂白線，斜切入紫藍山間的縐褶。抬眼望向窗外的人順著在大地攀爬的雲影，抵達山腳的蒼蒼原野，再順著閃電般的蜿蜒深濃紫藍褶皺望向頂端的純白時，會豁然醒來。白雪吸引了明亮世界中的所有乘客。

「喂，是富士山！」宗近滑下座席嘩一聲地打開窗戶。晨風自遼闊山腳吹進車廂。

「嗯，剛才就看到了。」甲野頭上蒙著駱駝毛毯，冷淡地答。

「是嗎？你一直都沒睡？」

「睡了一會兒。」

「你怎麼蒙著那玩意……」

「冷。」甲野在毛毯中答。

「我餓了。不知道現在能不能吃飯？」

「吃飯前要先洗臉……」

「你說得對。你說的話都很對。但總要看一下富士山吧。」

「比起叡山好多了。」

「叡山？叡山不過是京都的一座山。」

「看來你很瞧不起叡山。」

「嘿嘿……你看那雄偉的樣子。人應該要像那個樣子。」

「你不可能像它那樣穩重。」

「我頂多是保津川的規模嗎?不過保津川至少也比你好多了。你頂多像京都的電車。」
「就算是京都的電車也會動,比我好。」
「你完全不動嗎?哈哈哈。快丟下駱駝動身吧。」宗近自架子取下行囊。車廂內開始嘈雜起來。在明亮世界中奔馳的火車停在沼津休息——洗臉。
窗內伸出一張瘦削的臉。他讓晨風吹著稀疏的每根黑白鬍子說:
「喂,給我兩個便當。」孤堂老師右手握著幾個銀幣,遞出銀幣後用左手接過紙板盒飯。女兒在車廂內倒茶。
「看看是什麼便當。」老人打開盒飯蓋子,蓋子內側黏著幾粒白米飯。盒飯內躺著淡褐色的山藥,一旁有片快被壓扁的黃煎蛋,勉強塞在山藥與白飯之間。
「我還不想吃。」小夜子擱下筷子和盒飯。
「唔。」先生接過女兒遞來的熱茶,望著插在擱在膝上的盒飯的筷子,喝了一大口茶。
「應該快到了。」
「嗯,快到了。」山藥往鬍鬚移動。
「今天天氣很好。」
「碰到這種天氣真幸運。剛才的富士山很漂亮。」山藥自鬍鬚回到盒飯內。
「不曉得小野先生有沒有幫我們找住處?」

117 自「神代金雞」起,這段文章全是描述朝日陽光下的富士山山容。

「嗯，他……他應該找了。」老師的嘴巴在吃飯並兼任答話。然後繼續吃飯。

「我們去食堂。」宗近在隔壁車廂合攏和服領子。穿西裝的甲野伸長瘦高身子站起。甲野跨過擱在通道的手提皮箱時，回頭提醒對方：

「喂，要是有人絆倒很危險。」

甲野推開玻璃門走進隔壁車廂，他打算筆直穿過通道，走到半途時，宗近在後面用力拉著他的西裝尾。

「飯有點涼了。」

「涼了沒關係，就是太硬……像我這個年紀的人，吃硬東西會堵在胸口，很難受。」

「您喝點茶看看……要不要我幫您倒茶？」

青年無言地穿過通道走進食堂。

每天每夜都有紛紛籍籍的小世界在錯雜飛舞，小世界即便行盡普天涯，也似乎無法抵達十方世界的盡頭，四人的小宇宙卻猶如四個並排在一起不厭其煩吐絲的蠶繭，彼此不知情地以陌路人身分被擱在同一輛夜車上比鄰而坐。當白日掃落星辰世界，徹底剝掉天空表皮，讓所有隱遁之物都顯形時，四人的小宇宙在窗內成雙作對地擦身而過。擦身而過的兩個小宇宙正隔著白桌布吃著火腿煎蛋。

「喂，我看到她了。」宗近說。

「嗯，我也看到了。」甲野看著菜單答。

「看來他們真的要去東京。昨晚我們在京都車站好像沒遇見他們。」

「沒有，完全沒遇見。」

「我也不知道他們坐在隔壁車廂……我們好像遇見了好幾次。」

「遇見太多次了……這個火腿全是油脂。你的呢？」

「差不多。這大概正是你和我的差異。」宗近用叉子叉著切成大塊的火腿塞進嘴裡。

「我們都降為豬肉了嗎？」甲野有點沮喪地吃著白色油脂。

「豬肉也沒關係，我就是覺得很奇怪。」

「聽說猶太人不吃豬肉。」甲野突然說出超脫世俗的話。

「猶太人先擱在一邊，我在說那個女人。我覺得有點怪。」

「因為遇見太多次？」

「嗯……喂，服務員，給我們上紅茶。」

「我要咖啡。這豬肉太難吃了。」甲野又避開女人話題。

「我們到底遇見幾次了？一次，兩次，三次，好像遇見了三次。」

「如果是小說，正好可以藉這個緣份發展為事件。不過我們遇見這麼多次好像也沒發生什麼……」甲野說完喝了一大口咖啡。

「遇見這麼多次竟沒發生什麼，我們才會淪為豬肉吧？哈哈哈……不過這倒不一定。說不定你愛上那個女人……」

「是的。」甲野插嘴不讓對方繼續說下去。

「就算不是，既然我們遇見了這麼多次，往後說不定會發生什麼關係。」

「跟你發生關係嗎？」

「不是，我是說其他關係，男女關係以外的關係。」

「是嗎？」甲野左手支著下巴，舉著咖啡杯的右手停在鼻頭前，心不在焉地望著前方。

「我想吃橘子。」宗近說。甲野默不作聲。

過一會兒，甲野以事不關己的口氣說：

「那女人是不是要嫁到東京？」

「哈哈哈，要不要我幫你問問看？」答話的人其實連向對方打招呼的意思也沒有。

「嫁人嗎？女人都很想嫁人嗎？」

「不問人家怎麼知道呢？」

「你妹妹呢？你妹妹也很想嫁人嗎？」甲野一本正經地問著莫名其妙的問題。

「糸公嗎？那小子完全是個小孩子。不過她很關心我這個哥哥。不但幫我縫狐皮背心，還幫我做很多事。那小子很會縫衣服。要不要讓她幫你縫一個肘墊？」

「再說吧。」

「你不要？」

「嗯，不是不要……」

肘墊的事沒結果，兩人在餐桌前起身。通過孤堂老師的車廂時，老師在眼前攤開朝日新聞正在看報，小夜子剛好夾起一塊煎蛋塞進小嘴。四個小世界各自活動，再度於火車上擦身而過，彼此的命運如自家的未來那般岌岌可危，各自懷著看似不足為奇又不可測的明日世界抵達新橋車站。

「剛才跑過去的人不是小野嗎？」宗近走出車站時問。

「是嗎？我沒看到。」甲野答。

四個小世界以車站為終點，暫且各分東西。

八

夕暮籠罩著院子一棵淺蔥櫻[119]。緊閉的格子紙門外的廊子一塵不染，靜謐無聲。房內的小型長火盆擱著一壺鐵壺正在燒水，火盆前有個緞纈紡綢座墊。甲野的母親端正地坐在座墊。她那炯炯有神的上吊眼梢表皮內側似乎隱藏著一條歇斯底里的青筋，繞過後頭部再穿出額頭，只是臉部皮膚淺黑細緻，外貌看上去極為溫和——讓對方緊握內藏細針的海綿後，必須馬上為對方的柔手貼膏藥，和藹地安慰對方說，傷口很快就會痊癒。最好用嘴唇吸吮流血的局部，表示自己沒有惡意——生於二十世紀的人必須記住此道理。露骨者亡。甲野曾在日記如此寫著。

靜謐的廊子響起腳步聲。一雙細長的腳穿著看似剛拆封的緊繃白布襪，踢著什錦厚反摺長裙下襬，無聲地拉開紙門。

母親維持坐姿，半揚起濃眉瞄著門口說：

118 擱在桌子上的小座墊，手肘支在桌子上時用的。

119 櫻花品種之一，正式名稱是「御衣黃」。開花時期比一般櫻花晚，重瓣，盛開時是淺綠色，之後逐漸轉紅凋謝。

「原來是妳，進來吧。」

藤尾無言地背手關上門。當她隔著火盆坐在母親對面時，鐵壺頻頻發出響聲。

母親望著藤尾。藤尾垂著眼皮望著火盆旁折成兩半的報紙——鐵壺依舊在作響。

話多時無真言。默不作聲相對而坐的母子不理鐵壺的響聲，廊子很安靜。淺蔥櫻正在引誘夕暮降下。春天正在逐步消逝。

藤尾終於抬起臉。

「他回來了吧。」

母子雙眼對視。真實隱藏在一瞥中。不堪沸熱時才會露出骨頭。

「哼。」

長旱煙管噹一聲地敲掉燃盡的煙灰團。

「不知他打算怎樣？」

「誰知道他打算怎樣？那個人心中到底在想什麼，連我也猜不出。」

肉薄高骨的鼻孔不客氣地吹出雲井[120]煙。

「回來了還是一樣吧？」

「當然一樣。他終生都那個樣子。」

母親的暴躁青筋從表皮內浮出。

「他真那麼討厭繼承這個家嗎？」

「他是口是心非，才更難應付。他故意那樣說是想讓我們難堪……如果他真不想要財產也不要任何東西，不是該找個工作養活自己嗎？畢業後都兩年了，每天遊手好閒。就算是學哲學的，也應該有能力養活自己啊。真是婆婆媽媽。我每次看到他都會忍不住發火……」

「看來他完全聽不懂我們的暗示。」

「聽得懂也會裝蒜。」

「真令人討厭。」

「就是啊。他要是繼續這樣下去，我就沒辦法安排妳的事……」

藤尾不作答。愛情隱藏著一切罪惡。藤尾決定在開口之前供出所有一切犧牲。母親繼續說：

「妳今年不是已經二十四了嗎？哪有二十四歲還沒嫁人的？……我和他商量妳的婚事，他竟然不讓妳嫁出去，說以後要妳負責照顧我，既然這樣，我想他大概會找個工作獨立生活，沒想到他每天只會關在房裡躺著……而且還向別人說要把財產全讓給妳，他要出去流浪什麼的。別人還以為是我們要把他趕出去呢，這成什麼體統啊？」

「他向誰說了這種話？」

「聽說他到宗近家時對宗近父親這樣說的。」

「一點都不像個男子漢。他怎麼不快點把糸子小姐娶進來呢？」

「他想娶糸子小姐嗎？」

「我不知道哥哥怎麼想，不過糸子小姐好像想嫁給哥哥。」

120 香煙成為政府專賣之前的一種私營高級煙絲牌子。

母親卸下鐵壺，取起火鉗。滲滿茶鏽的薩摩燒茶壺[121]表面描畫著兩三條藍波，零星點綴著雪白櫻花，細碎綠色宇治茶葉在午湯中泡得發脹，早已涼得黏糊一團。

「要不要重新泡茶？」

「不用了。」藤尾在白茶碗中倒入已經失味卻猶存餘香的茶水。剛倒入碗底的黃水，顏色很淡，即將倒滿時才逐漸加深顏色，深黃水面半邊冒著寸步不移的水泡。

母親掏著每天掏習慣的火盆灰燼，再敲碎佐倉炭[122]的白色殘骸，把紅炭夾到一旁。接著挑選黑圓木炭放進溫暖洞穴的坍塌灰燼中，讓其活蹦亂跳——房內的春光永遠溫和地籠罩著這對母子。

此作者厭惡缺乏雅趣的對話。在猜疑不和的陰暗世界中，刻薄對話是一抹精彩，無奈此舉並非揮美筆讓熙春奔流於紙上的詩人作風。不繼續描述閑花素琴春色天下，必得臚列毫無韻味的鄙俗詞句時，猶如毫端蘸泥，實難以運筆。描寫宇治茶、薩摩茶壺和佐倉木炭，無非偷閒片刻，讓讀者暫時遠離陰暗世界，享受彈指間的欣慰而已。只是地球迴轉得比往昔快速。明暗不捨晝夜。簡短描述這對母子的醜陋側面，是此作者的迫切義務。寫完品茶、火炭後，筆鋒必須再度返回兩人的對話。而且兩人的對話必須比前一段更有趣。

「說到宗近，」那個人真是可笑。沒學問也沒其他成就，卻老愛說大話……他自己還以為很了不起呢。」

馬廄和雞舍在同一處。聽說母雞對馬的評語是——既不會報曉也不會生蛋。母雞說得很有道理。

「他明明沒考上外交官，卻一點都不覺得丟臉。換成普通人，至少會再努力點吧。」

「他是顆子彈。」

這句話不明所以。卻是句很乾脆的評語。藤尾抿嘴笑著，光滑臉頰現出波浪。藤尾是個懂詩的女人。糖果店的子彈是用黑糖揉成圓形。砲兵工廠[123]的子彈是鎔化鉛而鑄成。總之子彈就是子彈。但母親竟認起真來。母親不明白女兒為何而笑。

「妳對他有什麼印象？」

沒想到女兒的笑容竟引起母親的疑問。常言道，知子莫若父。這句話是錯誤的。倘若彼此的世界不交叉，即便是母子，也如同唐國人與天竺人。

「對他的印象……沒什麼印象。」

母親目光敏銳地瞪著女兒。藤尾當然明白母親的意思。知彼者不慌也。藤尾故意不慌不忙地等母親先開口。母女間也會耍策略。

「妳願意嫁過去嗎？」

「宗近家嗎？」女兒反問。看來她打算張弓至滿始發矢才故意反問。

「嗯。」母親隨口答。

「我才不要呢。」

---

121 日本的白薩摩燒，是一種象牙色陶器，表面有細密龜裂釉面和精美的彩色或金銀裝飾圖案。

122 原為千葉縣佐倉市生產的高級火炭，現為茨城縣、栃木縣生產的火炭總稱。

123 舊日本陸軍的兵器工廠，現為後樂園一部分。

「妳不願意？」

「誰願意啊……那種沒品位的人。」藤尾決然地斷句。正如切竹筍圓片那般。她那雙濃眉正在起風，不想再提此話題般地緊閉雙唇，但似乎又隱藏著某種一閃即逝的感情。母親打對鎚地答：

「我也不喜歡那種沒前途的人。」

沒品位和沒前途是兩回事。打鐵師傅「叮」一聲小鎚落下，徒弟再「噹」一聲擊落大鎚。但兩人打的是同一把劍。

「我們乾脆現在就拒絕好了。」

「拒絕？我們有訂親嗎？」

「訂親？沒有。不過，妳阿爺說過要把那個金錶送給他。」

「那又怎麼了？」

「妳以前把那金錶當玩具，很愛玩那個紅珠子……」

「然後呢？」

「然後……這個懷錶和藤尾的關係雖然很深，但還是送給你。不過現在不給你，等你畢業後再給。只是藤尾可能會追著這個懷錶一起跟去，你願意嗎？妳阿爺以前在大家面前半開玩笑地對一這樣說過。」

「您現在仍把這句話當成是訂親約定嗎？」

「聽宗近阿爺的口氣，好像是這個意思。」

「無聊。」

藤尾向火盆角擲出尖銳的一句。回音立即響起。

「當然無聊。」

「那金錶是我的。」

「還放在妳的房間嗎？」

「收藏在我的文卷匣裡。」

「哦。妳真那麼想要？妳又不能掛那個錶。」

「反正我要定了。」

裝飾著蘆雁圖莳繪的文卷匣被擱在高處，錶鏈尖端燃燒的那顆石榴石在文卷匣底發出妖媚亮光，正在向藤尾招手。藤尾颼地起身。即將消逝的白晝仍苟存於廊子，映出朦朧不清的高大淺蔥櫻影子，另一個鵝蛋側臉影子在紙門內歪著頭說：

「那個懷錶可以送給小野先生吧？」

紙門內沒有傳出應聲——春天的暮色降在母子身上。

同一時間，宗近家客房燈火通明。油燈燈罩發出優雅的白光，將靜夜推回白晝，表面凸出蔓藤花紋的豪華白銅油壺，亮麗地掃去夜色。燈光下的每張臉都興高采烈。

「啊哈哈哈！」笑聲先響起。在這燈光四周的所有對話最適合以「啊哈哈哈」為開場白。

「那你們也沒去看相輪樘[124]吧？」有人大聲說。聲音的主人是個老人。紅光滿面的雙頰往下垂

---

124 比叡山延曆寺西塔地區的青銅供養塔，高約十米，是日本所有佛塔中最接近印度原型的塔。

落，被壓抑的下巴只得折疊成兩層。頭部已將近全禿。老人不時撫摩他的頭。宗近的父親是因為時常撫摩頭才會變禿。

「相輪樘是什麼？」宗近在阿爺面前盤腿坐著。

「啊哈哈哈，你們這樣不是等於白爬了比叡山嗎？」

「我們一路上都沒看到什麼塔啊。甲野，你說是不是？」

甲野身穿前襟合攏的灰色豎條細紋和服，外加一件黑外褂，端正地坐在茶碗前。

「好像沒看到相輪樘。」甲野雙手擱在膝頭說。宗近問甲野時，笑容滿面的糸子轉臉望向甲野。

「一路上沒看到塔……你們從哪裡爬上去的……吉田[125]嗎？」

「甲野，那地方到底是什麼地名？我們爬山那個地方。」

「我也不知道。」

「阿爺，我們度過一條獨木橋。」

「獨木橋？」

「是的……甲野，我們度過了對吧？……聽說再往前走會走到若狹國。」

「不可能那麼快就到若狹國。」甲野馬上推翻前言。

「你不是說過嗎？」

「那是開玩笑。」

「啊哈哈哈，如果真抵達若狹國可就慘了。」老人十分愉快地說。糸子圓臉上的雙眼皮也笑成波浪形。

「你們只是像郵差那樣光會走路才沒看到……叡山有東塔、西塔、橫川三個地區，這三個地區很大，甚至有人每天來回這三個地區當做修行。光是爬上去又爬下來的話，爬哪座山不都一樣嗎？」

「反正我只是當做普通的山。」

「啊哈哈哈，那你們等於是為了讓腳掌磨泡才去爬山的嘛。」

「磨出水泡倒是事實。水泡是他負責的。」宗近笑著望向甲野。哲學家再也無法繼續板著臉。燈火搖晃得很明顯。糸子用袖口掩住嘴，待差點笑出的表情大致平息後，才抬臉望向負責磨水泡的人。欲動眼神的人，必先動表情。這是趁火打劫的等級。賢妻良母型的女子至少也會耍這種基本策略。佯裝沒看到的甲野立即提出問題。

「伯父，東塔和西塔到底是什麼意思？」

「都是延曆寺的地名。那麼大的山中，寺院東聚一團西聚一團，所以分成三個地區，取名東塔和西塔，這樣想就大致沒錯。」

「反正，跟大學有法、醫、文之類的一樣。」宗近在一旁不懂裝懂地說。

「對。」老人立即贊同，「不是有一首和歌這樣形容嗎？東是修羅，西若離京城不遠，最好住在橫川深處。橫川就像和歌形容得那般，很冷清，最適合做學問……不過橫川離剛才提到的相輪樑很遠，至少還得再走五里路。」

125 京都左京區西南部。

「難怪我們沒看到塔，是吧？」宗近再度向甲野搭話。甲野只是無言地洗耳恭聽。老人得意洋洋地說明。

「謠曲[126]《船弁慶》[127]裡不是也有嗎？……這樣的人，是住在西塔旁的武藏坊弁慶[128]……往昔的弁慶就住在西塔。」

「原來弁慶是法科[129]的。你應該是橫川的文科組……阿爺，叡山的校長是誰？」

「什麼校長？」

「就是叡山的……建立叡山的人。」

「你是說創建寺院的人？創建人是傳教大師[130]。」

「在那種地方創建寺院不是在刁難人嗎？實在很不方便。古代男人都是異想天開的人，甲野，你說是不是？」

甲野只是模稜兩可地應了一聲。

「傳教大師是在叡山山腳出生的。」

「原來如此，這樣說我就明白了。甲野也明白了吧？」

「明白什麼？」

「我在坂本看到一根木樁，上面寫著傳教大師誕生地。」

「就是在那兒出生的。」

「嗯，原來如此。甲野，你也看到了吧？」

「我沒注意。」

「他只注意他腳掌的水泡。」

「啊哈哈哈！」老人又大笑。

不觀者不見。古人說，一切法從心想生。逝水不捨日夜，徒然寫上「真」字，再寫個「真」字，諸不知不停流逝的波浪正載著剛寫成的「真」字杳然而逝。無論法華堂，無論佛足石，無論相輪橖，無論淨土院[131]，均只是記載著名字年月歷史的墳墓，猶如摟著屍骸視屍骸為活人的人。見者並非為名而見。觀者並非為見而觀。太上[132]遠離形而入普遍之念——甲野雖爬了比叡山卻不知比叡山，原因正在此。

過去已死。古人敲擊大法鼓，吹響大法螺，樹立大法幢以護王城鬼門[133]，但此時非彼時，事到如今從桓武天皇[134]御宇挖出佛陀永眠於中堂[135]、寶蓋蛛網塵封的古伽藍，以無益的評議洗刷其千古

---

126 能樂劇本。

127 述說鐮倉時代初期武士源義經的故事。

128 平安時代末期至鐮倉時代初期的僧人，是源義經的心腹從者。

129 當時東京帝國大學法科大學位於校園西部。「橫川的文科組」並非指地理位置，而是比喻學問性質。

130 最澄（767-822）日本平安時代的僧人，天台宗開創者。

131 法華堂、佛足石、相輪橖、淨土院均位於比叡山西塔那一帶。

132 最上者。指老子說的「太上下知有之」，意謂最好的執政者依道而行，為「無為」。

133 比叡山的位置是往昔平安京的鬼門東北方位。

134 日本第五十代天皇（737-806）。

135 延曆寺根本中堂。

泥，是一天擁有四十八小時晝夜的閑人所為。有為天下落眼前，雙腕截風鳴乾坤——這正是宗近爬了比叡山卻不知比叡山的理由。

唯獨老人很太平。他娓娓說明比叡山的來龍去脈，似乎深信天下的興廢都在叡山的剎那指揮下，日以繼夜地改頭換面。老人是出於好意對青年講道。青年卻有點吃不消。

「你說不方便？人家是為了修行才特地選擇那座山創建寺院的。現今的大學都設在太方便的地方，每個人都很奢侈，太不像話了。明明是學生身分，整天想吃西洋點心，喝威士忌什麼的……」

宗近一臉複雜的表情望向甲野。甲野卻一本正經。

「阿爺，聽說叡山的和尚在夜晚十一點左右會特地到坂本吃蕎麥麵。」

「啊哈哈哈，怎麼可能。」

「是真的。甲野，我說的對不對……再怎麼不方便，人總是想吃自己想吃的東西。」

「那應該是些閒混的和尚吧。」

「這麼說來，我們是閒混的書生嗎？」

「你們比閒混更混。」

「我們更混無所謂……但到坂本要走二里山路。」

「應該差不多那麼遠吧。」

「他們在夜晚十一點下山，吃了蕎麥麵，之後還要爬山的。」

「那又怎樣？」

「那根本不是閒混辦得到的事。」

「啊哈哈哈。」老人挺出大肚子大笑。聲音大得連油燈燈罩都嚇一跳。

「現在雖然那樣，但往昔是不是有過老實的和尚？」甲野突然想起地問。

「現在當然也有。這世上老實人越來越少，老實的僧侶也越來越少……不過現在也並非每個和尚都不老實。畢竟那寺院歷史很悠久。起初取名叫一乘止觀院，過了很長一段日子後才改名為延曆寺。聽說自那時起定下一種修行規矩，和尚必須隱居在山中長達十二年。」

「這樣的話，蕎麥麵想都別想了。」

「那當然啦……因為一次也沒下山。」

「在山中那樣逐漸老去，不知道他們心裡想些什麼。」宗近自言自語地說。

「他們是在修行。你們也別成天混日子，學學他們的樣子吧。」

「那不行。」

「為什麼？」

「學他們是可以，但我要是學他們那樣做，等於違背了您的命令。」

「命令？」

「您不是每次看到我都叫我早日娶個媳婦嗎？如果我現在到山中隱居十二年，等我要娶媳婦時，已經彎腰駝背了。」

在座的人哄堂大笑。老人微微抬臉撫摩著頭上的禿髮。下垂的雙頰抖動得看似要掉落。糸子因垂著臉憋著笑聲，雙眼皮微微發紅。甲野也鬆開緊閉的雙唇。

「修行歸修行，但也要娶媳婦。要娶媳婦的有兩個，實在很麻煩……欽吾，你也應該結婚了。」

「不過，眼下仍……」

「你母親應該很擔心吧。」

甲野無言以對。眼前的這個老人認為自己的母親很尋常。這世上沒有任何一個人能看穿母親的真意。若無法看穿母親的真意，沒有人會同情甲野。甲野眇然地懸在天地之間。他感覺彷彿單獨一人倖存在萬物滅亡的世界中。

「你這樣拖拖拉拉的，藤尾也很為難吧。女人和男人不一樣，只要過了適婚年齡，就很難嫁出去。」

敬愛的宗近的父親依舊站在母親和藤尾那一方。甲野無法回話。

「一也要盡快娶個媳婦，我年紀大了，不知道什麼時候會發生什麼事。」

老人站在自己的立場揣度甲野的母親的心理。雖然兩人同為人母人父，彼此的父母心卻不一致。但甲野無法說明。

「我沒考上外交官，看來暫時娶不到媳婦。」宗近在一旁插嘴。

「去年確實沒考上。但今年還不知道結果吧？」

「是，還不知道結果。不過，我覺得可能又會考不上。」

「為什麼？」

「大概因為我比閒混更混吧。」

「啊哈哈哈！」

今晚的會話以「啊哈哈哈」起首，也以「啊哈哈哈」收尾。

九

真葛原[136]的黃花敗醬開了。黃花敗醬順溜地穿過芒草，挺著隱含悔意的高挑身子，孤獨文雅地避過秋風，淋著秋時雨跨入冬天。漫長冬日不停下著砭骨的褐霜、黑霜，黃花勉強於朝夕維繫著微弱性命。冬日不厭其煩地長達五年。寂寞的黃花鑽出寒夜，混入充滿紅花綠葉的春色世界中。天地萬物在春風的吹拂下均燃燒成富貴顏色，細莖頂端悄悄開出黃花的敗醬草，只能在不被允許居住的世界中，瑟縮地吹出拘謹的氣息。

迄今為止她懷著比玉石更鮮亮的美夢。她把眼睛授予安置於黑漆中的鑽石，並給予自己的身子，託付自己的心靈，無暇顧及左右和其他任何事。當她懷中摟著玉石亮光穿過遙遙二百里路的黑夜，再自黑暗袋子中取出玉石時，玉石在現實亮光中失去幾分往昔的光輝。

小夜子是過去的女人。小夜子懷中摟著的是過去的美夢。過去的美夢被過去的女人摟在懷中，與現實隔著兩層堤壩，彼此無法相逢。偶然偷偷來一趟竟遭狗吠。小夜子也認為或許這裡不是自己該來的地方。她摟在懷中的那個美夢，是不該摟的罪惡，即便將美夢藏在避人眼目的包袱中，走在路上時也會疑心疑鬼。

還是回到過去吧？然而混入水中的一滴油很難再回到油壺中。不管願不願意都必須隨水一起漂流。捨棄美夢吧？如果能夠捨棄，她早在來到現實亮光之前捨棄了。即便捨棄，美夢也會主動撲

136 京都圓山公園的一部分。

上來。

當人的世界分割成兩個，而且兩個世界開始各自迴轉時，會產生痛苦的矛盾。很多小說擅長描述這類矛盾。小夜子的世界在撞上新橋車站那時便裂開一道縫。之後只能任其分裂。小說於此刻才開始。於此刻開始展開小說人生的人，生活會慘不忍睹。

小野也一樣。早已捨棄的過去竟然霍地撥開舊夢塵埃，從歷史垃圾中冒出陳舊的頭。眨眼間便豎起身子走過來。小野很後悔當時捨棄過去時沒有斬草除根，如今草根在彼方徑自蘇生，無人能奈何。枯萎的秋草誤闖入不合時宜的季節，在溫暖閃爍的煙靄中蘇生，委實令人無言。打死蘇生之物有違詩人的風格。既然被追上了就得照拂對方。小野有生以來從未做過對不起別人的事。今後也不打算做。為了不讓自己做出對不起別人的事，也為了做出對得起自己的事，小野暫且躲在未來之袖背後。紫色的味道很強烈，正當小野認為此味道應該可以擊退過去的幽靈時，小夜子已經抵達新橋。小野的世界也裂開一條縫。作者很同情小夜子，同時也很同情小野。

「妳爸爸呢？」小野問。

「他出去了。」小夜子有點害臊。昨晚剛搬至新家，今天起便要開始過父女倆的新生活，在這忙碌的春日中，她無暇妝梳濕悶的頭髮。在詩人眼裡看來，她身上那件家居棉衣也顯得寒磣——對鏡凝妝，玻璃瓶浮薔薇香，輕浸雲鬢，琥珀櫛解條條翠——小野立即想起藤尾。有人在他內心說，正因如此才不能牽拖著過去。

「很忙吧？」

「行囊都還沒打開呢……」

「我本來打算過來幫你們，不過昨天和前天都有集會……」

每天都有人請小野出席集會，證明他在某方面已有名氣。但到底是哪方面，小夜子則無法想像。只覺得應該是高高在上，自己無法挨近的方面。小夜子垂著臉，望著擱在膝上的右手中指那枚發光的金戒指——當然無法與藤尾的戒指相提並論。

小野抬眼環視房內。褪色發白的低矮天花板可以清楚地看到兩個孔隙，漏雨的痕跡滲入木板，到處都懸掛著煤煙燻黑的蜘蛛網。自左數起第四條木條中央橫插著一根杉箸，細長箸端彎得很厲害，看來是前任租戶在搬家之前用這根杉箸掛著繩子，吊著冰敷胸部的冰袋。隔開兩間房的兩扇紙門用的是貼金洋紙，上面並排著數十個類似英國風格的錦葵幾何模樣。模仿豪宅的黑色紙門邊緣看上去更庸俗。有名無實的院子順著連貫兩間房的窄廊，不規則地轉彎抹角，寬度不及三寸的男人腰帶。院子有棵剪得很矮的檜樹，在春天無所事事地張著去年的尖葉，枯瘦樹幹後是高及腰部的圍牆，鄰家的話聲可以聽得一清二楚。

房子是小野幫孤堂老師找的。可是看起來極為卑賤。小野打心底討厭這房子。他想，有朝一日若能買房子，他希望住在竹籬旁種辛夷，一葉蘭影疊松苔，乾淨新手巾隨春風飄蕩的房子——小野聽說藤尾將繼承房子。

「託你的福，能住進這麼好的房子……」不懂矜誇的小夜子說。假如她真心認為這房子好，那實在太沒出息了。有人請另一個人到「奴鰻」[137]吃烤鰻，對方向那人道謝說，託您的福，我第一次

137 當時位於東京淺草區（現台東區）北田原町附近一家高級烤鰻料理店。

吃到這麼好吃的烤饅。據說，請客的男人之後一直很瞧不起對方。

在某種場合，憐愛和瞧不起這兩個詞意義相符。小野確實瞧不起誠意道謝的小夜子。但他也完全沒察覺小夜子招人憐愛的地方。因為他中了紫色的邪。中邪的人，眼珠會成為三角形。

「我本來認為你們應該想找更好的房子，我找了很多家，可惜沒有……」

小野還未說完，小夜子立即打斷：

「不，這樣就已經很好了。我父親也很滿意。」

小野暗忖，這女人實在很小家子氣。小夜子不明白小野的心思。

小夜子微微垂著瓜子臉，偷偷瞅著小野。怎麼看都和五年前不同——眼鏡變成金邊眼鏡。棉衣變成西裝。五分頭變成光澤發亮的頭髮——髭鬚更令他一躍成為紳士。小野不知何時竟蓄了黑色的東西。他已經不是原來的書僮。領子是新的。每次轉動肩膀時，別扣都會發光。上等深灰色背心的內口袋裝著——恩賜的銀錶。小夜子的小小心靈做夢也不會想到銀錶之上還有金錶。小野變了。

五年來日日夜夜都無法忘懷的那個比自己的性命更鮮明的夢中小野不是這個樣子。五年是古昔。長袂短袂各分東西後，暮雲鎖離愁，相思關口閉，無法見面的這些年來，小夜子也明白小野不可能一成不變。風吹時她想著小野的變化，降雨時也想著小野的變化，月盈月缺花開花謝她都想著小野的變化。但她仍懷著變化不大的期待而下了月台。

倘若把小野的變化過程正常地延伸至過去，他的變化並非篤學不倦的吳下阿蒙[138]式。他似乎將褪色的過去反蓋起來，當過去甦醒後，對方抵達新橋車站的前一天晚上，才匆促地改造了自己。小夜子無法接近小野。即便伸手也遙不可及。小夜子有點痛恨想變也變不了的自己。她覺得小野簡直是為了遠離她才改頭換面。

小野到新橋車站接他們父女。雇車帶父女到旅館。而且在百忙之中抽時間租了可以讓蝸牛父女睡覺的小房。小野仍和以往一樣親切。父親也認為不錯。小夜子也這麼想。可是，小夜子無法接近小野。

下了月台後，小野馬上問她有沒有行李。小小的手提包根本不能算是行李，小野硬是幫她拿了提包和蓋毯走在前面，望著小野邁著急促碎步走在前面的背影時——小夜子暗吃一驚。在小夜子眼裡看來，走在前面的小野並非前來迎接遠道而來的父女，而是為了趕過遲來的父女特地從後面追上來。剖符本為各執其一再相合以為徵信的證據。保護得比掛在天空的太陽更珍貴的美夢，如今自五年來一點一滴流露出香味的「時間」袋子取出後，心想應該能相合，不料比較之下，現在進行式的美夢早已退至遠方。小夜子手中握的剖符不通用。起初以為剛從洞穴出來，所以覺得小野很刺眼。她心想，習慣了就會好些，但隨著日子過去，見了一次又見第二次，三次四次見過後，小野越來越客氣。小野越客氣，小夜子就越無法接近小野。

小夜子縮著圓滑線條的尖下巴，偷偷瞧著小野，觀看著變了的眼鏡。觀看著變了的鬍鬚。觀看著變了的頭髮和變了的裝扮。當她觀看完所有變了的東西時，在心底悄悄嘆了一口氣。唉。

「京都的櫻花怎樣了？已經謝了吧？」

小野突然把話題轉到京都。安慰病人時都會提起對方的病情。主動跳進不想提起的過去，倒回

138 指三國名將呂蒙。原習武略，後聽從孫權勸說，篤學不倦，幾年之後，學識英博，令人刮目相看。

即將鬆開的記憶捻線，是詩人的同情心。小夜子突然可以接近小野。

「應該謝了。離開京都前，我到嵐山賞花，那時已經開了八成。」

「是吧，嵐山的花期比較早。那太好了。妳跟誰一起去的？」

賞花的人多得如月夜的星光。但能一起去賞花的人除了天地只有父親。如果不是父親——小夜子在心中也沒說出對方的名字。

「果然是和妳爸爸？」

「是。」

「很好玩吧？」小野敷衍地說。小夜子不知為何覺得很丟臉。小野重拾話題。

「嵐山變化很大吧？」

「是。大悲閣溫泉那邊蓋了很豪華的旅館……」

「是嗎？」

「那裡不是有小督局[139]的墳墓嗎？」

「有，我知道。」

「那一帶都變成茶館，很熱鬧。」

「每年都越來越俗氣，還是以前好。」

無法接近的小野和夢中的小野合而為一。小夜子暗吃一驚。

「你真的認為以前比較……」小夜子說了一半，故意望向院子。院子空無一物。

「我和你們一起去時，嵐山沒有那麼多人。」

小野果然是夢中的小野。望向院子的眼神瞄回正對面。金邊眼鏡和稀薄黑髭立即映入眼簾。對方依舊不是過去的人。小夜子克制著即將脫口說出懷舊話題的咽喉，默不作聲。得意忘形地拐彎，有時會碰壁。高尚紳士淑女的對話也時常在內心碰壁。小野只得再度開口。

「妳和那時一樣，一點都沒變。」

「是嗎？」小夜子像是肯定對方又像是否定自己，不起勁地應了一聲。她想，如果自己變了就不用如此擔憂。無奈變化的只是年紀，她有點怨恨枉然變長的條紋衣服和用舊的琴。琴仍罩著套子豎在壁龕。

「我變了很多吧？」

「變得很了不起，簡直像兩個人。」

「哈哈哈，不好意思。以後還會變得更多，就像嵐山那樣……」

小夜子不知該怎麼回答。她依舊把手擱在膝上垂下臉。小耳朵端正地穿過髮髻，臉頰和頸子的境界像條加上墨暈的曲線隱沒於陰影中。這是一幅好畫。遺憾的是坐在對面的小野不懂得欣賞眼前這幅畫。詩人喜歡感性美。這般畫筆粗細均勻，明暗光線云稱，色澤鮮潤的好畫並不多見。假如小野在這剎那捕捉住眼前這幅美麗的畫，或許他會不惜讓皮鞋嵌入地面地用力轉著後腳跟，逆著時光回頭撲向五年前的過去。可惜小野坐在小夜子的對面。小野只是覺得小夜子是個缺乏詩意的無趣女

139 十二世紀中葉高倉天皇的寵妃，擅長彈琴，因受寵而惹皇后的父親平清盛大怒，逃到嵯峨避難，雖然再度被迎進深宮，最後仍被平清盛抓起，剃髮為尼。《平家物語》卷六描寫的故事。

人。他同時想起在鼻尖翻轉袖子，讓袖香掠過他眉間的那滴濃紫。小野突然很想告辭。

「我下次再來。」小野合攏西裝前襟。

「我父親應該快回來了。」小夜子輕聲挽留。

「我還會來。老人家回來時，代我向他問個好。」

「那個……」小夜子吞吞吐吐。

對方已撐起腰不耐煩地等著「那個」之後的句子。小夜子覺得對方在催促她快說下一句。無法接近的人越離越遠。小夜子無地自容。

「那個……我父親……」

小野不由得感覺很鬱悶。女人更難以開口。

「我會再來。」小野站起身。他連小夜子想說的話都不願意聽。離去的人總是殘忍地離去。毫無任何留戀也不點頭地離去。從玄關回到房內的小夜子惘然地坐在廊子旁。

看似要下雨又不下雨的天空深處發出幽暗春光，透過蔽天的淡雲普照著大地。壓在頭上的悠閒天空似乎即將放晴，小夜子覺得很煩。不知從何處傳來琴聲。小夜子的琴仍未抹去塵埃，依舊罩著套子豎在兩個花布小包袱之間，寂寞地靠在牆上。到底什麼時候才能打開深黃套子呢？彈琴的人一定是個高手。指甲緩緩壓著琴弦又緩緩彈出，平靜地在無數雁柱上來來去去，盡在春色中地不停響起密緻又豐盈的音色。聽著琴聲，小夜子不禁想起恍如昨日的那個雨天。那天，雨滴像白天的螢火蟲不停滴落在竹籬上的連翹，父親說下了一整天的雨很無聊。緞子袖口本來就很容易在手腕滑落。小夜子將穿著細長絲線的繡花針插在紅色針包後站起身。她在隆起的古桐長面板上，彷彿要叫醒面板似的熟練地不停壓撥著橫跨面板的每根琴弦。記得那時彈的曲子是〈小督曲〉[140]。當她讓瘋狂的手指與憂鬱的下午揉合成一體時，父親向女兒道謝並親自給女兒倒茶。京都是春色、雨滴、琴聲的城市。其中以琴聲最適合京都。喜歡彈琴的小夜子還是適合住在幽靜的京都。離開古都的小夜子猶如衝破黑夜的烏鴉，飛出來一看，眼前漆黑一片，嚇得想飛回時，天已經全亮了。早知事情會這樣，當初真不應該學彈琴，應該去學鋼琴。過去學的英語也大多忘了。父親說女人沒必要學那種東西。小夜子聽從住在舊世界的上一代人的話，卻落後在現在想追也追不上的小野身後。住在舊世界的上一代人的日子不長久。萬一上一代人先離去，小夜子又落後新人一步的話，在無常人世中，恐怕連性命都危在旦夕……

格子門嘩啦一聲被打開。古人回來了。

「我回來了。外面很多塵埃。」

「今天不是沒有風嗎？」

「是沒風，但地面乾燥……東京真不是人住的地方。還是京都比較好。」

「您不是每天吵著說要早點搬來東京嗎？」

「說是說了，但來了一看，也沒想像中的好。」老人在廊子拍打著襪子，回房坐下後問：「有茶碗。是不是有人來了？」

---

140 〈小督曲〉去掉平家物語的大半故事，集中在小督躲在嵯峨時，奉詔來尋找小督的使者正因為聽到小督在彈〈想夫曲〉，才找到小督一起回宮這段故事。

「是。小野先生來了……」

「小野？那真是……」

老人提回一袋綁著十字細繩的大包裹，他仔細地解開細繩。

「我今天想買座墊，搭了電車，結果忘了轉車，真慘。」

「是嗎？」女兒同情地笑著，繼而問：「您買到座墊了？」

「嗯，只買了座墊回來，結果折騰到現在。」老人從包裹中取出仿高級品的橫條黃座墊。

「您買了幾個？」

「三個。三個應該暫時夠用了。妳坐坐看。」老人遞出一個給小夜子。

「呵呵呵，您先坐吧。」

「我坐，妳也坐坐看。不錯吧？」

「棉花好像有點硬。」

「反正棉花是……便宜貨都這樣，沒辦法。不過我為了買這個才沒搭上電車……」

「您不是沒轉車嗎？」

「沒轉，我明明……拜託過乘務員的。氣得我乾脆走路回來。」

「那您累了吧？」

「不累。我的腳還健壯……只是害我的鬍鬚沾滿塵埃。妳看！」老人用右手四根手指當作梳子地梳著下巴，果然掉落不少灰色東西。

「您不去洗澡才會這樣。」

「這是灰塵。」
「今天又沒有風。」
「沒有風也會起灰塵，真奇怪。」
「可是……」
「可是什麼？下次妳出去看看。東京的灰塵真的多得會嚇死人。妳在東京讀書時也這樣嗎？」
「是啊，灰塵很多。」
「也許一年比一年多了。今天明明一點風都沒有。」老人在屋簷下望著上方。天空透過微陰雲層射出曖昧的陽光。琴聲仍在響。
「有人在彈琴……彈得不錯。那是什麼曲子？」
「您猜猜看。」
「讓我猜？哈哈哈，我聽不懂。聽到這琴聲會令人想起京都。京都很幽靜，很好。像我這種落伍的人不適合東京這種激烈地方。東京比較適合小野或妳這類年輕人。」
看來落伍的父親是為了女兒和小野特地搬到到處都是灰塵的東京。
「那我們回京都好嗎？」女兒那張不安的臉浮出笑容。老人以為女兒是同情不諳環境的父親，出於孝心才這樣說。
「啊哈哈哈，真的要回去嗎？」
「回去也可以。」
「為什麼？」

「不為什麼。」

「我們不是剛到嗎？」

「剛到也沒關係。」

「沒關係？哈哈哈，妳又在開玩笑……」

女兒低垂著臉。

「小野來過了嗎？」

「是。」女兒依舊低垂著臉。

「小野他……小野他是……」

「什麼？」女兒抬臉。老人望著女兒的臉。

「小野……他來過了吧？」

「是，他剛才來過。」

「他怎麼了？他有沒有說什麼？」

「沒說什麼……」

「什麼都沒說？……應該讓他等我回來。」

「他很忙，他說下次會再來。」

「是嗎？那他不是有事找我才來的嗎？唔。」

「爸爸。」

「什麼事？」

「小野先生變了很多吧。」

「變了？……嗯，變得非常體面。我在新橋看見他時簡直都認不出來。這樣對大家都好。」

女兒再度垂下臉——她明白單純的父親不理解女兒說的意思。

「他說我和以前完全一樣，一點都沒變……就算沒變也……」

後面那句話猶如光腳踩著發聲的細線，在孤堂老師的大腦中迴響。

「就算沒變也怎樣？」老人催促。

「也沒辦法。」女兒小聲答。老人歪著頭。

「小野說了什麼嗎？」

「沒說什麼……」

父女倆重複著同樣的問題和同樣的回答。踏水車時，水車只會在原地轉動。無論踏多久都踏不完。

「哈哈哈，妳不用擔心那種小事。春天總是會令人感到鬱悶。像今天這種天氣，連我都覺得不舒服。」

令人鬱悶的是秋天。明知錯怪了，卻將錯就錯。被安慰的人是被小看的人。小夜子不作聲。

「妳彈彈琴吧？可以散散心。」

女兒悶悶不樂地轉頭望向壁龕。沒有掛軸的黑壁看上去更空洞，豎在角落的黃色套子在春色中一目了然。

「算了吧。」

「算了？算了就算了……小野是因為太忙，聽說他最近要寫博士論文……」

小夜子連銀錶都不想要。就算拿到一百個博士學位也對目前的她無益。

「所以他很忙。專心做學問的人都那樣。妳不用太擔心。他就算想多坐一會兒也沒功夫坐，這也是沒辦法的事。嗯？妳說什麼？」

「他那樣……」

「嗯。」

「急著……」

「啊。」

「回……」

「回去？妳是說，他根本不用那麼急？不用那麼急也沒辦法呀。他要專心做學問啊……所以我才要他騰出一天時間帶我們去觀看博覽會。妳向他說了沒有？」

「沒有。」

「沒說？妳就直說不好嗎？小野來時，妳到底在幹什麼？就算是女人，也要開口說點話。」

父親教導女兒不能多說話，現在又怪女兒為什麼不說話。小夜子必須承擔所有責任。她眼中開始發熱。

「沒關係，我寫信問他……妳不用傷心。我不是在罵妳……今天有晚飯嗎？」

「只有米飯。」

「有米飯就好。妳不用做菜……我拜託的那個老太婆聽說明天可以來幫忙……多住些日子，慢慢就會習慣，到時候不管住在東京或住在京都，都一樣。」

小夜子走向廚房。孤堂老師動手解開壁龕的行李。

十

謎女將登門造訪宗近家。謎女所在之處，波浪會成山，煤球會如水晶發光。禪家說柳綠花紅。或說麻雀必須嘰嘰喳喳，烏鴉必須嘎嘎叫。自從謎女出生以來，世界突然變得糾纏不清。謎女把每個挨近她的人都放進鍋內，用方寸杉箸攪三攪四。不是芋頭的人千萬不能接近謎女。謎女猶如鑽石，亮得特別耀眼。但沒有人知道光源出自哪裡。左看時右側發亮，右看時左側發亮。謎女擅長從種類繁多的切面反射出種類繁多的亮光。能樂面具有二十種。據說發明能樂面具的人是謎女——謎女將登門造訪宗近家。

宗近家那個直率開朗的大和尚，做夢也不會想到天底下竟然有這種騷然女正在頻頻攪拌著鍋底。檀木書桌擱著法帖，大和尚坐在厚座墊上，正從大肚子發出聲音唱著《鉢木》謠曲「信濃國的炊煙，炊煙呀」。謎女逐漸挨近。

悲劇《馬克白》[141]中的女巫擄來天下所有雜物放進鍋內。不但有三十一天日夜蟄眠於寒石底、汗出淋漓毒漿的蛤蟆，也有在黑脊下隱藏著火熱腹的蠑螈膽，更有蛇眼和蝙蝠爪——女巫將這些東

141 莎士比亞短劇 *Macbeth*。

西全放進鍋內咕嘟咕嘟地煮。女巫在熱鍋旁不停迴轉。她那乾巴尖銳的指甲握著因詛咒累世而生鏽的鐵火箸。煮沸的鍋內的黏糊波浪正在起泡——讀者都說很可怕。

不過那是戲劇。謎女不會做出那種恐怖的事。她住在大都市。時代是二十世紀。登門時刻是白天。鍋底湧出的是熱情。漂在鍋面的是笑浪。攪拌的筷子取名為親切。鍋子本身看上去很高尚。謎女只是悄悄地攪拌。連手勢都像能樂那般優雅。難怪大和尚不怕她。

「哎呀，天氣越來越暖和了。請坐，請坐。」大和尚向大座墊伸出大手掌。女人依舊支著手指故意坐在入口。

「別來一向可……」

「請坐……」大手掌仍往前伸著。

「好些時候沒來問候您了，因為家裡沒人，好幾次都想來拜訪您，結果拖到現在才……」

謎女說到這裡頓了一下，大和尚正想開口時，她立即接口：

「實在很對不起。」黑頭緊貼在榻榻米。

光是回一句「不，不客氣……」的客套話，謎女是不會輕易抬頭的。有人說，端莊十足地向人道禮數的女人令人作嘔。另一人說，鄭重其事向人鞠躬的女人難以應付。第三人說，人的真誠與鞠躬的時間成正比。說法各式各樣。大和尚是「難以應付」說法的那一派。

謎女的黑頭仍貼在榻榻米，嘴巴卻不停發出聲音。

「府上的人都安康……欽吾和藤尾老是麻煩你們……前些日子又送來那麼貴重的東西，我早就應該來道謝，只是家裡有太多事……」

黑頭總算逐漸抬起，阿爺鬆了一口氣。

「沒什麼，一點小意思而已……別人送來的。啊哈哈哈，天氣總算暖和起來了……」大和尚突然穿插時令問候，再望向院子，最後問：「你們家的櫻花怎麼樣？現在正是盛開時期吧？」

「大概今天比較暖和，比往年開得早一些，四五天前剛好是賞花時期，不過前天颳大風，颳落了很多花，現在已經……」

「不行了嗎？那棵櫻花很罕見。那是什麼櫻花？啊？淺蔥櫻？對，對。那種顏色很稀奇。」

「那花瓣帶點綠色，傍晚看著那花時，總覺得，怎麼說好呢，有點可怕。」

「是嗎？啊哈哈哈。聽說荒川有緋櫻，淺蔥櫻倒是很稀奇。」

「大家都這麼說，說重瓣櫻花種類很多，但難得看到綠色的……」

「當然難得看到。不過聽愛好櫻花的人說，櫻花有一百多種……」

「是嗎？」女人故作驚訝。

「啊哈哈哈，櫻花也不能小看。前些天，我們家的一從京都回來，說去了嵐山賞花，我問他看了什麼花，他只會說看了單瓣的花，其他什麼都不懂。現今的年輕人真是不用功，啊哈哈哈……這甜點雖然不是高級品，不過妳吃吃看。是岐阜的柿羊羹。」

「不用客氣，我自己來……」

「不是很好吃，只是很稀奇。」宗近老人舉起筷子從盤子剝了一片羊羹，逕自大口地吃起來。

「提到嵐山……」甲野的母親開口，「前些日子我們家欽吾又給你們添了麻煩，多虧你們幫助，他說看了很多地方，很開心。那孩子平日就是那麼任性，應該給一先生添了不少麻煩吧？」

「沒有，是一受到照顧……」

「哪裡，欽吾不是個能照顧別人的男人。他年紀不小了，竟連一個可以稱得上朋友的人都沒有……」

「專心做學問的人沒時間和太多人來往，啊哈哈哈！」

「我是個完全不懂學問的女人，不過看他老是悶悶不樂……如果不是一先生帶他出去，好像沒有人願意理他……」

「啊哈哈哈，一正好相反。他是什麼人都願意作陪。他連在家時也老是逗他妹妹玩……像他那樣的也很頭痛。」

「怎麼會呢？像他那樣開朗又坦率的人，很難得呀。我老是對我們家藤尾說，只要欽吾有一先生的一半，讓家裡活潑點就好了……不過這都是因為他的病，我也知道事到如今發這種牢騷也沒有用，只是他不是我親生的，反倒令我覺得愧對世人……」

「有道理。」宗近老人一本正經地答，順手在煙灰缸砰地磕了一下，把銀質旱煙管擱在榻榻米。煙袋鍋流出剩餘的煙。

「怎麼樣？他從京都回來後是不是好些了？」

「託您的福……」

「前些日子他到我家來時，大家隨便聊天，我看他聊得相當愉快。」

「是嗎？」這句話說得看似很欣慰，「我真的拿他一點辦法都沒有。」這句話拖長尾巴，一副很傷腦筋的樣子。

「那真是不好辦。」

「我為了他的病，過去真的不知擔了多少心。」

「乾脆讓他結婚，換個心情或許可以好一些。」

謎女總是讓別人說出自己想說的話。直接下手會成為自己的過錯。所以她都乖乖地等對方主動滑倒。她只要在事前準備好能令人滑倒的泥漿即可。

「我一天到晚老是勸他要早點結婚……怎麼勸，他都不聽。您看我都這麼老了，而且甲野也那樣突然死在國外，我真的很擔憂，為了他好，我也很想讓他早點結婚，穩定下來……真的，過去也不知對他提過多少遍親事。可是每次我一提起親事，他連聽都不願意聽就一口拒絕……」

「老實說，上次他來這兒時，我也稍微提過這件事。我對他說，你再這樣堅持不結婚的話，只會令你母親更擔心，那樣太可憐了，還是趁早成家讓她安心比較好。」

「謝謝您這樣熱心。」

「哪裡，不只妳擔憂，我這邊剛好也有兩個立場相同的人，啊哈哈哈，我們都一樣，不管幾歲都沒法安心。」

「您這邊還好，我……如果他老是以生病的理由不娶媳婦，萬一我有什麼事，我真的沒臉去見我那個九泉之下的老伴。為什麼他總是不聽我的話呢？每次我一說什麼，他就說，他那個身體實在沒辦法繼承家業，最好讓藤尾招贅，讓藤尾來照顧我。他還說，他一分財產都不要。他的意思是這樣。如果我是他的親生母親，我可以對他說，你愛怎麼做就怎麼做，但您也知道，我們不是親生母子，假如我真做出這種不近情理的事，人家會怎麼看呢？我真的不知道該怎麼辦才好。」

謎女凝望著和尚。和尚挺著大肚子陷於思考。煙灰缸響了一聲。紫檀蓋子被小心翼翼地闔上。旱煙管被擱下。

「原來如此。」

和尚的聲音消沉得一反常態。

「雖然他那樣，但我這個做繼母的如果多嘴強求他這樣那樣，只怕會發生一些對外人說不出口的糾紛……」

「唔，確實很傷腦筋。」

和尚從手提煙草盆的小抽屜取出黃色抹布，擦起煙草盆的鯨鬚製把手。

「如果妳不好開口，乾脆我來和他好好談一下？」

「實在讓您費心了……」

「暫且就試試看吧。」

「不知他會怎麼想？他現在精神有點不正常，再向他說這些事的話……」

「妳放心，這我明白，我不會說些讓他覺得不舒服的話。」

「不過，萬一他認為我特地來拜託您向他說這些事，事後可就很麻煩……」

「真為難，他怎麼變得這麼神經質。」

「現在和他說話都得提心吊膽……」

「唔。」和尚抱起胳膊。因為袖子短，粗胖肘子看起來不成體統。

謎女會引人走進迷宮。讓人覺得原來如此。讓人覺得她說的很有道理。讓煙灰缸砰地響起。最後讓人抱起胳膊。二十世紀切忌疾言遽色。為什麼呢？問了某位紳士和某位淑女後，紳士和淑女均異口同聲說——因為疾言遽色最容易觸犯法律——謎女如此鄭重是因為她深恐觸犯法律。和尚抱著胳膊沉思。

「如果他堅決要離家出走……我當然不能就那樣讓他走……但他要是不肯聽我的話……」

「招贅嗎？招贅的話……」

「不是，要真招贅會很麻煩……只是人總要考慮到萬一，要不然到時候沒法應付。」

「那倒是……」

「就是考慮到這點，所以在他的病情好轉之前，在他比現在更可靠之前，我不能讓藤尾嫁出去。」

「對了，」和尚歪著單純的頭問：「藤尾幾歲了？」

「今年二十四歲[142]。」

「時間過得真快，是不是？我還以為她才這麼大。」和尚伸出大手舉至肩膀高，歪頭瞧著張開的手掌下。

「哪裡，她只是身子長得高大而已，一點用都沒有。」

「……算起來還真的已經二十四了。我家的糸子是二十二。」

照這樣說下去，話題不知會轉到什麼地方。謎女必須主導話題去向。

142 此處是虛歲。

「您這邊還有糸子小姐和一先生，想必您也很擔心，我卻跑來向您說些廢話，您大概會覺得我很厚臉皮，完全不考慮您家的事……」

「哪裡，不用客氣。其實我也有事想和妳仔細商討一下……剛好一正吵著要當外交官什麼的，這事雖不能馬上訂下，不過他早晚總得娶媳婦……」

「那是當然的。」

「所以我想，有關藤尾……」

「是。」

「如果是藤尾，彼此都了解對方的脾氣，我也能安心，一當然也不反對……我覺得他們倆可以配對。」

「是。」

「妳覺得怎樣呢？」

「那麼不懂規矩的孩子，您還這麼看重她，我當然覺得很光榮，只是……」

「那不是很好嗎？」

「如果這樣，對藤尾來說是很幸福的事，我也能安心……」

「妳不滿意的話，我們可以先不談這事，但如果妳……」

「我怎麼會不滿意呢？這麼好的事簡直求之不得，只是欽吾這孩子很令人頭痛。一先生是繼承宗近家的重要人物，雖然不知道他看不看得上我們家藤尾，假設他看上了，我讓藤尾嫁出去後，欽吾仍跟現在一樣的話，那我實在很沒依靠……」

「啊哈哈哈，妳現在就操心這個問題，會操心個沒完的。只要把藤尾嫁出去，欽吾就必須負起責任，他自然而然也會改變想法。妳就這麼辦吧。」

「真的會這樣嗎？」

「再說藤尾她父親生前不是說過了嗎？妳也知道這事吧？這樣一來，去世的人也會滿足。」

「非常感謝您想得這麼周到。要是我老伴仍在世，我就不用一個人……這樣……這樣操心了……」

謎女說著說著，口氣逐漸帶著濕氣。疲於這世界的筆討厭此濕氣。勉強描述謎女的謎至此時，筆竟然一步也不想再往前走了。造物之神創造了晝又創造了夜，繼而創造了大海和陸地，一切都造齊後，於第七天命一切都休息。把謎女掌握得很好的筆，也必須進入另一個有陽光的世界以排除此濕氣。

在有陽光的另一個世界活動的是兄妹兩人。向南的中樓六疊房已經夠明亮了，仍大大敞開格子紙窗，紙窗外的信樂燒花盆有一棵二尺高的松樹，凸起的盤根影子映在廊子。六尺寬的白底紙門零散貼著秦漢瓦當[143]拓紋，門把鑲著波浪和飛翔白鳥。一旁的三尺壁龕沒有掛任何掛軸，只隨意在花筐內扔進一枝花。

糸子坐在壁龕前縫東西，靠窗處有個針線盒，拉開的兩層抽屜堆滿五彩繽紛的線頭。房內安靜得似乎可以聽見一針一針把春天縫在布上的幽聲，卻被哥哥的大嗓門破壞。

143 瓦當指排置在成疊瓦片尾端，用以擋住瓦片的瓦。有圓形與半圓形之分，上飾有文字或圖案，具有裝飾和避邪作用。

俯臥是春天的姿態，只要躺著便能擁有春天。哥哥用尺子頻頻敲打門檻。

「糸公，妳的房間很明亮，真好。」

「要不要跟你換房間？」

「跟你換房間好像也沒什麼便宜可撿……不過這房間對妳來說太奢侈。」

「反正也沒人用，奢侈有什麼不好？」

「好。好是好，只是有點奢侈。再說這種裝飾怎麼看都……好像不太適合荳蔻年華的女子？」

「什麼不適合？」

「就是這棵松樹。這棵松樹不是苔盛園以二十五圓的價格硬賣給阿爺的嗎？」

「是的。這是很重要的盆栽。要是踢倒可就不得了。」

「哈哈哈，用二十五圓買下這棵樹的阿爺確實有問題，但把這棵樹費勁地抬到二樓的妳，更有問題。看來就算年齡不同，父女畢竟是父女。」

「呵呵呵，哥哥才是個呆瓜呢。」

「呆的程度大概也跟糸公差不多，兄妹嘛。」

「哎呀，討厭。我當然是個呆瓜。雖然是呆瓜，但哥哥也是呆瓜。」

「是呆瓜嗎？所以我們兩個都當呆瓜不就好了？」

「我有你是呆瓜的證據。」

「呆瓜的證據？」

「是。」

「那真是糸公的大發明了。什麼證據？」

「其實那棵盆栽……」

「唔，這棵盆栽怎麼了？」

「那棵盆栽……你真不知道嗎？」

「知道什麼？」

「我很討厭那棵盆栽。」

「哎喲，這回又是個大發明。哈哈哈。妳討厭這棵盆栽，為什麼又特地抬上來？不是很重嗎？」

「是爸爸自己抬上來的。」

「什麼？」

「他說，二樓有陽光，對松樹好。」

「阿爺也真好心。原來如此，所以哥哥就變成呆瓜了？好心阿爺人，兒子是呆瓜嗎？」

「你在說什麼？發句[144]嗎？」

「類似發句的句子。」

「類似？不是真的發句嗎？」

「妳還真會刨根問底。先不管是不是發句，妳今天縫的衣服真豪華。妳在縫什麼？」

144 和歌、連歌的第一句詩詞。

「這個嗎？這個是伊勢崎[145]。」

「怎麼這麼晶亮？是給哥哥的？」

「是阿爺的。」

「妳老是縫阿爺的東西，都不替哥哥縫。自從那件狐皮背心以後，妳就不幫哥哥縫衣服。」

「怎麼可能？胡說。你現在穿的那件不也是我縫的？」

「這件嗎？這件早就不行了，妳看。」

「哎，你看這衣領的污垢。前些日子才剛穿的……哥哥就是身上油太多了。」

「不管什麼太多，反正這件不能穿了。」

「那等我縫完這件，馬上幫你縫。」

「是新的吧？」

「是，拆洗過的。」

「是阿爺的舊衣服？哈哈哈，糸公有時候會做些奇怪的事。」

「什麼事？」

「阿爺明明是老人，卻總是穿新衣，我是年輕人，妳卻老讓我穿舊衣，這有點怪。照這樣下去，最後妳可能會自己戴著巴拿馬草帽，然後叫我戴擱在堆房裡的陣笠[146]。」

「呵呵呵，哥哥的嘴巴真會說話。」

「我只剩一張嘴嗎？好可憐。」

「還有其他。」

宗近沒應聲，他托著腮從欄杆縫隙俯視院子的灌木叢。

「還有其他，聽見了沒？」糸子的視線一直望著縫衣針，白皙豐潤的手指迅速地把縫衣針穿過左手捏住的縫口，放開後才抬臉望向哥哥。

「哥哥，還有其他。」

「還有什麼？我有一張嘴就夠了。」

「真的還有其他嘛。」糸子瞇著可愛的雙眼皮，對著紙窗望著縫衣針針眼。宗近依舊悠閒地托著腮望著院子。

「我們去看看吧？」

「唔，嗯。」

宗近因托著腮而無法轉動下巴，應聲自喉嚨直接穿出鼻孔。

「還有腳。明白了嗎？」

「唔，嗯。」

用嘴唇沾濕藍線，再用指尖把線頭揉尖，是沒把線頭順利穿過針眼的女人的策略[147]。

「糸公，樓下有客人嗎？」

145 群馬縣伊勢崎市出產的「銘仙」絲綢。

146 古時下級士兵在戰場戴的草笠形頭盔。

147 此處暗喻糸子想讓哥哥帶她出去玩，但哥哥卻心不在焉，所以形容成「沒把線頭順利穿過針眼」。

「有，是甲野家阿母來訪。」
「甲野的阿母？那才真正算是能說會道的人，哥哥怎麼比也比不過她。」
「不過人家很高雅。人家不像哥哥老是說壞話。」
「妳這麼討厭哥哥，哥哥不是白費心了？」
「你又沒費什麼心。」
「哈哈哈，其實為了報答妳幫我縫那件狐皮背心，我正打算過兩天帶妳去賞花。」
「花不是已經謝了嗎？現在還賞什麼花。」
「妳錯了，上野和向島的花確實已經謝了，但荒川正在盛開。從荒川到萱野[148]摘櫻草花後，再繞到王子搭汽車回來。」
「什麼時候？」糸子停下縫衣的手，把縫衣針刺進頭裡[149]。
「要不然到博覽會的台灣館喝茶，觀看霓虹燈後再坐電車回來……妳喜歡哪樣？」
「我想看博覽會。等我縫好這件衣服再一起去，好不好？」
「嗯。所以妳得對哥哥好一點。妳找遍全日本也找不到這麼好的哥哥。」
「呵呵呵，是，我會對你好……你把那把尺給我。」
「妳繼續學針線活兒，等妳要出嫁時，哥哥會買個鑽石戒指給妳。」
「果然很會說話。你有那麼多錢嗎？」
「錢？……現在當然沒有。」
「哥哥為什麼會名落孫山呢？」

「因為我太了不起。」

「真是的……你那邊有沒有剪刀？」

「剪刀在座墊旁。不是，再靠左一點……為什麼剪刀上有猴子？是幽默嗎？」

「這個嗎？很漂亮吧。用縐綢做的小猴子。」

「妳做的？真有兩下子。妳什麼都不會，倒是這方面很手巧。」

「反正我比不過藤尾小姐……你不要在廊子彈煙灰嘛……你用這個。」

「這是什麼玩意？嚇，在厚紙板貼上彩色印花紙。這也是妳做的？妳真是個閒人。這到底用來幹什麼的？……放線的？放線頭的？嚇！」

「哥哥喜歡藤尾小姐那樣的人吧？」

「我也喜歡妳這類型的。」

「我不算在內……你說，是不是？」

「確實不討厭。」

「哎喲，你在隱瞞，真可笑。」

「可笑？可笑也無所謂……甲野家伯母好像一直在密談？」

「也許就是為了藤尾小姐的事。」

148 往昔的萱野原，荒川岸邊的原野。

149 頭髮有髮油，沾油可以讓縫衣針滑溜地穿過布料。

「是嗎？那我們去聽聽好不好？」

「哎呀，你不要去……我想用火熨斗燙衣服，但因為他們在談話，我才不好意思去取火熨斗。」

「自己家有什麼不好意思的？要不要哥哥去幫你拿來？」

「不要，你不要去。你現在下樓會打斷他們的話題。」

「看來不要下去比較好。那我們也屏住呼吸就躺在這裡吧。」

「不用屏住呼吸。」

「那就邊呼吸邊躺著吧。」

「你不要再躺了。這麼不規不矩的，難怪會考不上外交官。」

「是啊，那個考官的意見也許跟妳一樣。真糟糕。」

「誰糟糕啊？藤尾小姐也是同樣意見。」

停下裁縫的手，遲疑著不知該不該去取火熨斗的糸子，抽出滿布大小菱形花紋的頂針，連同插滿銀雨絲的淡紅色針包放進針線盒，蓋上魚鱗木紋美麗漆蓋。之後手掌托在窗口射進的陽光染紅的耳朵下方，右肘擱在針線盒上，本來端正跪坐在攤開的布料下的膝蓋也改為斜坐。染著深紅碎花紋的貼身襯衣長袖，自柔軟手腕無聲滑落，露出鮮明的白皙肉柱，與頭上的蝴蝶結相映成輝。

「哥哥。」

「什麼事？……妳不工作了？看起來好像心不在焉。」

「藤尾小姐不行哦。」

「不行？什麼意思？」

「她無意嫁到我們家來。」

「妳問她了？」

「我怎麼可能冒冒失失問她這種問題呢？」

「不問也知道？簡直像個女巫……妳這樣托著腮斜靠在針線盒上的姿勢，真是天下絕景。雖然是我妹妹，還是非常漂亮，哈哈哈。」

「隨你愛怎麼嘲弄都行。人家是好心才告訴你的。」

糸子邊說邊用力抽開托著腮的白皙手腕。並排的手指壓著針線盒角往前垂落。靠近紙窗的半邊臉頰和耳朵都因手掌的壓印而微微發紅。整齊闔著眼睛的雙眼皮，似乎欲將清澈眼珠藏在長睫毛內地往下垂。宗近在這雙睫毛深處被妹妹定睛凝視著[150]……宗近挺起四方形肩膀，用手肘撐起躺著的軀體坐起身。

「糸公，伯父說過要送那個金錶給我。」

「伯父？」糸子隨口反問，突然又小聲說句「可是……」，之後便將黑眼眸隱藏在長睫毛內。鮮豔的蝴蝶結微微前傾。

「沒問題的，我在京都也向甲野說過。」

「是嗎？」糸子半抬起低垂的臉。臉上浮出看似擔憂又看似安心的笑容。

「哥哥早晚會到外國，到時候再買點東西寄給妳。」

150 此處不用「妹妹凝視哥哥」，而用被動式，是日本近代文學的描述方式，間接表現兄妹之間的親密關係，與甲野兄妹對照。

「這回的考試結果還沒出來嗎？」
「應該快了。」
「這回你一定要考上。」
「啊？嗯。啊哈哈哈，考不上也沒關係。」
「有關係……藤尾小姐喜歡有學問又靠得住的人。」
「難道哥哥沒學問又靠不住？」
「我不是這個意思。雖然不是這個意思……我舉個例子，你認識那個叫小野的人吧？」
「嗯。」
「他因為成績優秀領到銀錶，而且聽說他正在寫博士論文……藤尾小姐喜歡那種人。」
「是嗎？哎喲哎喲。」
「什麼哎喲哎喲？那是很光榮的事。」
「哥哥沒領到銀錶，也寫不成博士論文，又考不上外交官，簡直是恥辱至極。」
「人家又沒說你是恥辱。只是你太樂觀了。」
「你太樂觀了。」
「呵呵呵，真好笑。你好像完全不在乎。」
「糸公，哥哥雖然沒學問也考不上外交官……算了，無所謂。總之妳不覺得妳哥哥是個好哥哥嗎？」

「我當然覺得。」
「妳覺得小野好還是哥哥好？」
「那當然是哥哥好。」
「和甲野比起來呢？」
「不知道。」
燦爛的陽光透過紙窗，溫暖地照著糸子的臉頰。低垂的額頭顯得更白皙。
「喂，針刺在妳頭上。忘了會很危險。」
「哎。」糸子輕微翻轉著貼身襯衣長袖，用兩隻手指壓著頭上的針，輕輕拔出。
「哈哈哈，看不見的地方也能搆得著。如果妳是盲人，一定可以成為得心應手的按摩人。」
「已經習慣了嘛。」
「太厲害了。對了，我說件有趣的事給妳聽好不好？」
「什麼事？」
「京都那家旅館隔壁有個彈琴美女。」
「明信片寫的那個？」
「嗯。」
「那個我知道。」
「哎，這世上真的有難以想像的事。哥哥和甲野到嵐山賞花，結果遇到那個女人。光遇到還不奇怪，甲野竟然看那女人看得入迷，結果摔壞了茶碗。」

「哎喲，真的嗎？」

「嚇一跳了吧？之後我們搭夜快車回來時，又在車上碰到那個女人。」

「胡說。」

「哈哈哈，結果和她一起回到東京。」

「可是京都人不可能隨便來東京的呀？」

「所以說這是一種緣份。」

「你又……」

「妳繼續聽著。甲野在火車上老是擔心地說，不知那女人是不是要嫁到東京什麼的……」

「我不想聽。」

「不想聽那就算了。」

「那女人叫什麼名字呢？」

「名字嗎……妳不是不想聽嗎？」

「你告訴我有什麼不好？」

「哈哈哈，妳不用太認真。其實剛剛說的都是胡說八道，全是哥哥亂編的。」

「你好壞。」

糸子總算笑出。

十一

螞蟻群集於甜味，人群集於新潮。文明百姓[151]在激烈生存環境中抱怨無聊。他們忍受站著吃三餐的忙碌，擔憂在街頭陷於酣睡症。文明百姓將生命寄託於縱情，再於縱情中競死。這世上只有文明百姓以活動為榮，也只有文明百姓因停滯而痛苦。文明用剃刀削去人的神經，用擂槌磨鈍人的精神。無數麻木於刺激又渴望刺激的人，均群集至新潮的博覽會會場。

狗戀香，人趁色。狗和人是對色香最敏感的動物。無論紫衣[152]，無論黃袍，無論青衿，皆不過是號召人的道具。在河堤叫囂奔跑的人[153]必定扛著形形色色的旗幟。因有人叫囂而拚命划槳的人是受色相耍弄的人。這世上沒有比天狗鼻更顯眼的東西。天狗鼻自古以來即為鮮紅色。有色處，不遠千里。所有人都群集至博覽會會場。

飛蛾群集於亮光，人們群集於電光。燦爛之物牽引天下。舉凡金銀、硨磲[154]、琉璃、閻浮檀金[155]之物，都為了讓疲憊的頭能霍地跳起而睜大炯炯有神的無聊雙眸。在縮短白晝時間的文明百姓晚會上，唯有鑲嵌在裸露肌膚上的寶石最具權威。鑽石能奪人心，故比人心更昂貴。墜落於泥沼的星

151 指明治四十年代近代社會的人，明治四十年是西元一九〇七年。孤堂老師和小夜子是舊時代的人。
152 高僧穿的紫衣，往昔只有天皇敕許的人才能穿。
153 指當時東京帝國大學、第一高等學校、高商學校在隅田川上游舉行賽艇活動的盛況。
154 世界最大的二枚貝，肉色白如玉，可食，殼可做裝飾品。佛教七寶之一。
155 印度閻浮樹森林河流所產的沙金，為金中最貴者。

影，雖是虛幻影子，卻比屋瓦更明亮，在觀者胸中閃爍。為閃爍影子而心跳的善男善女，皆留下空蕩房子群集至霓虹燈前。

把文明裝在刺激袋子底篩出的東西是博覽會。把博覽會盛在黯淡夜砂篩出的東西是燦爛霓虹燈。只要活在這世上，而且為了尋求活在這世上的證據前來觀看霓虹燈的人，均會大吃一驚[156]。對文明早已麻木的文明百姓，在大吃一驚之際，方始認識到自己仍活在這世上。

花電車風馳而來。花電車在山下雁鍋[157]附近卸下載貨，叫大家去觀看活在這世上的證據。雁鍋早已不存在。被卸下的載貨為了恢復自己即將消失的名譽，絡繹不絕地走向森林。

山崗自本鄉掠過夜空高高隆起。朦朧浮在半空的高崗往東傾斜約十里，坡道口穿過根津、彌生、切通[158]，一路用升斗過秤不吃驚的人直通下谷。彼此相踏的黑影群集在池端[159]——這世上只有文明人喜歡驚奇。

高大松樹藏不住櫻花，櫻花在樹枝間夜夜映照春宵，花期時降雨亦吹風。起初只飄落一瓣，繼而飄落兩瓣。接著飄落無以數計的花瓣。眨眼間便萬紅吹大地，先前飄落的花瓣還未抵達地面，隨後便有遠離樹枝的花瓣落下。忙碌的櫻吹雪在不知不覺中結束，枝頭的花瓣暴風雨總算平息。如今已不見代替星眼守護春宵的花影。取而代之的是霓虹燈亮起。

「哇！」糸子說。

「夜晚的世界比白天的世界更美。」藤尾說。

芒草穗從中捲成一圈，左右重疊折成無數個閃閃發光的半月[160]。寬腰帶遮住藤尾的腰部，宗近和甲野站在腰帶後一尺遠之處。

「這真是奇觀。看上去像是龍宮。」宗近說。

「糸子小姐，妳好像嚇了一跳。」站在一旁的甲野戴著一頂蓋住眉毛的帽子。

糸子回頭。夜晚的笑聲猶如在水中吟詩那般，或許無法傳至心想之處。回頭的人身上穿著黃底衣服，幾條豎紋黑如夜晚。

「嚇到妳了？」這回換哥哥再度問。

「你們呢？」藤尾忽視糸子地回頭。黑髮陰影中倏然映出一張白臉。遠方火光微微染紅臉頰邊。

「我是第三次來，當然不會吃驚。」宗近整張臉都面對亮光。

「會吃驚才有樂趣。女人有很多樂趣實在很幸福。」甲野筆直地挺著高個子俯視藤尾。

黑眸滴溜地射向黑夜[161]。

「那就是台灣館嗎？」糸子無心地伸出手指橫切水面指向前方。

「最右邊前面那個就是。那個最豪華。甲野，你說是不是？」

「夜晚看確實最豪華。」甲野立即附加但書。

---

156 當時日本全國只有八十五萬個電燈，但博覽會期間，每月初一、十五、星期天、節假日會全部點亮會場中裝飾的三萬五千八十四個霓虹燈，因此夏目漱石才會如此描述。

157 上野公園東南口山下一家有名的鳥肉料理店。

158 根津、彌生、切通均為當時東京本鄉區的町名，都是通往下谷的地區。

159 上野公園不忍池附近的地名。

160 此處描述的是和服背後的腰帶蝴蝶結形狀，亦即藤尾的背影。

161 這句是形容藤尾在黑暗中瞪著哥哥。有伺機射殺哥哥的隱喻。

「糸公，妳說像不像龍宮？」

「真的很像龍宮。」

「藤尾小姐，妳覺得呢？」宗近始終以龍宮這個形容詞為傲。

「不俗氣嗎？」

「什麼俗氣？那棟建築物嗎？」

「你的形容。」

「哈哈哈，甲野，令妹說龍宮俗氣。再俗氣不也是龍宮嗎？」

「通常形容得正確就會成為俗氣。」

「形容得正確會成為俗氣，形容得不正確會成為什麼？」

「大概是詩。」藤尾從旁插嘴。

「所以說，詩實則偏離事實。」

「那是因為詩比事實高尚。」

「這麼說來，形容得正確是俗氣，形容得不正確是詩。藤尾小姐，妳認為什麼是既無味又形容得不正確的？」

「要我說嗎……哥哥知道吧？你問我哥哥。」藤尾以鋒利眼角瞄著欽吾。眼角在說——無味又形容得不正確的是哲學。

「旁邊那個是什麼？」糸子天真地問。

穿過黑暗橫切上空的火焰線是屋頂。豎切的是柱子。斜切的是屋瓦。火焰不但將星眼隱藏在朦朧深處，並將無止盡的黑夜平整為淡黑，而且留下一道閃電尾劃過虛空。第二道閃電尾自上而落。卍形的火焰如煙花般在地面迴轉。最後欲貫穿帝座似地倒轉矛頭往上衝。電光塔進入棟宇，棟宇連接地板，從不忍池這方放眼望去，自右而左不留餘地形成一幅大火圖畫。

黑底帶藍的泥金浮花彩漆畫面上，不惜金粉地描出廳堂，描出樓閣，描出迴廊，描出曲欄，描出無數圓塔方柱後，依舊綽有餘裕地在畫面上描來描去。在上空縱橫奔馳的火焰線一點一劃均有條不紊，並井然有序地活在一點一劃中。火焰在晃動。晃動得很明顯，只要一直晃動便看不出其實在變形。

「旁邊那個是什麼？」糸子問。

「那是外國館。剛好在正對面。站在這兒觀看最漂亮。左邊那個高大的圓屋頂是三菱館……形狀很好。那個該怎麼形容呢？」宗近有點躊躕。

「那個只有中間是紅色的。」妹妹說。

「好像是鑲上紅寶石的王冠。」藤尾說。

「果然沒錯，很像天賞堂[162]的廣告。」宗近裝聾作啞地把藤尾的形容俗氣化。甲野輕笑了一聲後仰起頭。

天空很低。淡黑地逼向大地的黑夜中途，掛著曖昧不明的迷路星辰。萬點火焰連綿成柱、堆積成瓦地逆向侵入天空，射向睡眼朦朧的星辰。星辰的眼睛很熱。

162 東京銀座的珠寶店，當時是廣告利用次數最多的商店，目前位於西銀座四丁目。

「天空看似燒焦了……也許是羅馬法王的王冠。」甲野的視線自谷中[163]往上野森林方向畫了個大圓圈。

「羅馬法王的王冠嗎？藤尾小姐，羅馬法王的王冠如何？我覺得天賞堂的廣告比較恰當。」

「哪個都……」藤尾若無其事地說。

「哪個都無妨嗎？總之不是女王的王冠。甲野，是不是？」

「很難說。克麗奧佩脫拉正是戴著那種王冠。」

「你怎麼知道？」藤尾尖聲問。

「妳那本書上不是有畫嗎？」

「水面比天空漂亮哦。」糸子突然提醒大家。會話離開了克麗奧佩脫拉。

無風的夜影壓著白天也死氣沉沉的水面，平坦得一望無際。水面到底自何時起文風不動呢？靜謐的水不可能知道答案。若是百年前挖的池[164]，可能百年來一直文風不動，若是五十年前挖的池，可能五十年來一直文風不動，但水底腐爛的蓮根已徐徐冒出嫩芽。出生在泥中的鯉魚和鯽魚，偷偷在黑暗中緩慢地蠕動魚鰓。倒掛的霓虹燈影子映在安靜水面，不留餘地染紅二百米餘的岸邊。黑水瀕臨死亡依舊火速地發出顏色。躲在泥中的魚鱗在燃燒。

岸邊一縷濕潤火焰明亮地直達對岸。火焰所向無敵地染紅所有橫亙在眼前的物體，卻在一條橫跨東西的長橋前被截斷。橫跨黑圓水波的白石拱橋有二十個弧形橋洞，望柱上每個凸起的圓珠均為照亮黑夜的白光珠[165]。

糸子的「水面比天空漂亮哦」這句話吸引了其他三人，視線全聚集在水面和長橋。從池子這方遠遠望去，每隔六尺高高照亮石欄杆的電燈，看似整齊劃一地高懸在天空。人群在電燈下排成長龍。

「那座橋人山人海。」宗近大聲說。

小野帶著孤堂老師和小夜子正在過橋。急著享受吃驚的人群通過弁天堂蜂擁而來。從對面山崗走下坡地蜂擁而來。東西南北的人群均離開廣闊森林和廣闊池子，聚集在細長橋上。人群在橋上動彈不得。巡警在橋中央高舉著燈籠，指揮來的人和去的人往左向右。來的人和去的人只是你推我擠地通過。腳掌無暇落地。即便找到可以落腳的一丁點餘地，以為總算能讓腳跟踏在地面時，就被後面的人推到前面。這簡直不是在走路。當然不能說無法走路。小夜子覺得彷彿身處夢境般地無依。孤堂老師覺得人群是為了壓死過去的人而擠成一團，深感恐懼。只有小野比較洋洋自得。身在群眾中，卻自知自己出類拔群的人，就算身體無法動彈也會洋洋自得。博覽會是現世的。其中屬霓虹燈最為現世。為了吃驚而聚集在此的人全是現世的男男女女。他們只是為了能吃驚地大叫一聲，以加強活在這現世的自覺而來。彼此望著彼此，立下彼此都活在現世的默契，認識到自己的勢力屬於多數後，再回家安眠。小野在這多數的現世人當中，是最為現世的一個。難怪他會洋洋自得。

163 上野公園西北方。

164 不忍池是天然池，並非人工池，據說紀元前是東京灣海灣一部分，但海岸線逐漸後退後，不知何時形成不忍池，只知道十五世紀左右便稱為「不忍池」。

165 此處指的長橋是當時專為博覽會築成的觀月橋，架在不忍池中央，雖是木橋，但因塗上白色灰漿，在當時非常壯觀。昭和初期為了築堤而拆除觀月橋，目前的不忍池已被分割為三個池。

洋洋自得的小野同時也惘若有失。他認為唯有自己是眾人公認的現世者，應該無可挑剔。然而他肩上若扛著兩個落後時代的人，現世人會認為他與吃不開的過去融為一體，現世人的眼光並非只是觀看，也等同於盤問。他甚至覺得猶如穿著一件禮服外褂去看戲劇，卻因為很在意外褂的花紋大小到底跟得上時代或早已落伍，導致他無法專心觀看戲劇。小野覺得很丟臉。他在人群中盡可能快步前進。

「阿爺，您沒事吧？」小夜子在後面呼喚。

「嗯，沒事。」應聲在相隔六尺的人群中傳來。

「好像很危險……」

「跟著人群往前推就沒事。」老人讓後面的人先過，好不容易才和女兒會合。

「老是被人推，根本沒法往前推。」女兒雖慌張，仍勉強擠出一絲笑容。

「妳不用往前推，被人推著往前走就行了。」兩人邊說邊往前走。巡警的燈籠掠過孤堂老師的黑帽而晃動著。

「小野在哪裡？」

「在那邊。」小夜子用眼神示意。人群的肩膀讓她無法伸手。

「哪裡？」孤堂老師無暇站穩腳，只能墊著木屐腳尖伸長身子。老師的腰部剛失去重心時，性急的文明百姓便從後面擠來。老師往前絆倒。差點跌倒時，又被前面的文明百姓背部撐著。文明百姓始終急著往前走，卻又不失用背部拉人一把的親切。

文明波浪主動將無依無靠的父女推至弁天堂附近。長橋在此終止，過橋的人潮雙腳一踏上泥土立即左右散開，黑頭各自四散。兩人總算感覺能挺起胸膛。

睜眼細看黑底帶藍的流逝春夜，可以看到櫻花。櫻花下方的人世電燈，爽朗地照亮沒被風雨吹落的重瓣櫻花散發的遲來香味，照亮櫻花向黑夜祈求的願望。櫻花在朦朧夜色中鏤刻淡紅色的螺鈿。用鏤刻形容稍嫌過硬。用飄浮形容又嫌空泛。小野邊斟酌著該如何形容此夜色與櫻花，邊等待兩人過來。

「這些人很恐怖。」趕上來的孤堂老師說。老師說的恐怖是真的害怕之意，而且是一般說的恐怖之意。

「人相當多。」

「害我很想早點回家。這些人很恐怖。到底從哪裡冒出這麼多人？」

小野無聲笑著。往四面八方散去並罩住整個陰暗森林的文明百姓皆是小野的同類。

「不愧是東京。我沒想到會這樣。這是個恐怖的地方。」

命運是氣勢。有氣勢的地方都很恐怖。不足一坪的腐水也能密密麻麻長滿蝌蚪的地方很恐怖。遑論輕而易舉便能擰出高等文明蝌蚪的東京當然很恐怖。小野再度無聲笑著。

「小夜，妳怎麼樣？好險，差點就走散。在京都絕對不會有這種事。」

「過那道橋時……我真的不知該怎麼辦。太可怕了……」

「已經沒事了。妳看上去臉色有點不好，是不是累了？」

「覺得有點……」

「不舒服？那是妳平常走不習慣又勉強走才會這樣。再說人這麼多。我們找個地方休息一下吧……小野，應該有可以休息的地方吧？小夜說她不舒服。」

「是嗎？只要走到那邊，那兒有很多茶館。」小野又自顧自地往前走。

命運製造了圓池子。繞著池子走的人必定會在某個地方碰頭。碰上了卻裝聾作啞的人是幸運兒。有人寫道，在人山人海的昏暗倫敦，儘管朝夕處心積慮地繞來繞去，睜大眼睛尋尋覓覓也找不到的那個人，竟然在僅隔一道牆的鄰家眺望煤煙燻黑的天空。即便如此仍無法相見，終生都無法相見，直至骨頭成為舍利，墳墓雜草叢生，也可能依舊無法相見。命運用一道牆永遠拆散了彼此相思的兩人，同時在圓池子讓彼此意想不到的人相遇。怪異互相繞著池子逐漸挨近。不可思議之線在黑夜中也不忘穿針引線。

「女人家應該很累吧？要不要去喝茶？」宗近問。

「先不管女人家，倒是我真的累了。」

「糸公比你強。糸公怎麼樣？還能走嗎？」

「還能走。」

「還能走？太厲害了。那妳不去喝茶嗎？」

「欽吾先生不是說想休息嗎？」

「哈哈哈，真會說話。甲野，糸公說要讓你休息。」

「太好了。」甲野微微笑著，接著以同樣口氣加了一句，「藤尾也願意休息吧？」

「你想休息的話也可以。」藤尾報以簡明的答案。

「反正敵不過女人。」甲野下了結論。

跨進臨時蓋在池邊的西洋式茶館入口，可以看見大廳內擺設著許多小桌子和椅子，三四人一桌地各自在聊天。為了找座位，宗近環視約有四、五十人的大廳，突然用力拉了並排站在右邊的甲野的袖口。身後的藤尾馬上察覺，但大驚小怪發問又嫌沒見識。

「那邊有空位。」甲野沒有反應地說了一句後，快步地往裡走。跟在後面的藤尾睜大雙眼仔細記住大廳每個角落的景象。糸子只是低著頭往前走。

「喂，你看到了嗎？」宗近先坐下。

「嗯。」甲野只是簡潔回答。

「藤尾小姐，小野也來了。妳看看後面。」宗近又說。

「我知道。」藤尾一動不動地答。黑眸發出不尋常的亮光，雙頰的顏色在電燈亮光下看似有點過熱。

「在哪裡？」糸子無心地斜轉著柔軟肩膀。

小野一行人圍坐在入口左轉盡頭靠牆的第二桌。宗近等三人坐在盡頭右邊靠窗的桌子。轉動肩膀的糸子雙眼掃視著散落在大廳的人群，視線最後落在遠方的小野側臉——剛好可以正面看到小夜子。孤堂老師背對著糸子，糸子只能看到他背部的和服紋樣。孤堂老師下巴那把懶得拔掉而隨著人世變化，隨著年齡增長，夾雜著寂寞春夜白絲隨風飄揚的憂鬱鬍子，面向著小夜子。

166 英國評論家Thomas De Quincey（1785-1859）自傳《一個英國鴉片吸食者》（*Confessions of an English Opium-Eater*）中的描述。

「哎，有伴兒呢。」糸子回頭。視線與對面的甲野碰個正著。甲野一言不發。他在豎立地夾在煙灰缸上的火柴盒側面咻地擦了火柴。藤尾也緊閉雙唇。或許她故意背對著小野不與他們相對。

「怎樣？是不是美女？」宗近逗弄著糸子。

藤尾垂著眼簾望著桌布，宗近看不到她的眼神，只看到她那雙濃眉微微動了一下。糸子沒察覺，宗近若無其事，甲野滿不在乎。

「那個人很美。」糸子望著藤尾。藤尾沒有抬眼。

「是。」藤尾冷淡地說。聲音很低。當別人問起不值得回答的問題時——而且被問的人不得不回答對方時——女人會用此方法。女人具有在肯定詞隱含否定心情的高明手腕。

「甲野，你看到了嗎？真令人吃驚。」

「嗯，有點怪。」甲野在煙灰缸彈煙灰。

「我就說嘛。」

「你說了什麼？」

「你忘了我說過什麼？」宗近也低頭擦火柴。藤尾的眼神在那瞬間射向宗近的額頭。宗近不知情。當宗近的香煙點著火抬起臉時，閃電已消失。

「怪了，你們兩個……到底在說什麼？」糸子問。

「哈哈哈，這件事很有趣。糸公……」宗近說到一半，紅茶和洋點心已送上。

「瞧，亡國點心來了。」

「什麼是亡國點心？」甲野把紅茶杯拉到手邊。

「就是亡國點心啊，哈哈哈。糸公知道亡國點心的緣由吧？」宗近邊說邊在杯中扔進方糖。方糖發出細微響聲浮出螃蟹眼般的泡沫。

「我怎麼知道呢。」糸子用匙子在杯中打轉。

「阿爺不是說過嗎？連學生都在吃洋點心的話，日本已經不行了。」

「呵呵呵，阿爺怎麼可能說這種話呢？」

「沒說過嗎？妳的記性真差。前些日子和甲野一起吃晚飯時，阿爺不是說過嗎？」

「他沒這樣說。他是說，明明是個學生，卻跟著人家吃洋點心的人是閒混。」

「是嗎？不是亡國點心嗎？總之，阿爺很討厭洋點心。他喜歡吃柿羊羹或味噌餅那類怪東西。那種東西拿到藤尾小姐這樣時髦的人面前，一定會不屑一顧。」

「你不要這樣說阿爺的壞話嘛。哥哥你已經不是學生了，吃洋點心沒關係。」

「不用擔心挨罵嗎？那我就吃一個好了。糸公妳也吃一個。藤尾小姐要不要吃一個……不過話說回來，往後的日本，像阿爺那種人會越來越少。太可惜了。」宗近取起一個塗上巧克力的蛋糕塞進口裡。

「呵呵呵，光我一個人說話……」糸子望向藤尾。藤尾不應聲。

「藤尾什麼都不吃嗎？」甲野端起杯子問。

「不吃。」藤尾只回一句。

甲野無聲地擱下杯子，微微轉頭望向藤尾。藤尾知道哥哥在望著她，不眨一眼地專注望著映在玻璃窗的霓虹燈。哥哥的視線逐漸回歸原位。

四人起身時，藤尾目不轉睛望著正前方，猶如人形女王走路般昂然地走至入口。

「藤尾小姐，小野已經走了。」宗近瀟脫地拍著女人肩膀。紅茶在藤尾的胸口燃燒。

「會吃驚才有樂趣。女人實在很幸福。」再度走進人群中時，甲野莫名地重複剛才說過的話。會吃驚才有樂趣！女人實在很幸福！回家後直至上床前，這兩句話始終如嘲諷鈴聲一直響在藤尾耳內。

十二

有人在十七字內標榜貧窮，得意洋洋地吟詠馬糞馬尿的發句[167]。芭蕉讓青蛙跳進古池，蕪村也扛著傘去觀賞紅葉[168]。明治時代有個名叫子規的男人，因患上脊髓病，讓絲瓜水送終[169]。以貧窮為榮的雅興至今仍未盡。但小野鄙視以貧窮為榮的雅興。

仙人食流霞，吸朝沆[170]。詩人的食物是幻想。沒有富裕就不能耽於美麗的幻想。沒有財產就不能實現美麗的幻想。二十世紀的詩趣與元祿時代[171]的雅興迥然不同。

文明時代的詩由鑽石組成。由紫色組成。由薔薇香和葡萄酒和琥珀杯組成。冬天時，存在於燃燒著如漆的煤炭，烘暖絲綢襪子底的四方形斑紋大理石之處。夏天時，存在於盛著草莓溶入甜血的雪白奶油之處。有時存在於飄散著似乎在炫耀裡面有熱帶奇蘭的香味之溫室。有時存在於背景是田間小徑天空月亮，其中有秋色花草的織錦腰帶。有時存在於絲綢窄袖長袖[172]交錯之處——文明時代的詩存在於金錢。小野為了盡詩人本分不得不追求金錢。

常言道，作詩不如種田。擁有資產的詩人古今少有。尤其文明百姓喜愛詩人的行為勝過詩人作的詩歌。他們日夜在實現文明時代的詩，風花雪月地詩化富貴現實生活。小野的詩不值一文。

這世上沒有比詩人更虧本的行業，也沒有比詩人更賺錢的行業。文明時代的詩人一定要用別人的錢作詩，而且必須用別人的錢過著美的生活[173]。小野想仰賴能理解自己專長的藤尾是自然定數。聽說藤尾家擁有中產階級以上的固定資產。她母親不可能讓欽吾用普通衣櫥家具當嫁妝打發同父異母的妹妹。何況欽吾體弱多病。或許藤尾的母親打算讓親生女兒招贅也說不定。街上時常可見煞有介事的籤詩，如果有人去問卜，總是可以抽到吉籤。操之過急反而會失敗。小野讓事情順其自然發展，安靜地等待主動開花的優曇華[174]未來。小野不會採取先發制人的手段，亦是個無法先發制人的男人。

---

167 与謝蕪村的俳句「紅梅落花燃，冉冉飄搖馬糞熱」，松尾芭蕉的俳句「跳蚤和蝨子，枕邊盡是馬尿味」。

168 松尾芭蕉最有名的俳句「閒寂古池旁，青蛙躍入水聲響」，与謝蕪村的俳句「觀賞紅葉去，隨身只攜兩把傘」。

169 正岡子規的辭世俳句「吐痰一斗多，絲瓜水亦趕不及」。

170 早晨的沆瀣，朝露的氣。

171 十七世紀末至十八世紀初。松尾芭蕉在元祿二年完成奧之細道旅程。与謝蕪村是十八世紀初至十八世紀末的俳人。「元祿時代的雅興」在此意味古來傳統的雅興。

172 窄袖是已婚婦女穿的和服，長袖是未婚女子穿的和服，此處暗喻藤尾母女。

173 日本明治時代的文藝評論家高山樗牛（Takayama Chogyu/1871-1902）於一九〇一年在《太陽》雜誌發表《美的生活論》文章，強烈主張自我至上主義，標榜美的本質在於滿足人的本能，在當時引起很大反響，「美的生活」成為流行語。夏目漱石在此是指桑罵槐，批評「美的生活」主義。

174 佛教經典中的植物，據說三千年一現，現則金輪王出。

天地對這個有望青年來說是悠久的。春天看似無止盡地在他那揚揚得意的額頭吹拂了九十天的東風。小野是個溫和、凡事順其自然、慢性子的男人——然而，過去湧了上來。在小野認為已經付之於西國流水，始終背向著的二十七年長夢中，湧出一個色澤不及一滴墨水的昏黑小點，來到這明亮的大都市。被推動的人，即便不想跨前也會往前傾倒。本來決定老老實實安靜等待時機的詩人不得不加快未來的腳步。黑點恰恰停在小野頭上。如果仰頭，那黑點似乎會迴轉。倘若黑點落下，可能成為驟雨。小野很想縮著頭往前奔馳。

小野這四五天來忙著照顧孤堂老師和其他瑣事，無法前往甲野家。為了盡情義，昨晚勉強騰出時間帶恩師和小夜子到博覽會參觀。無論往昔蒙恩或現在蒙恩，恩情終究是恩情。小野不是忘恩負義的詩人。孤堂老師甚至教過他漂母一飯之恩的故事[175]。小野打算往後將盡己所能幫助孤堂老師。扶危救困是美麗詩人的義務。只要履行此義務，可以在眼下一帆風順的自我人生史中留下一頁濃厚人情的回憶當作詩費，這是最適合為人敦厚的小野的溫情行為。只是沒錢便無法辦任何事。不和藤尾結婚便沒錢。越早結婚就能越早如願地幫助孤堂老師——小野在書桌前發明出此邏輯。

不是為了拋棄小夜子，而是為了幫助孤堂老師，所以必須及早和藤尾結婚——小野認為自己的想法絕對無誤。別人聽來也會覺得此辯解極有道理。小野是個頭腦清晰的男人。

小野思考至此，翻開擱在桌上那本淡褐色封面燙著大金字的厚重書籍。書頁中出現一張染著綠柳和赤瓦屋頂的新藝術風格書籤。小野用左手移開書籤，透過金邊眼鏡開始閱讀細小鉛字。讀了五分鐘都沒事，過一會兒，小野的黑眸不知不覺地離開頁面，凝望著陽光交錯的紙窗方格子——四五天沒見藤尾，她一定以為小野出了什麼事。若是平常，四五天甚或十天沒見面也無所謂。但小野已被過去追上了，當前是連梳頭的時間都值千金。越是頻繁見面越能接近願望核心。倘若不見面，連結兩人之間的那條愛情繩索恐怕連分毫距離都無法縮短。不僅如此，鬼迷心竅的魔鬼隨時會乘隙而入。說不定太陽在不見面的半天中便下山，月亮在閉門不出的一夜中便西斜。小野無法預測在這等閒的四五天中，藤尾的雙眉到底會射出什麼程度的閃電。為了寫論文，學習當然很重要。但藤尾比論文更重要。小野啪嗒一聲闔上書籍。

打開壁櫥蕉布紙門，上層是寢具，下層是行李箱。小野取出疊放在行李箱上的西裝匆匆忙忙地換了衣服。帽子在牆壁等主人。小野拉開格子紙門，正將穿著山羊絨襪子的雙腳套進室內草履時，下女來了。

「哎呀，你要出門嗎？請你稍等一下。」

「什麼事？」小野的視線自草履往上移。下女笑著。

「找我有事嗎？」小野問。

「是。」下女仍在笑。

「什麼事？妳在開玩笑嗎？」小野打算離去，但一隻新草履在擦拭得光溜溜的廊子一路滑向油燈房[176]。

「呵呵呵，太慌張才會這樣。有客人找你。」

175 漢朝韓信年少時貧困，遇漂母贈飯療飢。後封為楚王，以千金酬謝漂母的恩惠。

176 白天不用油燈時，下女會將各房間的油燈收集在走廊盡頭的壁櫥內。

「誰？」

「你不是一直在等著嗎？還裝傻……」

「我在等？等什麼？」

「呵呵呵，你真是個老實人。」下女不等小野回答即笑著轉身走向入口。小野一臉焦慮地排好草履，站在格子紙門旁望著走廊盡頭。他猜想著來人到底是誰。他伸直修長身子，頭上的深褐色帽子高得超出門楣，端正合身的西裝布料顏色本來就不起眼，站在昏暗的走廊上，反倒襯托出敞開胸口的窄背心內的白襯衫和白領子看起來更高尚。小野穿著合身的衣服，半沉穩半焦躁地站在素淨走廊一隅，歪斜著發光眼鏡望著走廊盡頭。雙手插進西裝褲口袋是焦躁時的沉穩姿勢。

「那邊拐彎再直走就是了。」剛聽到下女的聲音，走廊盡頭即出現小夜子的苗條身子。絳紫色緞子龍紋腰帶半側亮得看似反光。小夜子身上穿著很普通的家居給衣，下擺短得露出白布襪，當她快步轉過拐角時，隱約露出和服內的貼身長襯裙。男人和女人在毫無遮蔽物的走廊，彼此相隔七步地互望著。

男人暗吃一驚，仍保持鎮靜。女人也暗吃一驚，卻裹足不前。過一會兒，女人臉頰上的飛紅逐漸淡去，綻開的笑容也隨著垂下的肩膀而消失。沒抹油的黑髮上，一根嵌著琥珀圓珠的扁簪在半邊髮髻上鮮豔展翅。

「過來啊。」小野招呼遠方的人挨近。

「你是不是正想出門……」裹足不前的女人在腰前交疊著雙手，微微抬起下垂的肩膀，過意不去地止步。

「沒關係……妳進來吧。來啊。」小野隻腳跨回房內。

「對不起。」女人依舊交疊著雙手，躡手躡腳地在走廊向前滑動。

男人已經進房。女人也隨後進房。射進明朗陽光的窗戶在催促年輕男女進行年輕人的會話。

「昨晚勞煩你在百忙中抽空……」女人在入口附近支著手指道謝。

「哪裡。妳應該很累吧？身體如何呢？完全好了嗎？」

「是，託你的福。」女人的臉色看起來有點疲累。男人稍微嚴肅起來。女人馬上辯解。

「我很少去那麼多人的地方。」

為了讓文明百姓驚喜而舉辦博覽會。過去的人為了吃驚並害怕而去觀看霓虹燈。

「老師呢？」

小夜子沒應聲，只是淒寂地笑著。

「我記得老師也不喜歡人多的地方。」

「他年紀大了。」女人過意不去地避開對方的視線，望著擱在榻榻米的木化石茶托。京都釉彩的茶碗剛才便擱在膝上。

「給你們添麻煩了吧。」小野從口袋取出香煙盒。香煙盒上細密刻著照亮黑夜的月光和富士山以及三保松原[177]。就詩人的所有物來說，松樹的綠塗料有點俗氣。也許是喜歡華麗物品的藤尾送的。

「怎麼能說添麻煩呢？本來就是我們拜託你帶我們去的。」小夜子一口否定小野的話。男人打

177 靜岡縣清水市附近突出於駿河灣的景勝地，羽衣傳說之地。

開香煙盒。香煙盒內側整面鍍金，華麗地奔流在冷峭銀盒上。寂寞的女人覺得很美。

「如果只是老師一人，或許應該帶他去更閑靜的地方比較好。」

小夜子心想，父親讓繁忙的小野騰出時間特地到不喜歡的雜沓人群中，全是為了自己。令人過意不去的是自己也不喜歡人多的地方。父親的一片苦心，讓自己有機會和小野在春宵並肩踏著悠閒步伐，無奈自己依舊無法接近小野。想到此，小夜子猶豫不決，不知該如何作答。她並非基於世故人情，考慮到對方的好意而不想讓對方難堪才不作答。小夜子之所以躊躕不言，隱含著另一層憂傷。

「我覺得老師比較適合京都。」不知小野對女人的躊躕態度作何解釋，他再度問女人。

「來東京之前，他老說要早點搬來東京，但來了之後，好像認為還是住習慣的地方比較好。」

「是嗎？」小野老實地答，內心卻覺得既然住不習慣，為何還要特地來東京？想到自己的處境真有點划不來。

「妳呢？」小野問。

小夜子再度說不出話。東京是好是壞，全在於眼前這個吸著洋味兒香煙的青年的一念之間。當船夫問船客，你喜歡坐船嗎？船客有時不得不答說，喜歡或不喜歡全看你怎麼把舵。就像船客最氣憤船夫那般問一樣，人也最恨支配自己喜好的人以事不關己的態度問說「喜歡」或「不喜歡」某事。小夜子再度默不作聲。她心想，小野為何這麼不乾脆。

男人從背心內兜取出懷錶。

「你要出門嗎？」女人立即明白。

「是，有點事。」男人順水推舟。

女人又默不作聲。男人有點不耐煩。藤尾大概在等著——兩人沉默了一會兒。

「我父親他……」小夜子總算開口。

「什麼事？」

「他想買點東西……」

「唔。」

「他說，如果小野先生有空，他希望小野先生能陪他一起到勸工場[178]買東西。」

「是嗎？很抱歉，我有急事必須出門一趟……這樣好了，妳告訴我商品名，我順便買回來，晚上再送到妳家。」

「那太不好意思了……」

「沒關係。」

父親的好意再度化為泡影。小夜子悄然而歸。小野把脫下的帽子又戴在頭上，匆忙地走到外面——逝春舞台同時在迴轉。

廊子前的紫木蘭幾經雨打，花瓣終於腐朽為褐色，藤尾的長髮上不見緞帶，背脊稍微一動便會升起煙靄。黑髮向著廊子，受風撥弄，受陽光撥弄，方才還有一隻黃蝴蝶翩翩飛來撥弄[179]。藤尾一

---

178 日本明治、大正時代，商店公會經營的大型超市，百貨公司出現後才漸趨式微。

179 這段是描寫藤尾洗了頭髮，背對著廊子正在曬頭髮。

概漠不關心地面對著房內。線條清晰嬌皮嫩肉的側臉，在背後陽光的影子下，在遮蓋耳朵流瀉於肩的鬢影下，看上去既寧靜又模糊不清。肩膀上披散著光亮耀眼的三千髮絲和紫羅蘭花紋衣領，肩膀後則為靜寂無聲的刺眼陽光。濃密長髮反射著陽光，映在廊子上隱約可見的瓜子臉側影，只能清晰看到描黑的眉尾。沒人知道眉毛下的鳳眼黑眸到底想說什麼。藤尾在拼花木製小桌上支著肘垂著臉。

黃金鎚擊打心臟門扉，青春杯盛滿愛情熱血。別過臉不喝的人是殘疾者。月亮因思慕山而西斜，人因年老而愛講道。年輕人的天空星眼繚亂，年輕人的大地落英繽紛，歲歲年年至二十，愛神正處於全盛期。濃綠黑髮婆娑起舞，在春風中紡織綾羅，結成蜘蛛網掛在五彩屋簷，等待主動落網的男人。落網的男人在迷宮尋求夜光璧，靈魂倒掛在縱橫交錯的絢爛紫絲，心亂至後世。女人只是愉快地望著。耶穌教牧師說要拯救他們。臨濟、黃檗勸導他們要醒悟。女人只轉動黑眸命他們迷亂。不迷亂的人均是女人的敵人。當男人迷亂、痛苦、躍動時，方能令女人稱心如意。女人在欄杆伸出纖纖玉手，命男人汪汪叫。男人汪了一聲，女人會命男人再汪一聲。狗只能汪汪叫個不停。女人半頰含笑。狗汪了一聲，再汪一聲地左右亂竄。女人默不作聲。狗夾著尾巴瘋狂。女人益發沾沾自滿——這正是藤尾所理解的愛情。

石佛無愛，因為石佛自始便明白自己本身無法著色。愛情建立在自以為具有被愛資格的自信上。但有人自以為具有被愛的資格，卻沒察覺自己缺乏愛別人的資格。這兩項資格通常成反比。大膽標榜自己具有被愛資格的人，會逼迫對方犧牲一切。因為她們缺乏愛別人的資格。把靈魂獻給美目盼兮者的男人必定會被吞噬。小野很危險。把性命託於巧笑倩兮者的男人必定會殺人。藤尾是丙午女[180]。藤尾只知道以我執為軸的愛。她從未想過這世上也存在著以對方為軸的愛。藤尾具有詩趣，但缺乏道義。

愛的對象是玩具。是神聖的玩具。一般的玩具只能被玩弄。愛情的玩具則以互相玩弄為原則。藤尾玩弄男人。絲毫不允許男人玩弄她。藤尾是愛的女王。只有違反原則的愛情才能成立。以被愛為軸的人和以愛別人為軸的人，因春風的風向，因甜蜜海水的漲落，湊巧在天地前邂逅時，這種異常的愛方能成就。以我執為軸的愛情，猶如蒙著防火頭巾喝甜酒那般，不是味。愛情能溶化一切。四方形的彩畫風箏亦是手捏糖，遲早會溶化。但把我執浸在愛情水中，即便浸了三天三夜也不會發漲。我執始終屹立不搖。以我執為軸的愛情是冰糖。

莎翁評女人道：「弱者啊，你的名字是女人」。所有弱者中，以我執為軸的激昂愛情，猶如在剛煮熟的軟飯鋪上一層花崗岩沙，令毫無戒心的臼齒咬得咯吱作響並心寒。想吃這頓飯的人若缺乏橡皮彈力恐怕無法過關。我執強烈的藤尾為了愛情挑選了沒有我執的小野。落在蜘蛛網的油蟬即便落網也會亂蹦亂跳。有時甚至會破網而逃。宗近很容易上網。但即便是藤尾也很難馴服宗近。我執強烈的女人喜歡只需揚起下巴便會即時趕來的男人。小野不但會立刻趕來，而且每次都會在懷中摟著詩歌之壁而來。他做夢也不會想玩弄藤尾，只會獻出滿腔真誠，以自己是藤尾的愛情玩具為榮。

180 日本人認為丙午年生的女人個性凶暴，會剋夫。東京勸業博覽會是一九〇七年，前一年一九〇六年正是丙午年，以小說中的年代來算，當時正值六十一歲的婦人或一歲女嬰才是丙午女。但藤尾在小說中是二十四歲，並非丙午女，在此只是比喻而已。

他從不懷疑藤尾是否具有愛別人的資格，但認定藤尾的雙眸、藤尾的眉毛、藤尾的嘴唇，甚至藤尾的才華均具有被愛資格，一味地渴仰藤尾。藤尾的愛情對象非小野不可。

本應唯唯諾諾而來的小野在這四五天都不見人影。藤尾每天化著淡妝將我執的觸角藏在鏡中。不料第五天的昨晚竟發生那種事！會吃驚才有樂趣！女人實在很幸福！嘲諷的鈴聲仍在藤尾耳內響著。藤尾在小桌支著肘，一動不動地讓陽光照射著燃燒的黑髮。當人在思考某事時，必定忌諱陽光，只能背對著廊子，讓臉龐藏在陰影中，這是古來的規矩。

不用繩索便主動層層捆住自己的俘虜，即便被捕也引以自豪，任憑藤尾呼之即至，揮之即去，藤尾別無二意地玩弄著時，沒想到翻開美麗葉子一看，內側竟然有毛毛蟲。男人和心上人並肩對著大鏡子時，向天發誓鏡中只有你我兩人，豈知照了鏡子一看，事實並非如此。男人仍是那個男人，陪在身邊的卻是個陌生女人。會吃驚才有樂趣！女人實在很幸福！

在電燈下隔著三五桌子看到那張蒼白得發青的愁容時——倘若在自己身邊，絕對不會讓其他年輕美麗的女人挨近的男人，竟然憂心忡忡且親密地和那個女人在同一桌相對而坐——藤尾感覺有根撞鐘槌正在狠狠敲擊自己的心臟。每擊一次，胸中的鮮血便染紅雙頰。鮮血對她說，趕快一躍而起。

我執猛然地站起。我執向藤尾說，既然那個男人如此，妳不僅不能回頭也不能讓人起疑。任何一句批評都會見笑於人。必須佯裝他們不存在。昂然地視對方不及一般水平——男人若察覺一定會丟盡面子。這才是復仇。

我執強烈的女人在關鍵時刻也不會現出愁容。當自己所仰賴的人見異思遷時，人才會產生恨意。與輕視匹敵的詞句是憤怒。夾雜不甘心和嫉妒的憤怒。文明時代的淑女以輕視別人為第一義。她們認為被別人輕視是一件比死亡更不光榮的事。小野確實讓淑女蒙羞了。

愛情建立在信仰上。信仰不允許對方向兩尊神祇合掌祈禱。既然對方已向具有被愛資格的人鞠躬表示願意皈依，為何仍讓懷有二心的背脊對著輕薄大街在神社前搖鈴喚神？別人想祭祀牛頭或馬面盡可聽之任之。但小野已經向任性的神祇拋出愛情香錢，他不能再向街頭算命人問卜擲筊。藤尾的黑眸早已放出隱形亮光，在半空織成一張無絲網，小野是掛在這張網上的餌食。絕不能放他出去。必須當作神聖的玩具終生珍惜著。

所謂神聖是自己一個人獨佔的玩具，不能讓別人觸摸。小野自昨晚起已不再是神聖的玩具。不僅不是神聖的玩具，也許藤尾才是小野的玩具——支著肘垂著臉的藤尾的眉毛突然生氣勃勃起來。

如果被當成玩具，絕不能就此罷休。我執會將愛情撕成碎片。刁難小野的方式多得很。貧窮會令愛情乾癟。富貴會令愛情奢華。功名會犧牲愛情。我執會踐踏依依不捨的愛情。用一把尖錐刺穿自己的大腿，再叫別人觀看的行為正是我執。得意洋洋地捨棄自己認為最有價值的東西之行為正是我執。只要能讓我執立足，甚至可以在虛榮市場屠殺自己的性命。撒旦辭別天國倒栽蔥地墜入十八層地獄時，地獄的風割著撒旦的耳朵大喊「自尊！自尊！」——藤尾垂著臉咬著下唇。

在沒見面的這四五天，藤尾本來打算寫信給小野。昨晚回來後立即動筆寫了信，但寫了五六行隨即撕成碎片。藤尾決心不再寫信給小野。她打算等小野主動來賠罪。只要這邊毫無動靜，小野一定會現身。等他現身後再讓他賠罪。萬一他不現身呢？我執有點不知所措。我執無法在伸手不可及之處立足——沒關係，小野一定會來，一定會來。藤尾默默唸著。不知情的小野果然逐漸被我執吸引。他正在一路趕來。

如果小野真來了，絕不能問他昨晚那個女人的事。若開口問，表示自己很在乎那個女人。昨晚用餐時，哥哥和宗近說了些只有他們彼此明白的黑話。大概想讓自己焦急，故意暗示小野和那個女人的關係。假如低聲下氣去問他們，我執會折成兩半。如果他們聯手打算戲弄自己，那也無所謂。只要提出反證推翻他們暗示的事實，讓他們栽跟頭就行了。

倒是小野一定要讓他賠罪。把所有氣都出在他身上再讓他賠罪。同時也要讓哥哥和宗近向自己賠罪。讓他們親眼目睹自己和小野的親熱場面，明白小野是自己的所有物，明白他們昨晚嘲笑自己的惡作劇完全不起作用，讓他們當場出醜後再讓他們向自己賠罪——藤尾將臉龐藏在剛洗好的長髮裡，苦苦思索該如何用我執這個詞貫穿自相矛盾的兩種邏輯。

安靜的廊子響起腳步聲。驀地出現一個高瘦影子。飛白花紋前襟大大敞開，裡面是灰色貼身毛織襯衫，逆三角形的胸部上方是長頸子，接著是一張長臉。臉色很蒼白。頭髮捲成波浪，看來已經有兩三個月都沒理髮。這四五天可能也沒梳過一次頭。臉上俊美的是那雙濃眉和髭鬚。髭鬚極黑，又極細。沒經過特意梳理的髭鬚別具一番天然風韻，無意間顯現主人的人品。腰上隨意纏著一條骯髒的白縐綢腰帶，纏了兩圈再於右邊袖口旁綁成狗尾草[181]，懶散地垂下。下擺本來就不整齊，像是披上一件寬鬆法衣，法衣下是一雙黑布襪。全身上下只有布襪是新的。那布襪似乎還能聞出藍染味。古舊頭配新腳底的欽吾，頭下腳上地走在世間，信步晃到廊子。

細緻直木紋的廊子乾淨得簡直可以映出布襪底的雲齋織[182]花紋，廊子響起輕微腳步聲時，藤尾背部那頭濃厚黑髮滑溜地晃了一下。女人的眼睛瞄到剛落在廊子的藍染布襪。女人不用轉頭看也知道布襪主人是誰。

藍染布襪無聲地挨近。

女人身後響起呼喚。欽吾似乎背倚在防雨套窗的栂木柱子上。藤尾不出聲。

「藤尾。」

「妳又在做白日夢？」欽吾站著俯視[183]女人剛洗過的直長髮。

「什麼事？」女人說畢立即回頭。仿佛蟒蛇揚起蛇頭那般。黑髮劈碎陽光。

男人眨都不眨一眼。他只是臉色蒼白地俯視。目不轉睛地俯視回過頭來的女人的額頭。

「昨晚玩得高興嗎？」

女人在答話前先用力嚥下一團熱燙糰子。

「高興。」女人冷淡地答。

「那就好。」男人從容地說。

女人逐漸焦躁起來。好勝的女人察覺自己處於守勢時，會立即焦躁起來。對方越從容就越焦躁。倘若對方滿頭大汗地砍過來倒還好，但若是砍了一刀仍悠然地背倚柱子俯視人家，等於盤著腿邊喝酒邊向人打劫，如意算盤打得未免太過頭了。

181 明治時代和大正時代的日本男子和服腰帶綁法之一，左右兩端有點類似蝴蝶結，蝴蝶結中央垂下一條帶子。

182 凸出的棱文布。

183 在欽吾和藤尾這對異母兄妹的短暫會話中，夏目漱石故意用了八次「俯視」這個詞，暗喻欽吾和藤尾的精神世界一高一低。前面宗近和妹妹糸子的會話場面是哥哥趴在榻榻米，妹妹靠在針線盒，恰恰與藤尾兄妹成鮮明對比。

「你不是說會吃驚才有樂趣嗎？」

女人反擊。男人從容不迫地依舊俯視女人。甚至看不出他到底聽懂了沒有。欽吾在日記寫道——有人視十毛為一圓的十分之一，有人視十毛為一毛的十倍。同一個詞的解釋依人而異，可高可低。全看用詞人的見解程度。欽吾和藤尾之間相去懸殊。等級不同的人吵起架來會發生奇妙現象。

「是啊。」懶得換姿勢的男人只是簡短答了一句。

「像哥哥那樣的學者就算想吃驚也吃驚不起來，所以一點樂趣都沒有吧？」

「樂趣？」男人問。藤尾認為欽吾是在反問她到底明不明白樂趣的真正意義。哥哥接著說：

「當然沒有樂趣。不過能安心。」

「為什麼？」

「沒有樂趣的人不用擔心會自殺。」

藤尾完全不明白哥哥說的話。哥哥那張蒼白的臉依舊在俯視她。如果問他原因，會顯得自己沒見地，乾脆閉嘴。

「像妳這樣樂趣太多的人很危險。」

藤尾情不自禁讓黑髮轉了個大圈。她仰頭瞪著哥哥，哥哥依舊以一副「妳明白了嗎」的態度俯視她。藤尾胸中莫名地浮出「這正是世代冠冕的女王的死法，這才是真正的女王」這句話。

「小野還來嗎？」

藤尾的雙眼射出用榔頭敲擊打火石般的火花。

「不來嗎？」哥哥視若無睹地再問。

藤尾咬牙切齒。哥哥不再開口。卻依舊背倚柱子。

「哥哥。」

「什麼事？」男人再度俯視妹妹。

「那個金懷錶，我不會給你。」

「你不給我要給誰？」

「暫時由我保管。」

「暫時由妳保管？也好。不過那個金懷錶已經說好要給宗近……」

「想給宗近先生時，我自己會送給他。」

「妳送給他？」哥哥微微低頭望著妹妹的眼睛。

「我……我親手給……我會親手送給某人。」藤尾撐起靠在拼花木製小桌的手肘，猛然地站起。深藍、深黃、墨綠、絳紫色的豎條紋，如一根棒子整齊地站起。只有下擺迴轉成四色波浪藏住白布襪扣子。

「是嗎？」

哥哥踩著雲齋織布襪底的腳跟離去。

甲野如幽靈般出現，又如幽靈般消失時，小野正在趕路過來。泥土因幾度下雨而飽含水苔，小野正踏著既潮濕又暖和的大地趕路過來。他踏著擦拭得不見一絲塵埃的光亮羊皮鞋，快步地挨近甲野家大門。

甲野身上穿著厭世邋遢衣服，為了體面才披上的外褂交領只打了個圓結，手中的拐杖亦是空手閒著無聊而順手帶出，走著走著竟在圍牆旁和小野碰個正著。大自然喜歡對比。

「你要去哪裡？」小野舉手按著帽子，笑著挨近甲野。

「呀。」甲野應了一聲。手中的拐杖靜止不動。拐杖本來就是用在空手閒著無聊時。

「我正想去你家……」

「去吧。藤尾在家。」甲野打算爽快地讓對方通過。小野猶豫不決。

「你要去哪裡？」小野再度問。小野不忍心表現出我是來找你妹妹，你愛去哪裡就去哪裡的態度。

「我嗎？我也不知道要去哪裡。就像我硬逼這根拐杖亂走一樣，有某種東西硬逼我亂走而已。」

「哈哈哈，說得很玄……散步？」小野歪著頭望著對方。

「嗯，差不多……今天天氣很好。」

「天氣確實很好……要散步不如去看博覽會。」

「博覽會嗎？……博覽會……昨晚去看了。」

「昨晚去了？」小野頓時雙眼發直。

「嗯。」

小野不作聲地等甲野繼續說下去。然而杜鵑似乎只啼叫一聲即隱沒於雲端。

「你一個人去的？」小野主動問。

「不是。有人邀我去的。」

甲野果然有同伴。小野不得不繼續追問。

「是嗎？博覽會很美吧？」小野先湊合說著，再思考下一步該問什麼。不料甲野只簡潔答一句「嗯」。

小野還未整理好思考，就得接著說下一句話。小野本來打算問「跟誰去的？」，繼而又覺得先問「幾點去的？」比較好。或者乾脆坦白說「我也去了」，如此只要看對方怎麼回答，萬事便能一清二楚。不過看來已經沒必要多問——小野在內心和喉嚨深處自問自答時，甲野已將細長杖尖往前移動一尺。跟著杖尖移動的是腳。小野瞄到甲野的動作時暗叫一聲「完了」，打消在喉嚨深處制定好的計畫。對方只不過先取得寸步的主動權而已，便立即放棄挽救機會的人，是個憑教育力量也無法改變性格的宿命論者。

「你去吧。」甲野再度說。小野覺得甲野在催促他。當人感覺命運之神命你左轉時，只要有人在背後推一把，人即會馬上跨前一步。

「那我……」小野卸下帽子。

「是嗎？失陪了。」細長拐杖遠離小野約二尺空間。小野的皮鞋挨近大門一步，同時又被拐杖吸引地退回一步。命運之神把甲野的拐杖和小野的雙足擱在無限空間內，讓它們為了一尺距離而相爭。這根拐杖和這雙鞋是人格。我們的靈魂有時棲息在鞋跟，有時隱身在杖尖。缺乏能力描寫靈魂的作家只能描寫拐杖和鞋子。

鞋子在一步距離的空間內往返後，發亮的鞋尖終於掉頭，對著寄託細長性命於大地的拐杖問道：

「藤尾小姐昨晚也一起去了嗎？」

如一根棒子筆直挺起的拐杖答：

「嗯，藤尾也去了……說不定她今天沒有預習功課。」

細長拐杖在大地若即若離，剛豎起又傾倒，傾倒後又豎起地剜著無限空間離去。發亮的鞋子因扎進泥濘，鞋尖看似微微沾上一層令人不舒服的泥水，有點拘謹地踏著大門內的石子走向玄關。

小野站在玄關前時，藤尾的腳尖正踩在扒拉防雨套窗的槽溝上，倚在廊子柱子眺望四周圍起的寬廣前院。藤尾倚在柱子之前，謎女早就在緊閉的房內對著響個不停的鐵壺，在即將闌珊的餘春中絞盡腦汁地思考。

欽吾不是親生兒子——這句話是謎女的思考起點。若詳述這句話則形成謎女的人生觀。增補她的人生觀即能形成她的宇宙觀。謎女每天聽著鐵壺聲，構築她的六疊房人生觀和宇宙觀。這世上只有閒人才會構築自己的人生觀和宇宙觀。謎女是個可以每天坐在絲綢座墊上過日子的有福人。

坐姿能正其心。端然靜坐地渴慕愛情來訪的偶人，即便被蟲子蛀得失去鼻子，依然雍容文雅。謎女的坐姿很端莊。她的六疊房人生觀當然也不得不端莊。

年老的寡婦無依無靠。身邊若沒有可依靠的孩子更覺孤苦伶仃。唯一能仰賴的孩子若是外人，除了無依更添一層憎惡。膝下明明有親生孩子，晚年卻必須仰賴外人的法令不但可憎亦可恨。謎女深信自己是個可憐的不幸者。

外人也未必合不來。醬油和味醂自古以來便在打交道。但若同時吸煙並喝酒則會打咳嗽。欽吾並非可以隨雙親的盛水容器成方圓形的水。日復一日，積年累月，必定會形成一道隔扇。到時候可能會猶如在長崎遇見江戶的宿敵那般。學問是出人頭地的工具。並非為了違抗雙親過著脫離臘月正月的生活[185]而學習。花了那麼多錢讓他變成怪人，學成畢業後在世間無法通用是件見不得人的事。外面的聲譽也不好。這種嗣子不合適。謎女不願意讓這種人送終，況且欽吾也沒能耐為父母送終。

所幸還有藤尾。藤尾像耐寒的山竹，能彈開夜夜吹襲並堆積在腳下的細雪。何況謎女已讓她穿上蝴蝶花草刺繡的華麗春衣，站在眾目睽睽的街頭。母女兩人面對的世間廣闊無邊。藤尾可以在晴空下盛裝緩步而行，誰要迷上她皆悉聽尊便。能讓每個自稱全國首屈一指的女婿心蕩神迷，心焦如火，身為養育她的母親方能風風光光。要讓如同冰凍海參的外人來照顧自己的晚年，不如陪親生女兒每天過著眾人欽羨的華麗生活進入墳墓，這才是正常路線。

蘭生幽谷，劍歸烈士。謎女認為必須讓美麗女兒招個具有聲望的女婿。雖然過去來說親的人無以數計，但女兒看不上的和自己看不上的均不管用。買一枚不合指頭的戒指，最終也只能丟棄。太大或太小都沒資格當女婿。因此謎女直至今日都無法招贅。在過去燦然聚集的人群中，只有小野留了下來。聽說小野學問很好。他還拜領了恩賜銀錶。再過一陣子就會成為博士。而且小野為人親切並有人緣。既高尚又懂得討好人。讓他當藤尾的夫婿應該不會丟人現眼。晚年受他照顧也能過得舒舒服服。

小野是個無可挑剔的女婿。唯一的缺點是沒有財產。不過若要靠女婿的財產過餘生，就算再怎

184 日本料理常用的甘味調料酒，紅燒時與醬油一起用。
185 脫離世間常軌之意。

麼中意的女婿也無法過得悠然自得。招個身無分文的人進門，讓他乖乖把媳婦和丈母娘捧在手心，不但對藤尾好，對丈母娘也好。只是目前最棘手的正是財產問題。丈夫死在國外四個月後的今日，財產當然都歸欽吾所有。一場陰謀自此開幕。

欽吾說一分錢都不要。房子也要讓給藤尾。如果能夠脫下情義衣裳，光著便利的裸身，誰不想欣然地立即跳進自天而降的溫泉呢？然而為了體面而穿的衣裳怎能說脫就脫？天看似要下雨的時候，有人拋出一把傘要你用，假如對方恰好有兩把傘，任何人都會不客氣地借來用；但是對方若只有一把傘，明知對方會淋濕還自顧自地接過傘來用，世間人便會對你指指點點。謎之所以為謎，原因正在此。謎女認為欽吾說要讓出財產是出自欽吾內心的謊言，而謎女堅決不接受財產也是做給街坊四鄰看的表面工夫而已。她必須在文明百姓面前演出一齣欽吾硬讓出財產給藤尾，藤尾無可奈何地勉強接受財產的戲。如此才能完滿解開謎題。對方說要讓出，卻解釋為不想讓出，明明想要財產，卻表示不要財產，這正是謎女。六疊房的人生觀非常複雜。

謎女為了解決問題而苦惱不已，終於走出六疊房。既要強烈主張不想要但其實很想要的東西，又必須趁早要到手的方法，即便用微分學積分學來算也很難得出答案。謎女不得不憂愁滿面地走出六疊房，是因為她過於焦慮，無法繼續坐在座墊。出來一看，春天的陽光出乎意料地悠閒，泰然地吹拂鬢髮的暖風也似乎在譏嘲她。謎女的心情益發惡劣。

廊子左邊盡頭是洋房，與客廳毗鄰的另一間房是欽吾的書房。右邊彎成直角，直角盡頭向南突出的六疊房是藤尾的房間。

謎女筆直望向菱角形對面的角落，發現藤尾站在廊子。藤尾將還未曬乾的稠密鬢髮貼在栂木柱子，整個身子斜靠在柱子，妖艷身姿中央只見深深插進腰帶的白皙手腕。伏臥胡枝子，迎風飄揚芒草穗，見景思故鄉[186]，有個離鄉背井的人曾如此眺望景色。不知從未離開故鄉的藤尾到底在眺望什麼。母親繞過廊子挨近女兒。

「妳在想什麼？」

「哎，媽媽。」藤尾斜靠的身子離開柱子。回過頭來的眼神中毫無愁色影子。我執女與謎女彼此互望。她們是親生母女。

「怎麼了？」謎問。

「為什麼這麼問？」我執反問。

「因為妳好像在想什麼心事。」

「我沒在想什麼。只是在觀看院子的景色。」

「是嗎？」謎的神色似有含意。

「池子的緋鯉在跳躍。」我執仍堅持己見。混濁水中果然傳出鯉魚跳躍的水聲。

「哎呀……我房間完全聽不到。」

不是聽不到。是在專注思考謎題。

「是嗎？」這回輪到我執的神色似有含意。這世上五光十色。

「咦？荷葉已經長出來了？」

186 夏目漱石於一八九七年寫給正岡子規的俳句。

「是。您沒注意到嗎？」

「沒有，現在才看到。」謎說。專注思考謎題的人很粗心。去掉欽吾和藤尾的事，腦中會變成真空狀態，哪談得上荷葉。

荷葉長出後，荷花會開花。荷花開了後，要疊起蚊帳收進庫房。之後是蟋蟀會鳴叫。傍晚下陣雨。颳秋風……正當謎女絞盡腦汁設法解決謎題時，世間已經變了。但謎女仍打算坐在同一個地方繼續解謎。謎女認為這世上沒有比她更聰明的人。她做夢也不會想到自己是個粗心大意的人。

緋鯉再度啪嚓地跳躍。泥土沉澱在有點混濁的水底，只有上面一層有點微溫，模糊不清的紅色影子在底層攪動安靜的泥土浮了上來。紅影子沒有驚動照在水面的刺眼陽光，看似在搖尾巴，接著霍地用力擊打水面地跳起。水面揚起一片濃稠泥色，隱約可見的紅影子潛入泥中失去蹤影。微溫水面留下一條魚鰭揚長而去的蜿蜒波浪，讓去年的蘆葦在無風中飄搖。甲野的日記有一首既非七言律詩也非五言絕句的詩，「鳥入雲無跡，魚行水有紋」[187]，楷書字跡仍留在日記中。春光不蔽天地，任意悅人心。只有謎女不幸福。

「怎麼那樣愛跳呢？」謎女問。正如謎女思考謎題那般，緋鯉也只是無意義地亂跳而已。雙方都可以說是忽三忽四。藤尾沒應聲。

中國有位詩人形容浮在水面的荷葉好似堆疊的青錢[188]。荷葉當然不像青錢那般重。不過昨日今日剛長出的新生命在水面冒出薄顏，曝露在紅塵風中時，確實細微得看似青錢。顏色也不完全是青綠。新生荷葉比美濃紙薄，牠們嫌碧綠太沉重，身上只披著一層柔軟淡茶，逐日交雜地冒出銅綠，鯉魚跳躍時留下的殘春餘韻，在葉子上形成一顆脆弱得看似風一吹即飛，手一觸即崩的滾圓水珠

——不應聲的藤尾只是觀看著眼前的景色。鯉魚再度躍起。

母親愣愣地望著池面，過一會兒換個話題問：

「小野先生這幾天好像都沒來。是不是有什麼事？」

藤尾變色地轉過頭來。

「怎麼了？」藤尾凝望著母親，再若無其事地轉移視線望向院子。母親覺得有點怪。方才的鯉魚在浮葉底下淡紅地游過。浮葉隨意地晃了晃。

「不來的話，應該會通知一聲吧。是不是生病了？」

「生病？」藤尾的聲音高得像是動了肝火。

「不是，我只是問妳，他是不是生病了？」

「他怎麼可能會生病？」

藤尾的語氣如跳下懸崖般地在鼻端留下沉重的哼聲。母親再度覺得有點怪。

「他什麼時候當上博士呢？」

「誰知道。」藤尾漠不關心地答。

「妳……是不是和他吵架了？」

「小野先生敢和我吵架嗎？」

---

187 夏目漱石於一八九九年創作的漢詩「鳥入雲無跡，魚行水自流」，結尾兩句是「人間固無事，白雲自悠悠」。

188 杜甫〈絕句漫興〉九首之七：「糝徑楊花鋪白氈，點溪荷葉疊青錢。筍根雉子無人見，沙上鳧雛傍母眠。」

「是啊。只不過請他來當家庭老師，我們也付他不少錢。」

謎女猜測不出女兒的心事。藤尾故意不作答。

其實也可以向母親詳述昨晚發生的事。母親一定會全面同情女兒。雖然並非不方便向母親訴苦，但主動向別人索取同情，和餓著肚子到陌生人家門口乞討一兩毛錢的行為差不多。我執的敵人是同情。直至昨天為止，小野是個如同在舞台被操縱的人形，藤尾只需轉動慵懶的小指指尖，便能任意讓小野站著、躺著，甚至大笑、焦躁、驚慌失措，母親望著一臉自傲神色與高采烈的女兒，還得意洋洋地抽動著愛擺排場的鼻子，嘖嘖稱好——萬一讓母親看到昨晚的內幕，明白至今為止都只是表面好看而已，招手的芒草穗恐怕也會別過臉去。如果掀開出人意表的蓋子，坦白告知小野昨晚和一個陌生美女親熱地喝茶，女兒會在母親面前丟盡面子。我執不允許這種事發生。如果是放出去的獵鷹沒捕獲獵物而飛往別處，可以死心地說不要那隻獵鷹。如果是跟在獵物後卻不吠一聲的獵狗，可以當場丟棄並公開聲明不要那隻獵狗。但小野的言行還未惡劣到如此程度。不理他或許還會回來。我執將小夜子和藤尾並排在一起比較過後，證言道，小野一定會回來。等小野回來時，要讓他嚐嚐苦頭。讓他嚐過苦頭後，再操縱他站著躺著。操縱他大笑、焦躁、驚慌失措。再讓母親看看女兒的驕傲神色，如此女兒便不會在母親面前丟臉。讓哥哥和一看的話，可以報復他們——到那時為止絕不能說出昨晚的事。藤尾故意不作答。母親永遠失去恍悟自己誤解女兒的機會。

「剛才欽吾來過了嗎？」母親再度問。鯉魚在跳躍，荷花在發芽，草坪逐漸發綠，辛夷已枯萎。謎女完全不關心這些事。欽吾的幽靈日日夜夜都在折磨她。欽吾在書房時，謎女會猜測他正在做什麼；欽吾在想心事時，謎女會猜測他到底在想什麼心事；欽吾到藤尾房間時，謎女會猜測他到底和藤尾說些什麼話。欽吾不是謎女的親生兒子。在非親生兒子面前不能粗心大意。這是謎女天賦的大真理。發現此真理時，謎女患上神經衰弱症。神經衰弱是文明時代的流行病。倘若濫用自己的神經衰弱，自己的孩子也會患上神經衰弱。因此謎女老是對人說，欽吾的病令人很頭痛。被感染的人才真正頭痛。真不知到底是誰令人頭痛。但對謎女來說，欽吾是唯一令她頭痛的人。

「剛才欽吾來過了嗎？」謎女問。

「來過了。」

「他怎麼樣？」

「老樣子。」

「他真的令人……」謎女微微皺起眉頭，「令人頭痛。」說完這句話，謎女的眉頭皺得更深。

「他老是不清不楚地挖苦人家。」

「挖苦還不算什麼，有時候淨說些人家聽不懂的夢話，這才真的令人頭痛。他最近好像有點怪。」

「那大概就是哲學吧。」

「我才不管什麼哲學不哲學的……他剛才說了什麼？」

「他又提到懷錶的事……」

「叫妳還給他嗎？那懷錶要送給誰關他什麼事？」

「他剛才出門了吧？」

「去哪裡？」

「應該是宗近家。」

母女的會話進行到此時，下女前來跪在廊子通報小野先生來訪。母親折回自己的房間。母親的身影拐過廊子消失在格子紙窗內時，小野正好自玄關通過客房，他沒有繞到廊子來而直接進入毗鄰客房的六疊房。

有位和尚說，弟子擊磬入室與禪師相見時，只要聽腳步聲，便能明瞭對方是否已準備好公案[189]。常言道，禽獸亦有屠所步[190]。此現象並非只限參禪僧侶，也能應用在才子小野身上。逃亡者草木皆兵，小野小心翼翼踏著青綠榻榻米，躡手躡腳逐步墊著黑布襪腳尖進房。

暗處不點一睛，藤尾沒有抬眼。她只瞄了一眼落在榻榻米的布襪腳尖即明白一切。小野還未落座便已被捏在手心。

「妳好……」小野邊坐邊笑。

「你來了。」藤尾一本正經地首次正面望著對方。小野的眼神搖搖曳曳。

「好久不見了……」小野隨即加上辯解。

「不客氣。」女人打斷小野的話。之後默不作聲。

男人感覺事情不妙，考慮著該如何重新打開話匣子。房內如常地安靜無聲。

「最近暖和多了。」

「是。」

房內只滴下這兩句話，接著又恢復原來的靜謐。鯉魚再度啪嚓作響地跳躍。池子位於東側，正好在小野背後。小野微微回頭，正想說「鯉魚在……」時，回頭一看，女人的雙眼正望向南側的辛夷——追隨殘春的深濃紫色脫離長如瓶子的花瓣後，殘骸只剩起皺的褐色污點，有些花瓣甚至掉落得徒留花萼。

小野開口想說「鯉魚在……」，卻又作罷。女人的臉色比之前更深沉——女人打算讓好久不見的男人說出好久不見的理由，才應了一聲「是」。男人則因心裡明白事情不妙而轉換話題說「最近暖和多了」，卻不見效，正打算把話題轉移至「鯉魚」身上。男人決意周旋到底而坐立不安，女人卻依然坐在原位文風不動。不知女人真意的小野不得不繼續思考下一步。

倘若女人因小野在這四五天都沒來而生氣，那就好辦。如果她昨晚在博覽會會場看到小野，事情就有點棘手。但在黑影絡繹不絕，人潮不停更換的會場中，藤尾真能發現他跟小夜子在一起嗎？萬一看到了，當然無話可說。若沒看到，這邊卻主動提出，等於在外人鼻尖前脫下衣服讓對方聞自己身上的骯髒腫瘍。

當今流行年輕男女搭伴走在街上。光是搭伴走在街上，即便不是十分光榮，也絕非不檢點。有人在你耳邊慫恿，只限今宵朦朧夢，於是原為他生之緣的袖袂在今宵衣襟相連，之後各分東西消失於人聲嘈雜的黑頭大海中，彼此視同陌路。事情若是如此，那就完全沒問題。小野可以主動說明事由。遺憾的是，小夜子和小野的關係並非如偶然被並排在棋盤上的兩個棋子那般單純。在小野遠走高飛的這五年長久光陰，對方始終日日夜夜陸續吐出細長的真情紅線，死命地繫住小野。

---

189 參禪時思惟的內容。

190 意指牽牛羊到屠殺場時，牛羊也會明白自己的命運而改變步行方式。另有一句成語「屠所牛羊」比喻臨近死亡的人。

當然也可以說小夜子是普通關係的女人。但這樣說會變成既討人厭又昧己瞞心的謊言。謊言是河豚汁。只要不中邪，即便只是一時，這世上沒有比河豚汁更美味的東西。但萬一中毒就沒得救，必須吐血吐得痛苦不堪。何況謊言會拉出真實。明明只需保持沉默就沒人知的事，明明有暗道可穿過，卻因為想隱瞞而刻意裝扮外表改名換姓，甚至捏造身世門第，反倒會成為疑惑目光的眾矢之的。縫補的東西最終仍會綻線。綻線後露出醜陋真面目時，除了招人嘲笑，終生將洗不掉身上的鐵鏽──小野是個具有上述判斷能力，懂得其間利害關係的聰明人。他不想向坐在眼前正在耍脾氣的人，說明有一條繫住東西兩京，長達五年的情絲正綁住自己的事實。至少在眼下這條剛注入新鮮血液的愛情之脈，於兩人的手腕同時溫暖地脈動，可以光明正大向世人聲稱兩人是夫妻之前，他不想說出事實。既然決定不說出事實，他就不能應付地撒謊說小夜子只是普通關係的女人。一旦決定不撒謊，不僅有關小夜子的事，他連小夜子的名字都不想說──小野頻頻觀察藤尾的臉色。

「昨晚的博覽會……」小野鼓起勇氣地說到此，卻不知接下來該說「妳去看了嗎」，還是說「聽說妳去看了」而支支吾吾。

「是，我去看了。」

一條黑影迅速掠過半吞半吐的男人鼻尖。男人暗吃一驚時，黑影早已飄過。男人只得繼續問：「很漂亮吧？」這句話對詩人來說實在過於平凡。連脫口而出的當事人也自覺問得很俗氣。

「很漂亮。」女人明確地答。接著又潑冷水般地加了一句：「人也相當漂亮。」

小野情不自禁望著藤尾。他判斷不出藤尾的意思，只能回說：「是嗎？」

可有可無的回答通常是愚蠢的回答。當人處於弱勢時，任何詩人都只能自甘愚蠢。

「我也看到相當漂亮的人。」藤尾尖利地重複說。這句話聽起來很危險。看來無法平安通過。男人只能緘口不言。女人也止步不前。她以「你還不老實招來」的眼神望著小野。聽說宗盛[191]被人用刀威脅時也沒有切腹。講究利害關係的文明百姓，不會輕易招出對自己不利的口供。小野仍必須觀察敵方的動靜。

「有人陪妳去嗎？」小野佯裝無意地問。

女人這回不應聲。她依舊堅守著關口。

「剛才我在大門附近碰到甲野，聽說甲野和妳一起去了。」

「既然你知道得這麼清楚，幹嘛還問我？」女人板著臉耍脾氣。

「不是，我想也許還有別人。」小野巧妙地逃開。

「我哥哥以外的人嗎？」

「是。」

「你問我哥哥不就知道了。」

女人雖然仍不高興，但小野有可能勉強划過這個漩渦。只要順著對方的說詞一來一往，有時會平安無事抵達平地。迄今為止，小野每次都用這個方式躲過危難。

「我本來也想問甲野，只是急著進門就沒問他。」

191 《源平盛衰記》中的平宗盛，被迫切腹時一直沒切腹，最後被砍頭懸首示眾。

「呵呵呵。」藤尾突然揚聲笑出。男人嚇了一跳。女人趁隙丟出一句：

「既然你急著來我家，為什麼連著四五天都曠職？」

「不是，這四五天我非常忙，抽不出時間過來。」

「白天也很忙？」女人縮回肩膀。長髮一根根躍動得彷彿具有生命。

「啊？」男人莫名其妙。

「我問你白天是不是也很忙？」

「白天……」

「呵呵呵，你還聽不懂我的意思嗎？」女人高聲笑得幾乎響徹院子。女人可以自由自在笑著。

男人卻目瞪口呆。

「小野先生，白天也有霓虹燈嗎？」女人說後，雙手規矩地重疊在膝上。燦爛的鑽石戒指尖利地刺痛小野的眼睛。小野宛如被打了個巴掌。同時腦中響起「被看到了」的聲音。

「過分用功學習，反倒會拿不到金錶哦。」女人若無其事地繼續進攻。男人的陣勢全線崩潰。

「坦白說，我以前的老師一星期前從京都來了……」

「哦，是嗎？我完全不知道。難怪你這麼忙。原來是這樣？請原諒我不知情，對你說了失禮的話。」女人做作地俯首賠罪。綠髮再度晃動。

「我在京都時受過他很多照顧……」

「那很好啊，你就好好對待你的老師吧……我啊，昨天晚上和我哥哥還有一先生和糸子小姐，一起去看了霓虹燈。」

「啊，是嗎？」

「是的，那個池子旁不是有一家叫龜屋的館子嗎？……小野先生，你應該知道吧？」

「是……我……知道。」

「你知道……你應該知道吧？我們在那家館子喝了茶。」

男人很想起身離去。女人始終故作鎮定。

「那裡的茶很好喝。你還沒去過嗎？」

小野默不作聲。

「如果你還沒去過，下回一定要帶你那個京都老師去看看。我也打算再讓一先生帶我去呢。」

藤尾在說「一先生」這個名字時，聲音特別響亮。

春影已西傾。永恆的日子再永恆也非兩人專屬。擱在壁龕的義大利彩釉座鐘，在藤尾說出最後一句話時，噹一聲地打斷這對男女一連串的對話。半個小時後，小野走出甲野家大門。當天晚上，藤尾在夢中沒有聽到「會吃驚才有樂趣！女人實在很幸福！」這句嘲諷鈴聲。

十三

大門豎立著兩根粗大方柱。看不出是否有窗口。板牆上有個洞，上面寫著「深夜郵箱」，看來夜晚會關上大門。正面是遮蔽市街路人視線的土墳形翠綠草坪，草坪上整齊種著傘狀松樹。繞過松樹可以看到高度正好在頭上的弧線形玄關屋檐，屋檐有波浪花紋浮雕。面對院子的格子紙窗門大大敞開。隔開客房的悠閒白紙門上，以大雅堂流[192]筆勢散亂書寫著約舞樂面具大的草體。

甲野在玄關前小心翼翼地向右拉開可以看到屋內鞋櫃的半透明格子玻璃門。他站在玄關用杖尖咯咯擊打地面。不出聲喚人也不打招呼。屋內當然沒有人應聲。整幢宅子靜得似乎沒人住。反倒是駛過大門的汽車聲比較熱鬧。細長杖尖咯咯作響。

過一會兒，靜謐屋內傳出拉開紙門的聲音。有人在呼喚下女，「阿清啊」、「阿清啊」。下女似乎不在家。腳步聲挨近廚房。杖尖仍在咯咯作響。腳步聲從廚房走向玄關。格子紙窗門開了。糸子和甲野面對面站著。

家裡有下女也有書生[193]，糸子平日即便沒有大小姐架子，也很少親自到玄關迎客。每次她想出去迎客時，總是剛支起膝蓋又坐下，對她來說，針線活比較重要，能多縫一針就多縫一針。長晝懷中琵琶重[194]，不堪睏倦而欲倒，陶醉於夢中嗡虻聲，呼喚阿清，阿清似乎在後院[195]。空無一人的廚房只有安靜發亮的茶壺。黑田大概同往常一樣，在書生房內把頭埋在手腕，趴在書桌睡得像貓。靜謐得如人去樓空的屋內，玄關突然傳來咯咯聲。糸子納悶地隨手拉開紙門——甲野單獨一人站在遼闊的世界中。甲野背部頂著格子玻璃門射進的陽光，陰暗高瘦的身子站在玄關中央一動不動，正在頻頻擊打杖尖。

「哎呀！」

杖尖聲同時停止。甲野在帽檐下以久違的眼神望著女人。女人急忙移開視線，望向細長杖尖。杖尖升起一團熱氣，令糸子雙頰發燙。糸子用力甩下頭上那沒抹油又沒梳理的蓬鬆頭髮般，欠身鞠了個躬。

「在家嗎？」甲野揚起語音簡短地問。

「現在不在。」糸子只答了一句，不知愁的雙眼皮堆起一層笑意波浪。

「不在嗎？……阿爺呢？」

「他一早就去參加謠曲會了。」

「是嗎？」男人半轉過身，側臉對著糸子。

「進來吧……我哥哥大概快回來了。」

「謝謝。」甲野對著牆壁說。

「請進。」糸子誘引對方似地隻腳後退一步。身上穿的和服是粗豎紋絲綢。

「謝謝。」

「請進。」

「他去哪裡了？」甲野微微轉動面對牆壁的臉望向女人。映著背後隱約射進的陽光，不知是不是多心，糸子覺得甲野那張蒼白的臉比昨天更消瘦。

---

192 日本文人畫家池大雅（1723-1776）始創的南畫流派，池大雅寫的書法字跡很粗大，豪放又文雅。

193 明治時代的工讀學生，通常住宿在有錢人家裡幫忙做雜事賺學費，並省下住宿及伙食費。

194 与謝蕪村的俳句「春色漸逝乎，懷中琵琶重」。白話文意思是，暮春想彈琵琶，不料平日彈慣的琵琶抱在懷中竟感覺很沉重，比喻暮春白晝懶洋洋的氣氛及心情。

195 這段是描述糸子正在午睡，聽到有人在玄關擊打杖尖，懶得起來，於是呼喚下女迎客，但下女不在屋內，似乎在後院，因此糸子只能下樓迎客。

「大概去散步。」女人歪著頭。

「我也是散步剛回來。走太久走得累了……」

「那你進來休息一下。我哥哥應該馬上就回來了。」

話題逐漸延長。話題延長是心情延長的證據。甲野脫下粗紋木屐進了客房。

柱子與柱子間的橫木裝飾著掩蓋釘帽的金屬，絲紋不動的春天壁龕幽邃地掛著常信的雲龍圖掛軸。流蕩著水墨畫的絹布，藍紋緞子裱褙，素淨的象牙掛軸，在在呈現出悠久年代。一尺餘的紫檀案桌，沉沉地擱著張著大口的青磁獅子香爐，案桌木紋光滑得如抹上油膏，密密麻麻夾雜著褐、紫、黑紋理。

廊子多遲日，對世間一味打寒顫的人，拉攏身上的飛白花紋交領。女人的豐滿下巴壓著含羞的亂菊前襟，避開在明亮刺眼的格子紙窗前與男人正面相對，客氣地坐在入口。八疊客房容納著遠遠相隔而坐的渺小兩人，依舊嫌太大。兩人竟然相隔六尺。

黑田突然出現。他身上那條裙褲的摺痕早已扁平得不像話，下擺露出竹筍般的赭紅雙腳，碎步地送茶過來。送煙草盆過來。送點心盤過來。六尺距離逐漸整齊地被埋沒，款待客人的道具勉強繫住主客身分的兩人。突然從午睡夢中醒來的黑田，機械性地在兩人之間繫上紅線後，即將朦朧的精神封入平頭內，再度退回書生房。屋內又恢復原本的空空蕩蕩。

「昨晚怎麼樣？很累吧。」

「不累。」

「不累？妳比我健壯。」甲野微微笑著。

「來回都是電車嘛。」

「電車應該很累人的。」

「為什麼？」

「因為那些人群。那些人群讓人覺得很累。妳不累嗎？」

糸子只是在圓臉浮出一個單酒窩。沒有應聲。

「妳覺得好玩嗎？」甲野問。

「好玩。」

「什麼地方好玩？是霓虹燈嗎？」

「霓虹燈也很好玩，不過……」

「除了霓虹燈，還有其他好玩的地方嗎？」

「有。」

「什麼地方？」

「說出來很可笑。」糸子歪著頭可愛地笑著。莫名其妙的甲野也情不自禁想笑出。

「什麼事讓妳覺得好玩呢？」

「我說給你聽好嗎？」

「說說看。」

---

196 狩野常信（1636-1713），狩野派畫家。

「昨晚我們不是一起喝茶嗎？」

「嗯，喝茶很好玩嗎？」

「不是喝茶好玩。雖然不是茶……」

「唔。」

「那時小野先生不是也在嗎？」

「嗯，在。」

「他不是帶著一位很漂亮的女性來嗎？」

「漂亮？對了，他好像跟一個年輕女人在一起。」

「你認識那位女性嗎？」

「不認識。」

「奇怪，我哥哥明明說認識。」

「你哥哥是說我們看過她。不過我們沒和她交談過一句話。」

「可是你們認識她吧？」

「哈哈哈。妳這麼說，好像我必須認識她似的。老實說，我們見過她好幾次。」

「我說的正是這個。」

「什麼意思？」

「就是剛才說的還有好玩的事。」

「為什麼？」

「不為什麼。」

嬌波襲向雙眼皮，襲去又退下，退下又起浪，賣俏地戲弄黑眸。那神色彷彿陽光穿過繁茂嫩葉，錯落鋪在大地，風搖晃著枝頭，青苔在陽光下若隱若現。甲野望著糸子，沒再追問原因。糸子也不主動說明為什麼覺得好玩的理由。「理由」淹沒於笑容中，渾渾噩噩地失去蹤影。

金魚在粉飾得漂漂亮亮的葫蘆型淺池中，吃著用搪瓷炒出的蛋黃，朝夕過得快快樂樂，即便搖著魚尾潛入水藻中，也不用擔憂會被水浪沖走。鯛魚為了游過鳴戶[197]，魚骨逐年堅硬。波濤洶湧的大海下是無止盡的地獄，往返均不能掉以輕心。然而大海中的悍魚和三尾丸子[198]若被放進同一個箱子，則會在水族館成為鄰好。雖然看不見有任何東西隔在中間，但若想穿過透明玻璃接近對方，只會撞痛鼻頭。對沒見過大海的糸子，甲野無法同她聊大海的話題。甲野只能敷衍地聊些葫蘆型會話。

「那個女人真那麼美嗎？」

「我覺得很美。」

「是嗎？」甲野望向廊子。直徑二尺的天然花崗岩沾滿未乾的露水，濕潤的岩石底有幾棵看似鷺草又似堇菜的小花，悄悄地在暮春中孤寂開著。

「那花很美。」

197 瀨戶內海的鳴門海峽，潮水漲落差距很大，是日本名勝景點之一。
198 金魚的一種，尾巴分叉為三。

「在哪裡？」

糸子的視線只能望見正面的赤松和樹下裝飾的山白竹。

「在哪裡？」糸子伸長發熱的下巴望著對面。

「在那邊……妳那兒看不到。」

糸子稍微抬高腰部。她搖晃著長袖用膝頭向前移動兩三步挨近廊子。兩人的距離縮至咫尺，糸子看到若隱若現的花。

「哎呀。」女人止步。

「很漂亮吧？」

「很漂亮。」

「妳不知道那兒有花嗎？」

「完全不知道。」

「花太小了，所以看不到。連什麼時候開，什麼時候謝都不知道。」

「還是桃花和櫻花比較漂亮。」

甲野沒應聲，只是自言自語地說：

「可憐的花。」

糸子默不作聲。

「很像昨晚那個女人。」甲野再度說。

「為什麼？」女人不解地問。男人抬起細長眼睛望著女人，過一會兒才一本正經地說：

「妳這樣無憂無慮很好。」

「是嗎？」女人也一本正經地問。

女人不明白男人到底在稱讚她或在損她。她不知道自己是否真的無憂無慮。也不明白無憂無慮到底是好是壞。但她信任甲野。既然信任的人一本正經地如此說，她只能以同樣態度一本正經地回問「是嗎？」。

令色會令人盲目。巧言會瞞人眼目。本質會令人開眼。聽到「是嗎？」這句話時，甲野情不自禁覺得很欣慰。透視對方的靈魂時，哲學家那顆知性頭腦會心甘情願地向對方俯首。

「很好。這樣就好。不這樣不行。不永遠保持原樣不行。」

糸子露出白皙牙齒。

「反正我都這個樣子。永遠都是這個樣子。」

「不會。」

「我生來就這個樣子，不管什麼時候都這個樣子，想變也變不了。」

「妳會變……等妳離開妳阿爺和哥哥身邊，妳就會變。」

「為什麼？」

「離開後，妳會變得更聰明。」

「我本來就想變聰明一點。如果能變聰明，改變不是很好嗎？我很想變成藤尾小姐那樣，但我很笨……」

甲野同情地望著糸子那無邪的嘴巴。

「妳那麼羨慕藤尾嗎？」

「是，非常羨慕。」

「糸子小姐……」甲野的口氣突然變得很溫柔。

「什麼事？」糸子坦率地問。

「當今這個社會已經有太多像藤尾那樣的女人，這點很不好。妳要小心點，不然很危險。」

女人那雙多肉的雙眼皮大眼睛依然滴溜溜地滾著動人的露珠。毫無危險的神色。

「這世上只要出現一個像藤尾那樣的女人，就會殺死五個像昨晚那樣的女人。」

黑眸中滴溜溜的露珠突然消失。表情也在瞬間變色。看來「殺死」這句話嚇著了她——甲野當然不明白女人突然變臉色的其他含意。

「妳這樣就很好。動了就會變。妳不能動。」

「動？」

「是的，女人一談戀愛就會變。」

女人用力吞下差點從喉嚨噴出的東西。滿面通紅。

「妳如果嫁人就會變。」

女人垂下臉。

「這樣就很好。嫁人太可惜了。」

可愛的雙眼皮接連眨了兩三次。緊閉的雙唇徐徐閃過雨龍影子。看似鷺草又似堇菜的小花依然在春風中孤寂地開著。

十四

電車卸下紅色牌子嗚嗚駛來。電車駛過後，鐵軌上颳起一陣街上的風隨電車長驅而去。按摩人小心翼翼地趁機穿過馬路。茶館店小二笑著在磨磨。揮舞信號旗的值班員身上穿著安哥拉毛衣，織眼積滿灰塵，褪成混濁不清的黃色。舊書店走出穿洋裝的人。說書場前站著戴鴨舌帽的人。黑板白字寫著今晚的說書題目。天空佈滿鐵絲。看不到任何一隻鳶。上空很安靜，底下卻是個相當雜亂無章的世界。

「喂！喂！」有人在背後大叫。

二十四五歲的夫人回頭瞄了一眼繼續往前走。

「喂！」

這回是穿著印有商號的人回頭。

被呼喚的人不知情地避開行人快步往前走。兩輛競走的人力車飛快奔來擋住呼喚人的視線，兩人的距離越來越遠。宗近挺起胸膛拔腿飛奔。每奔跑一步，身上的寬鬆袷衣和外褂便會既踴又躍。

「喂！」宗近自背後伸手搭在對方肩上。抓住對方的肩膀時，同時也看到小野的細長側臉。小野雙手提著東西。

「喂！」宗近的手搭在對方肩上搖著。小野搖晃著肩膀轉過身來。

「原來是你……對不起。」

小野戴著帽子禮貌地頷首。他雙手都提著東西。

「你在想什麼？我叫了好幾次，你都沒聽到。」

「是嗎？我沒聽到叫聲。」

「你好像在趕路，可是你看起來不像走在地面，有點怪。」

「哪裡怪？」

「你走路的樣子。」

「因為是二十世紀，哈哈哈。」

「這是新式走法嗎？好像一隻腳是新的，另一隻腳是舊的。」

「你看我提著這些東西，本來就不好走……」

小野伸出雙手，視線移至下方，示意對方看他手上的東西。宗近也自然而然望向小野腰部下方。

「這些是什麼東西？」

「這邊是垃圾桶，這邊是油燈台。」

「你穿得這麼時髦，手中竟然提著個大垃圾桶，難怪看起來很怪。」

「怪也沒辦法，是別人託我買的。」

「受人之託就把自己搞成這個怪模樣，佩服。沒想到你也有豪爽的一面，竟然願意提著垃圾桶走在街上。」

小野無言地笑著鞠躬。

「你要去哪裡？」

「我要帶這些東西……」

「帶這些東西回家嗎？」

「不是，這是幫別人買的，我正要送過去。你呢？」

「我哪裡都可以去。」

小野內心有點不知如何是好。宗近說他好像在趕路，而且看起來不像是走在地面，對小野目前身處的狀況來說，這句話形容得非常正確。鞋子踏的大地雖然廣闊又堅硬，但小野總覺得不踏實。不過他仍想趕路。他連和無所事事的宗近站在路邊聊天都嫌麻煩。萬一宗近說要同他一起走，那更麻煩。

小野平日在宗近面前總是感到很不安。他在隱約得知宗近和藤尾的關係之前，便和藤尾成立了戀愛關係。他自認沒有犯下公然搶奪別人未婚妻的罪行，但不用問宗近，他也明白宗近的心意。像宗近這種毫不隱瞞內心感情的人，從他平日的言行舉止即能猜得出他對藤尾有意思。小野雖然還沒做到暗中破壞宗近的好事的程度，可事實上，因為小野的存在，宗近已經永遠失去得到藤尾的機會。按人之常情來說，宗近確實值得同情。

光這點就很可憐，當事人的宗近卻一副天下太平的樣子，毫不為藤尾和小野的關係感到任何苦惱，這點更令人覺得可憐。兩人見面時可以坦率交談。互相開玩笑。彼此談笑風生。聊些男人應盡的本分等話題。討論東洋經綸。雖然很少提到戀愛的事。其實不是很少提到，應該是無法提起。宗近大概是個不懂戀愛真相的男人。他不配當藤尾的丈夫。話雖如此，就可憐這點來說，宗近還是很可憐。

可憐是抹殺自我的用詞。正因為是抹殺自我的用詞，反倒令人安心。小野內心認為宗近很可憐。但小野的可憐情感中包含龐大的自我。只要想像小孩子惡作劇後，面對父母時的感覺便能明白。因小孩惡作劇而蒙羞的父母確實很可憐，但小孩不會因父母很可憐而反省自己的行為，他們只會覺得可能會挨罵。他們不會想到自己的惡作劇給別人帶來什麼麻煩，只會覺得別人的麻煩怎麼會轉回到自己身上，害自己挨父母的罵。這和討厭雷聲的人來到封住雷聲的雲峰前，會有點逡巡一樣。小野的可憐感情和一般人的可憐感情，性質完全不同。但小野仍稱其為可憐。小野大概不願意將自己的這種感覺解析為「可憐」以外的詞。

「你出來散步嗎？」小野禮貌地問。

「嗯。剛剛在那角落下車。所以現在要去哪裡都可以。」

小野覺得這個回答不合邏輯。但眼下也顧不到什麼邏輯了。

「我要趕路……」

「我也可以趕路。我跟你走同一個方向一起趕路……你把那個垃圾桶給我，我幫你提。」

「不用了，這樣很難看。」

「你就給我吧。原來這東西看起來很大，提起來卻很輕。提起來難看的人是你。」宗近搖晃著垃圾桶往前走。

「你這樣一提，果然看起來很輕。」

「就看你怎麼提東西。哈哈哈。這是在勸工場買的嗎？做得很精緻。拿來當垃圾桶有點可惜。」

「所以我才敢提著走在街上。如果裡面真有垃圾……」
「有垃圾也可以提。電車不是也裝滿一大堆人類垃圾在街上威風走著嗎？」
「哈哈哈，那你就成為垃圾桶司機了。」
「你是垃圾社長，託你買垃圾桶的男人是股東嗎？那就不能隨便丟垃圾進去。」
「丟些詩詞廢紙或五車書籍如何？」
「我不要那些東西。最好丟進一大堆人家不要的紙幣。」
「丟些廢紙，再請人幫你催眠可能比較快。」
「你的意思是人必須先成為廢物吧。郭隗請始[199]嗎？根本不用請人催眠，這世上廢人多得很。為什麼大家都想先從隗始呢？」
「因為大家都不願意先從隗始。如果廢人主動爬進垃圾桶，那就方便多了。」
「乾脆發明個自動垃圾桶好了。這樣的話，所有廢人應該會主動跳進去吧？」
「要不要先爭取專賣權？」
「哈哈哈，好啊。你認識的人之中，有想讓他主動跳進去的人嗎？」
「或許有。」小野蒙混過去。
「對了，你昨晚帶著奇怪的人去看了霓虹燈吧？」

199《戰國策．燕策一》：燕昭王欲招賢士，以報齊仇。往見郭隗。隗曰：「今王誠欲致士，請先從隗始。」後因以「郭隗請始」為賢良之士自薦的典故。

去參觀博覽會的事完全曝光。事到如今也沒必要隱瞞。

「是的。聽說你們也去了？」小野若無其事地答。甲野明明看見了卻不直說。藤尾知道此事卻佯裝不知，而且非要小野主動招認不可。宗近是正面提出質問。小野表面若無其事地答，內心卻暗道原來如此。

「那是你的什麼人？」

「你問得有點唐突……是我以前的老師。」

「這麼說來，那個女人是你恩師的令嫒？」

「嗯，沒錯。」

「看你們一起喝茶的樣子，不像外人。」

「看起來像兄妹嗎？」

「像夫婦。感情很好的夫婦。」

「不敢當。」小野笑了一下，隨即移開視線。對面玻璃窗內有本燙金字的洋書正在燦爛地向詩人招手。

「那邊好像進了很多新書，我們去看看吧？」

「書嗎？你想買書？」

「如果有好看的書，買也無所謂。」

「買了垃圾桶再買書，相當諷刺啊。」

「為什麼？」

宗近答話之前先提著垃圾桶穿過電車軌道跑到對面。小野也小跑步地跟過去。

「果然陳列著不少漂亮的書。有想要的書嗎？」

「先看看。」小野彎著腰將金邊眼鏡靠在玻璃窗上專心看著書籍。

有一本封面是墨綠色軟羊皮，中央用金線描著睡蓮，花瓣盡頭的花萼有一條直線縱貫封面，再繞了封面四周一圈。也有書背裁成平面，深紅底色爬滿金髮般花紋的書。另有堅硬的黃銅封面版，沉重的金屬片豎立在被壓扁的台布織眼上。也有羊皮書背以暗綠色分為上下兩層，兩層都印著文字。亦有粗紙上印著文雅紅色書名的扉頁。

「你好像都想要？」宗近不看書籍，光顧著看小野的眼鏡。

「看上去好像都是新式裝幀。」

「把封面弄得漂漂亮亮，算是對內容的一種保險嗎？」

「這些書是文學書，不是你們學的那類。」

「文學書有必要把封面弄得這麼漂亮嗎？難怪文學家必須戴金邊眼鏡。」

「你今天說話很嗆。不過就某種意義來說，文學家多少也是美術品吧？」小野總算離開窗邊。

「說是美術品也好，但光靠金邊眼鏡當保險就令人受不了。」

「看來我這副眼鏡得罪你了……你沒有近視嗎？」

「我不用功學習，想近視也近視不了。」

「也沒有遠視嗎？」

「別開玩笑……我們快走吧。」

兩人並肩再度往前走。

「你知道有一種名叫鸕鶿的鳥吧？」宗近邊走邊說。

「知道。鸕鶿怎麼了？」

「那種鳥明明吞下魚卻又吐出，很無聊。」

「很無聊？反正吐出的魚都吐到漁夫的魚簍，這樣不是很好嗎？」

「這是一種諷刺。難得想讀一本書，卻又馬上丟進垃圾桶。學者這種人是靠吐書維生的。他們的書根本無法滋養自己。只有垃圾桶最有賺頭。」

「你這樣說，學者也未免太可憐了。那要他們做什麼呢？」

「行動。光會讀書不行動的人，就跟把盛在盤子的牡丹餅看成畫上的牡丹餅一樣，只會呆呆觀看。特別是文學家，成天老說些漂亮話，卻不做漂亮事。怎麼樣？小野，聽說西洋詩人有很多這類人。」

「很難說。」小野頓了一下才回答，接著反問：「例如誰呢？」

「我忘了對方的名字，不過有個詩人專門欺騙女人又拋棄妻子。」

「沒有這種詩人吧？」

「有，確實有。」

「是嗎？我也不太清楚……」

「專家不清楚怎麼行呢？……對了，昨晚那個女人……」

小野覺得腋下好像濕漉漉的。

「我知道很多那個女人的事。」

小野已經聽糸子提過彈琴的事。宗近不可能知道其他的事。

「她以前住在蔦屋後面吧？」小野搶先一步說出。

「她在彈琴。」

「彈得很好吧？」小野不輕易認輸。這和他在藤尾面前的態度有點不同。

「應該算彈的很好，因為我聽得都快睡著了。」

「哈哈哈，這才是真正的諷刺。」小野笑出。小野的笑聲在任何場合都離不開一個「靜」字。而且有色澤。

「你不要笑我。我說真的。既然她是你恩師的令嫒，就不能拿她開玩笑。」

「可是聽得快睡著未免有點過分。」

「能讓人聽得快睡著才好。人也是這樣，能讓人覺得想睡著的人，一定都有值得尊敬的地方。」

「古老得值得尊敬吧。」

「像你這種新式男人絕不會讓人想睡著。」

「所以不值得尊敬？」

「不僅不值得尊敬，這種人有時還會貶斥值得尊敬的人，說他們跟不上時代。」

「你今天好像老在攻擊我。我們在這兒分手吧。」小野有點受不了，卻故意笑著止步。同時伸出右手。意思是想取回垃圾桶。

「不，我再幫你提一會兒。反正我也沒事。」

兩人再度往前走。兩人的心並排著往同一個方向前進。但彼此都鄙視對方。

「你好像成天都沒事做。」

「我嗎？我確實不太讀書。」

「不過你看起來好像也沒其他忙著要做的事。」

「因為我認為沒必要忙東忙西。」

「這樣也很好。」

「可以閒著的時候就閒著，否則碰到緊急關頭時做不了事。」

「為了緊急關頭而閒著。那更好，哈哈哈。」

「你現在仍去甲野家嗎？」

「我剛剛去過。」

「又要去甲野家又要帶恩師去玩，很忙吧？」

「甲野家那邊休息了四五天。」

「論文呢？」

「哈哈哈，不知什麼時候才能完成。」

「你最好趕快交出論文。不知什麼時候才能完成的話，豈不白費你忙東忙西的？」

「到了緊急關頭時，我自然會寫。」

「對了，你那個恩師的令嬡……」

「唔。」

「有關那個令嬡，有件事很有意思。」

小野暗吃一驚。他不明白宗近的意思。小野透過眼鏡邊緣斜眼望向宗近，宗近依然晃著垃圾桶，從容地面對著前方走著。

「什麼事……」小野反問，但口氣有點失勢。

「什麼事？好像有很深的緣份。」

「誰？」

「我們跟那個令嬡。」

小野稍微安心下來。可是總覺得不對勁。無論關係深淺，他很想一刀截斷宗近和孤堂老師的關係。然而大自然繫住的緣份，即便能者或天才也毫無辦法。小野心想，京都有幾百家旅館，為什麼偏偏住進蔦屋？小野認為，他們根本不用住進蔦屋。特地僱人力車拉到三條，再特地住進蔦屋，完全是多此一舉。簡直是瘋狂的舉動。是多餘的惡作劇。這種住宿方式不會給旅館帶來任何益處，只會給小野帶來痛苦。但事到如今也沒辦法。小野沒精神回應。

「小野，那個令嬡……」

「唔。」

「不是那個令嬡怎樣……應該說……我們看到那個令嬡。」

「在旅館二樓看到的嗎？」

「在旅館二樓也看到了。」

「也」這個字令小野不安。小野早就知道宗近他們在春雨欄杆上望見連翹花和古院子。現在聽宗近說出，小野也不會感到驚訝。可是在二樓「也」看到的話，就很危險。這表示他們在其他地方也看到了。若是平常，小野會進一步追問，但眼下的他卻覺得問了也是擺空架子，於是他失去開口問「在哪裡見過」這句話的機會，只是無言地往前走了兩三步。

「我們去嵐山時也看到她。」

「只是看到而已嗎？」

「我們不認識她，怎麼跟她交談？只是看到她而已。」

「你們可以跟她聊聊天啊。」

小野突然開起玩笑。陣勢遽然好轉。

「我們也看到她在吃糰子。」

「在哪裡？」

「在嵐山。」

「就這樣嗎？」

「還有。我們從京都一起回到東京。」

「原來如此，這麼說來，你們是搭同一輛火車吧。」

「我看到你到車站來接他們。」

「是嗎？」小野苦笑。

「聽說那個人是東京人。」

「誰……」小野說到一半又閉嘴，斜著眼鏡內的眼珠望向宗近。

「誰？什麼誰？」

「是誰說的？」

小野的態度依舊從容不迫。

「旅館下女說的。」

「旅館下女？蔦屋的？」

小野似乎很想確認事實，又想聽後文，但又期待沒有後文的樣子。

「嗯。」宗近答。

「蔦屋下女她……」

「往這邊拐彎嗎？」

「再前面一點。你還要繼續散步嗎？」

「我得回去了。拿著，這是重要的垃圾桶。好好給人家送去，別弄丟了。」

小野恭敬地接過垃圾桶。宗近飄然離去。

剩下小野一個人時，他很想趕路。走快一點就能早點抵達孤堂老師家。其實他不想抵達孤堂老師家。他並非為了早點抵達孤堂老師家而趕路。小野只是莫名其妙地想趕路而已。他雙手提著東西。腳在動。恩賜懷錶在背心內作響。街上很熱鬧——小野的大腦忘卻一切地發急。他必須行事。可是他不知道該怎麼快點行事。除非一天的時間縮短為十二個小時，命運車輪全速駛向他想前往的方向，否則別無其他方法。他不想主動做出打破大自然法則的壞事。但大自然也該斟酌一下他的處境，幫他一點忙。倘若大自然能保證為他縮短時間，他願意在觀音菩薩前參拜一百次。在不動明王前進行護摩火供也可以。當然也能成為耶穌教信徒。小野邊走邊覺得神的必要性。

宗近這男人沒學問又不用功。也不解詩趣。小野有時會想不通他將來到底想幹什麼。甚至鄙視他將來大概無所作為。有時宗近的坦率性格令他很討厭。然而現在仔細想想，他絕對無法表現出宗近那種態度。無法表現那種態度不等於自己不如他。人都有無法做到的事，也有不想做的事。他認為不會用筷尖轉動盤子的人比會的人更高尚。他當然學不來宗近那種言行舉止。不過他始終相信學不來反倒是一種榮譽。他在宗近面前總覺得有一種壓迫感。覺得不愉快。他認為給別人愉快印象是個人義務中最重要的一環。宗近連社交第一要義都不懂。那種男人在普通社會中也無法成功。考不上外交官也理所當然。

但是他在宗近面前會感到壓迫感確實很奇怪。雖然他從未分析過宗近的言行舉止到底是基於他的坦率個性，還是基於他的單純，或者只是舊時代的所謂的率直，總之這種感覺很奇怪。對方明明毫無壓迫別人的意思，他卻總是有這種感覺。宗近只是毫無顧忌地按他自己的想法隨意行事而已，卻自然而然會給人一種壓迫感。小野在宗近面前總覺得有點心虛。迄今為止，小野以為那是因為自己做了對不起宗近的事，基於義理人情，道義在懲罰他的良心，他才會感到有一種壓迫感，然而事實似乎並非如此。例如天不怕地不怕，滿不在乎高高聳立的山，對小野來說，山並非無趣，而是令他覺得不美。自星眼墜下的露珠落在花蕊，令人憐愛的花瓣不時隨風飄落，在河中隨波逐流。這種景色才能令小野開心。小野認為，宗近類似一座檜山，自己則類似一片花圃，兩人性質判若雲泥，所以才會有這種奇妙感覺。

對於個性不合的人，小野通常視若無睹。有時會覺得對方很可憐。有時會鄙視對方無能。但今天的小野卻格外羨慕宗近。他當然從不認為宗近人品高尚，舉止文雅，很接近自己的理想形象，所以羨慕他。但與目前的痛苦比起，他突然羨慕起宗近，心想如果能像宗近那樣悠閒自在不知該有多好。

他已經向藤尾說出他與小夜子的關係。當然沒有說有任何關係。只說往昔曾蒙恩的人帶來一個弱小影子，他和那個弱小影子在不同天空下已相隔五年，這回只是久違重逢，關係很淺。照顧他們是基於人情，厚待老師是學生的職責，除此以外，完全是風馬牛不相干的關係。他終於說出這種之前盡可能不說的謊言。好不容易才說出的謊言，即便是謊言也要讓其成立。就算他無意讓謊言成真，可一旦說出，他就必須對謊言負責。坦白說，謊言會影響他終生的利害。他不能再說謊。聽說神也不會原諒雙重的謊言。從今天起，他必須讓謊言成為事實。

這件事令他感到有點痛苦。抵達孤堂老師家後，孤堂老師一定會提出令他不得不說出雙重謊言的問題。雖然有不少能夠突破難關的方法，但如果孤堂老師緊逼不捨，他沒有勇氣斷然拒絕。假如他生性再冷酷一點，這點小事根本難不倒他。他完全沒有犯下任何違法的事，其實也可以一口拒絕。然而如此做會愧對恩人。他必須在恩人逼迫他之前，在自己的謊言還沒被拆穿之前，盡快讓大自然加速迴轉，讓他和藤尾能公然結婚——之後呢？之後的事以後再考慮。事實勝於雄辯。如果能讓結婚這個事實成立，萬事都必須以這項新事實為立足點重新設計。只要世間承認這項新事實，他願意承擔往後可能發生的所有犧牲。願意選擇所有會令他痛苦的決定。

但在這千鈞一髮之際，他卻很煩悶。他一籌莫展，心焦如焚。既害怕前進，又不願後退。他在內心祈禱事情能盡快往前發展，又害怕事情真的往前發展。因此他很羨慕悠閒自在的宗近。很羨慕酌量任何事情都一個調子的人。

春天在流逝。流逝的春天已西斜。絲綢般的淡藍帷幕接二連三自天空飄然而降，罩住大地。街上看不見能拂去夕暮的風，蒼茫大地安靜地逐漸染上朦朧昏暗的顏色。西方盡頭的無為晚霞總算轉為紫色。

蕎麥麵店招牌上的醜女面具在昏暗中鼓著雙頰，後面是十來尺寬的狹窄小巷，染紅雙頰的燈火正在靜待小野到來。細長黃昏降落在各棟房子之間，一家家地穿過敞開的門口。屋內可能比屋外更昏暗。

小野拐彎來到左側第三家。房子根本沒有所謂的大門。他輕輕拉開面向巷子的小格子門，屋內很暗，令人感覺逐漸下降的夜幕似乎更加低垂。

「有人嗎？」小野問。

平靜的聲音溫和得絲毫不打亂春天的旋律。小野望著一尺寬踏板底下直通廊子的菱形黑洞，老實地等屋內人應聲。屋內有人回應。聲音含混不清，聽不出到底在說「嗯」或「啊」或「在」。小野依舊望著菱形黑洞等人出來迎客。過一會兒，格子紙窗門裡傳出有人跳起的聲音。看來房子的建築極為簡陋，連支地板的橫木咯吱聲都能聽得一清二楚。有人拉開壁紙模樣的紙門。小野暗忖屋內的人大概正要來兩疊大的玄關迎客，不一會兒，格子紙窗門果然映出黑影，同時出現孤堂老師的消瘦臉龐和鬍子。

孤堂老師平日看上去就不太健壯。骨頭細，身子也瘦，臉龐更乾瘦，連他那顆好不容易倖存於辛辣塵世的心，也因年齡的增長而歷經風吹雨打，似乎正在逐日纖瘦。今天的臉色比平日更壞。連那把引以自豪的鬍子也走樣了。黑鬍子間填滿了白鬍子，白鬍子間可以通風。

舊時代的人連下巴都無精打采。一根根仔細觀看孤堂老師的鬍子，可以看出每根鬍子都孤伶伶的。小野禮貌地脫下帽子，無言地鞠了躬。梳成英國髮型的新式頭，垂落在渺然的「過去」面前。

畫個直徑數十尺的圓圈，再於圓圈四周掛上無數個鐵籠子。受命運擺佈的人爭先恐後鑽進籠子。圓圈開始迴轉。當某個籠子升至青空附近時，另一個籠子會緩緩掉落於吸盡一切的大地。發明摩天輪的人是個諷刺的哲學家。

英國髮型的頭在籠子內正要升往雲端。把鬍子當作寂寥舊世界的紀念，視為珍寶地撒上芝麻鹽的孤堂老師，在另一個籠子內正要降落於陰暗處。一方上升一尺，另一方則會降落一尺，這是命運定律。

上升的人懷著自己正在上升的自覺，在逐漸降落於黑夜的人面前，毫不吝嗇地鄭重行禮。上升的人認為這是神創出的諷刺。

「哦，是你。」老師心情很好。坐在正在下降的命運車的人遇見上升的人時，心情自然會好。

「上來吧。」老師隨即轉身進房。小野彎腰解鞋帶。還未解完，老師再度出來。

「上來吧。」

白天也鋪在房間中央的被褥已推到牆邊，重新擱著新買來的座墊。

「您怎麼了？」

「今天早上就覺得不舒服。上午還能忍著，到了中午終於躺著休息。我剛剛正迷迷糊糊睡著，湊巧你來了，抱歉，讓你久等了。」

「哪裡，我也是剛進門。」

「是嗎？我聽到好像有人來了，嚇一跳才出去看看。」

「這樣嗎？那我打攪您了。其實您可以繼續躺著。」

「反正也不是什麼大病……再說小夜子和阿婆都不在。」

「她們去哪裡……」

「去澡堂，順便買點東西回來。」

被褥上的蓋被高高凸起，老人爬出後騰出的空洞剛好面對著格子紙窗門。陰影處隱約可見蓋被的花紋，拋在一旁的外褂內側閃亮聚集著昏暗亮光。外褂內側是灰色的甲斐絹[200]。

「我覺得有點冷。我去披上外褂。」老師起身。

「您就躺著吧。」

「不用了，我起來看看有沒有好點。」

「到底怎麼回事呢？」

「好像也不是感冒……應該沒什麼。」

「是不是昨晚出門傷到身子？」

「不是……對了，昨晚真的勞煩你了。」

「哪裡。」

「小夜也很高興。託你的福，讓我們大飽眼福。」

「如果不是太忙，我還可以帶你們到各處玩玩……」

「你應該很忙。忙才好。」

「只是這樣就虧待你們了……」

「沒關係，你不用擔心我們。你忙，正是我們的幸福。」

小野閉口。房內逐漸暗下來。

「對了，你吃過飯嗎？」老師問。

「吃過了。」

「吃過了？……如果還沒吃，就在這兒吃吧。雖然什麼都沒有，至少也有茶泡飯。」老師搖搖晃晃地站起。緊閉的格子紙窗門出現一條長黑影。

「老師，不用了。我吃過飯了。」

「真的嗎？你不用客氣。」

「我沒有客氣。」

黑影彎腰恢復原來的高度。他嗆咳了幾聲。

「您在咳嗽。」

「乾……是乾咳……」說到半途又隨即咳出幾聲。小野不高興地等老人咳完。

「您躺著暖和暖和身子吧。著涼了可就不好。」

---

200 山梨縣郡內地方生產的絲綢。

「不用，沒事了。咳的時候會止不住……人老了就不中用……做什麼事都要趁年輕時……」

做什麼事都要趁年輕時這句話，小野已經聽過無數次。但今天倒是第一次聽到孤堂老師這麼說。至少對小野來說，他是第一次聽到看似在這世上只剩一把骨頭，稀疏蒼髯托於風塵，殘喘交錯呼吸著十年、二十年前舊時代空氣的人說出這種話。報子時的鐘聲陰沉地響起。小野在昏暗房內聽昏暗的人說出這句話時，痛切地覺得做什麼事都要趁年輕時。人只能擁有一次年輕。年輕時若不好好把握，將會帶來終生的損失。

肩負終生的損失活到眼前這個老師那般老朽時，心境大概很孤寂。這樣的人生肯定極為無聊。然而若對恩人做出忘恩負義的事，直至臨死之前都得受良心譴責的話，恐怕比回憶起舊時的損失更令人鬱悶。總之，人只能擁有一次年輕。在只能擁有一次的年輕時期所決定的事，等於決定自己的終生去向。自己目前正站在必須決定終生去向的交叉口。假如今天在見藤尾之前先來老師家，或許就不用說出那種謊言。但謊言已出口，現在後悔也來不及。自己可以說是已經把未來的命運交給藤尾——小野在內心如此為自己辯解。

「東京變了。」老師說。

「這兒的變化速度非常快，每天都在變。」

「快得令人可怕。昨晚也嚇了一大跳。」

「昨晚人很多。」

「來了很多人。就算來那麼多人，大概也很難遇見相識的人吧。」

「是啊。」小野答得模稜兩可。

「你遇見了嗎？」

小野應了一聲「唔……」，打算敷衍過去，又變卦地說：「嗯，沒遇上。」

「沒遇上？東京果然很大。」老師大為感慨地說。看上去像個鄉下人。小野的視線從毫無血色的老師的臉移至自己的膝頭。袖口很潔白。景泰藍袖扣四周是細金邊，溫暖地裹著中央的光滑綠底淡紅釉料。西裝質地是高級英國布料。小野環視自己的身上打扮，突然恍悟自己應該住在什麼世界。他覺得好像差點跨進老師的圈套，幸好在緊要關頭想起遺失物。老師當然不知道小野的心思。

「我們很久沒一起逛街了。今年是第五年嗎？」老師懷念地說。

「是第五年。」

「不管是第五年還是第十年，能這樣住在一起就好……小夜也很高興。」老師說完前面的話，突然想起來似地又補上一句。小野忘了立即回答，感覺在昏暗房內縮成一團。

「剛才小姐來找過我。」小野無可奈何地交手。

「嗯……也沒什麼急事，我只是想如果你有空，麻煩你帶她出去買點東西。」

「湊巧那時我正要出門。」

「我聽小夜說了。打攪你了吧？你有急事要辦嗎？」

「不……也不是什麼急事。」小野有些吞吞吐吐。老師不再追問。

「啊，是這樣嗎？那就好。」老師茫然地答。房內隨著茫然的回答也逐漸朦朧不清。今晚是月夜。雖是月夜，但月亮還未升起。太陽倒先下山了。六尺寬的壁龕將就地塗著深藍色的土壁，牆上掛著老師珍藏的義董[201]掛軸。畫中人物穿著唐代衣冠，步履蹣跚，長袖隨意纏在手腕靠在童子肩膀的醉態，像個四月春帷的樂天派，與這房內的冷清不搭配。小野方才一眼就看到畫中人物那頂遮住額頭的烏帽，此刻再度不經意地望去時，掛軸上端左右兩條的寬幅絹布飾帶已罩上一層迷濛暮色，即將隱沒於夜色中。小野覺得若再和老師繼續磨蹭下去，兩人都會掉入同一個黑洞，如影子那般消失。

「老師，我買了您吩咐的油燈台。」

「太好了。讓我看看。」

小野到昏暗玄關取來油燈台和垃圾桶。

「啊……太暗了看不清楚。先點上燈火再慢慢看。」

「我來點。油燈在哪裡？」

「不好意思。小夜應該快回來了。油燈在廊子右邊的窗套夾層內，麻煩你拿過來。應該已經擦過了。」

一條昏暗黑影起身拉開格子紙窗門。黑夜已罩住房內，暗得令留在房內的影子悄悄把手藏在袖子內靜候。六疊房陰鬱地封住寂寥的人。寂寥的人吭吭地咳嗽。

過一會兒，廊子角落傳來擦火柴的聲音，咳嗽聲也同時停止。明亮的燈火往房內移動。小野彎下西裝長褲的膝蓋，將五分燈芯油燈擱在新油燈台上。

「很相配。台座很穩。是紫檀嗎？」

「應該是仿製品。」

「仿製品也很好。多少錢？」

「您別提這個。」

「不行啊。多少錢？」

「一共四圓多。」

「四圓？東京的東西果然很貴……要靠我那少得可憐的退休費過日子，京都好過多了。」

老師目前的經濟狀況和兩三年前不一樣，只能靠些許退休費和少數的儲蓄利息過日子。和當年收容小野時完全兩樣。看上去好像也在期望小野能多少給予支援。小野只是拘謹地坐著。

「如果沒有小夜的事，我繼續住在京都也無所謂，身邊有個年輕女兒總是讓人擔憂……」老師說到一半歇息一會兒。小野依舊拘謹地坐著不應聲。

「雖然我死在哪裡都一樣，但是留下小夜一個人很可憐，才到了這個年紀還特地搬來東京……東京是我的故鄉，不過我已經離鄉二十年。沒有熟人也沒有交往的人。簡直跟外國一樣。而且來了一看，又颳細沙，又颳塵土。人很多，東西也貴，不適合居住……」

「確實不適合居住。」

「還好有你在身邊，一切都靠你了。」

「我幫不上什麼忙……」

「不，你幫了我們很多忙。你是個忙人……」

201 日本四條派畫家，柴田義董（1780-1819），擅長人物畫。

「如果不是為了寫論文，我還能抽出時間。」

「論文？是博士論文吧。」

「是，是的。」

「什麼時候提交呢？」

小野不知道什麼時候能提交論文。他也很想早日提交論文。他內心想，如果這對父女不來糾纏，他早已快寫完了。但他仍說：

「目前正在認真寫。」

老師抽出藏在內衣長袖內的雙手，整個手肘揣在內衣裡的懷中，搖晃了兩三次肩膀說：「我總覺得很冷。」接著把細長蒼髯埋進領子內。

「您躺下吧。這樣坐著對身體不好。我要告辭了。」

「沒事，我們再聊一下。小夜應該快回來了。想躺著時我會不客氣地躺著。而且我還有話要跟你說。」

老師突然從懷中伸出手擱在膝上，雙手同時在膝頭拍了一下。

「你不用急著走。天剛黑呢。」

小野覺得很麻煩，另一方又覺得老師很可憐。老師設法想留下他，並非純粹為了懷念過往的交情，也並非因為今晚很無聊。他大概擔憂日後有什麼三長兩短，想趁自己的血管還在脈動時，儘早握住「安心」這個詞。

小野其實還沒吃晚飯。他知道老師遲早會提出他不想聽的話題。他早就坐不穩了。只是看老師那個樣子，他不忍心伸直西裝長褲的膝頭。老人明明身體不舒服，卻為了小野強撐起精神。躺了半天的被褥被推到牆邊，只剩一個空洞。被褥早已涼了。

「有關小夜的事……」老人望著油燈亮光說。半圓柱形的玻璃燈罩內，五分寬的燈芯無言地吸著油壺內的油，吐出溫和火焰，安靜地守著剛天黑的春色。在這孤獨寂寞的夜晚，只有這盞微弱亮光能撫慰人心。燈火能招徠希望之影。

「有關小夜的事，你也知道她個性內向，又不像現代女學生那樣受過時髦教育，我想你大概看不上……」老師說到此，視線離開油燈。他雙眼正視著小野。小野不得不接話。

「哪裡……我怎麼會……」小野敷衍了兩句，但老師依然正視著他。不過老師不開口，似乎在等待什麼。

「看不上……怎麼會……我怎麼會看不上呢？」小野斷斷續續地答。老師總算鬆了一口氣，繼續說：

「那孩子很可憐。」

小野沒答是也沒答不是。他雙手擱在膝上。眼睛望著手背。

「目前我仍在她身邊，還能為她做點什麼。但我這個身體隨時都可能有個三長兩短，到時候就不好辦。我們以前已經說好，你也不是會輕易毀約的輕薄男子，我死了後，你能不能代我照顧小夜……」

「那是當然的。」小野不得不如此答。

「那我就放心了。不過女人家的心眼總是小一點。啊哈哈哈，真煩人。」

老師的笑聲聽起來有點勉強。老師臉上的笑容反倒令他看起來更添幾分寂寥。

「其實您也不用這麼操心。」小野沒把握地說。這句話沒有骨頭般地搖搖欲墜。

「我無所謂，但小夜她……」

小野的右手摩擦起西裝長褲的膝頭。有一會兒兩人都默不作聲。缺乏心靈的燈火各半地照著兩人。

「我知道你那邊應該有很多事要辦。不過，再這樣拖下去，事情會辦不成。」

「不會。再過一陣子，我就能抽出時間。」

「你已經畢業兩年了吧？」

「是。不過我還想再等一陣子……」

「一陣子？到底要等到什麼時候？如果知道是什麼時候，我們願意等。我會好好勸小夜。可是你只說再等一陣子，這就很麻煩。就算我是父親的身分，我也必須對孩子負起幾許責任……你說的再等一陣子，是等你寫完博士論文嗎？」

「是，暫且是這樣。」

「你好像已經寫了很久，你打算什麼時候寫完呢？大約什麼時候？」

「我正在努力早日完成論文。不過這問題確實太大了。」

「可是你應該算得出什麼時候吧？」

「再過一陣子。」

「下個月嗎？」

「不可能那麼快……」

「下下個月怎麼樣？」

「這個……」

「那等結婚後再寫論文不好嗎？總不能說結婚後就寫不成論文吧？」

「結婚後會加重責任。」

「那有什麼不好？你只要和現在一樣繼續工作就行。我們在經濟上暫且不會給你增添負擔。」

小野無言以對。

「你現在收入多少？」

「不多。」

「不多是多少？」

「全部算起來大約有六十圓。僅夠一個人生活。」

「寄宿在人家家裡也僅夠一個人生活？」

「是。」

「太荒唐了。一個人用六十圓很可惜。六十圓可以買房子過得舒舒服服。」

小野再度無言以對。

老師剛才說過東京物價很高，但他仍不清楚東京和京都的差異。小時候可以纏著藍染棉布腰帶喝著蕃薯稀飯禦寒，但大學畢業後的小野必須花不少錢在衣帽以獲取別人的尊敬，老師不明白小野的處境已今非昔比。對學者來說，書籍的重要性僅次於性命。就跟按摩人的拐杖一樣，是活在這世間的首要謀生道具。書籍不可能憑空出現在書桌，有人甚至不擇手段也要蒐集書籍。老師完全不懂花在這些東西上的費用到底是多少。因此小野無法輕易作答。

不知小野想做什麼，他用左手撐著榻榻米，霍地伸出右手轉出油燈芯。六疊的小地球突然向東方迴轉那般，一下子明亮起來。老師的世界觀似乎也霍地明亮起來。但小野仍不放開捏住旋鈕的手。

「好了，這樣就好。抽太長很危險。」

小野鬆開手。收回手時，他查看袖口裡的手腕。接著從西裝背心口袋抽出雪白手帕，仔細擦拭沾在指尖的燈油。

「燈芯有點歪……」小野擦完手指後，再將指尖伸至鼻頭吸著氣聞了兩三次。

「那個阿婆剪燈芯時，每次都會剪歪。」老師望著燈芯分叉的油燈。

「對了，那個阿婆怎樣？有用嗎？」

「喔，我還沒向你道謝。你幫了這麼多忙……」

「不客氣。老實說，因為她年紀大了，不知她能不能做好。」

「可以，那樣就可以。她好像也漸漸習慣了。」

「是嗎？太好了。我本來還擔心她做不來。不過她人很老實。是淺井介紹的。」

「原來是淺井。對了，淺井最近怎麼樣？他還不回來嗎？」

「應該快要回來了。說不定今天就坐火車回來。」

「他在前天寄來的信中說，過兩三天就會回來。」

「原來如此。」小野說完這句話，專注地望著抽出燈芯的油燈罩。他似乎在思考淺井回東京這事和油燈之間的關係，雙眸集中在一點。

「老師。」小野開口。臉龐轉向老師。嘴角破例地顯出決意的神色。

「什麼事？」

「剛才說的那事……」

「嗯。」

「能不能再給我兩三天時間。」

「兩三天？」

「我必須考慮許多事情後，才能給您一個確定的答案。」

「當然可以。不要說三四天……一星期也可以。只要能有個明確的回答，我們就能安心等。我會轉告小夜。」

「是，請轉告她。」小野邊說邊取出恩賜銀錶。迎向初夏的長晝日頭下山後，夜晚的時針似乎轉得特別快。

「今晚我就告辭了。」

「不用那麼急吧？小夜快回來了。」

「改天我還會再來。」

「好吧……慢待了。」

小野毫不猶豫地起身。老師捧著油燈。

「不用送了。我看得清。」小野邊說邊走向玄關。

「哦，今晚有月亮。」老師把油燈捧到肩頭說。

「是，今晚很恬靜。」小野綁著鞋帶望向門外的巷道。

「京都更恬靜。」

彎著腰的小野總算在踏板站起身。他拉開門。修長身子半邊跨出巷道。

「清三。」老師在油燈陰影下叫喚小野。

「是。」小野面向有月光的方向。

「沒什麼事……我這回特地搬來東京，主要目的是想讓小夜早點嫁出去。你明白嗎？」老師說。

小野恭敬地摘下帽子。老師的影子和油燈同時消失。

外面是朦朧夜色。天空懸著半照亮世界又半封鎖世界的亮光。天空不高不低地半屈在還未更闌的夜色中。懸掛其上的月亮更是飄飄然。黃色邊緣朦朧膨脹出一個圓圈，連輪廓都模模糊糊。外圍的黃色帶子散成一片滲入墨藍。只要風一吹，似乎連月亮都會被吹走。這是個月亮和天空，人與大地混淆不清的夜晚。

小野的鞋子似乎深恐驚動濕潤月光，落在大地的鞋跟隱藏在西裝褲褲腳內，走至巷口的蕎麥麵店，繞過店前的燈光後再左拐。街上有人的味道。拖在地面的影子並不長。縮成一團地搖來，又凸成一團地晃去。朦朧夜色裹著木屐的聲音，不如霜那般鮮明。有時以為拂面而去的電線桿有白色花紋，定睛一看原來是男女同打一把白墨傘。黑夜剛落幕，卻聚攏著白晝留下的暮靄。看不清來來往往的行人。往後退是靄霧世界，向前進是月光世界。小野如在夢境般往前移步。類似踽踽獨行這句詩詞。

小野其實還沒吃晚飯。若是平常，他只要一出大街便會驕傲地踩著摺痕清晰的西裝褲腳步，昂然走進西餐廳。但今晚總覺得不餓。連牛奶也不想喝。天氣太暖和。胃太沉重。腳步雖不蹣跚，卻沒有踏在大地的感覺。或許是踩得太輕。腳跟雖離地，卻無意用力踩向大地。若能像巡警那樣走路，這世上不需要朦朧夜色。其次不需要擔憂。因為是巡警，才能那樣走路。小野——尤其是今晚的小野——無法像巡警那般走路。

為什麼如此懦弱——小野邊想邊信步走著。頭腦不輸於人。成績也比同班同學高出一倍。他深信自己的言行舉止乃至服裝儀容均天衣無縫。只是個性懦弱。因為個性懦弱而吃虧。倘若只是吃虧倒還無所謂，有時還會陷入進退維谷的窘境。書上寫道，溺水的人會踢水。碰到眼下這種燃眉之急，其實他也可以不顧後果地踢掉。然而……

女人的談話聲響起。馬路前方有兩個人影逐漸挨近。在婦人木屐和方形木屐合著拍子緩慢踏著不冷不熱的夜色中，可以聽見她們的談話聲。

「不知道有沒有幫我們買油燈台來？」一人說。「是啊。」另一人答。「也許現在已經送來了。」第一個聲音又說。「很難說。」第二個聲音又答。「不過他答應會買來吧？」第一個聲音反問。「啊……今晚好像太暖和了。」第二個聲音答非所問。「因為我們泡了澡。藥澡會暖和身子的。」第一個聲音說明。

兩人的談話聲在此穿過小野的對面。小野目送著對方，望見屋簷下斜斜露出兩人的頭部影子，往蕎麥麵店方向走去。小野歪著頭停留了一會兒，再度跨出腳步。

像淺井那種現實人應該能輕而易舉地解決問題。宗近那種凡事不在乎的人大概也易如反掌。甲野的話，或許會採取超然態度夾在中間。可是自己卻辦不到。到那邊深陷一步，來這邊也深陷一步。因為顧及雙方，結果都被雙方抓住隻腳。總結說來是礙於情面，缺乏堅定意志。利害？利害之念是在打好人情地基後再披上的虛假外皮。若有人問，令你付諸行動的最大力量是什麼？自己會立即回答是人情。就算把利害之念排在第三或第四，甚至完全沒有利害之念，自己大概也會陷入同樣的結果──小野如此邊思考邊往前走。

即便把人情排在第一，也不能如此優柔寡斷。如果束手旁觀順其自然，事情不知會發展成什麼樣子。光是想像就令人害怕。愈是顧慮人情，愈有可能眼睜睜看著事情往更壞的方向發展。事情到此必須做出決定了。不過，還有兩三天的寬限。在這兩三天內仔細考慮過後再下決定也不遲。兩三天後仍想不出好辦法時，那就無法可施。只能拜託淺井直接和孤堂老師談判。其實剛才也是想到這點，才把淺井可能回來的日期算在內，向孤堂老師要求兩三天的寬限。這種事情只能拜託不拘泥人情的淺井。像自己這種太計較人情的人絕對無法拒絕──小野如此邊思考邊往前走。

月亮還在上空。看似將飄流又不飄流。降落在大地的月光還未發亮，即被沉重的溫暖空氣封住，在半空拖曳著無止盡的大夢。稀疏星眼潛入雲端，看似要穿透天空。星眼如打進棉花裡的子彈，隱約發出光芒。這是個安靜又沉重的夜晚。小野在這個安靜又沉重的夜晚邊思考邊往前走。今晚應該不會響起火警鐘聲。

十五

房間向南。法式窗[202]的玻璃僅離地板五寸高。陽光自敞開的窗子射進。溫暖的風也自窗子吹入。陽光停留在椅子。風不懂得停留，不客氣地吹向天花板，吹進窗簾內。這是間寬闊明亮的書房。

法式窗右邊擱著一張書桌。若闔上拱形門，可以上鎖。打開拱形門時，中央鋪著綠色呢絨的木板向前傾斜，能平放書背，看書時很方便。桌面下左右兩側重疊著四層有銀製拉手的抽屜，第四層抽屜底下是地板。樟木地板塗著洋漆，油亮得令穿鞋的人一不小心就會滑倒。

其他另有洋桌。洋桌位於書房中央，齊本德爾[203]風格與新藝術風格混合的組合，時髦中又具有精緻的古風格調。桌子四周的四把椅子當然也是同樣風格。緞子花紋應該也是成套，只是披上蔽日的白布，似乎只考慮到人坐下時可以讓腰背輕鬆自在，完全不能讓人大飽眼福。

牆壁整面都是九尺高的書架，排成一列直至門口。書架不但能組合也能分開獨立，這是甲野的亡父自外國訂購的。書架內擱滿藍、黃和其他各種顏色的書籍，鑲金的花體字和方形字可以和油亮地板媲美，無論橫排或豎排均很漂亮。

202 左右對開的窗子。
203 Thomas Chippendale（1717-1779），著名的英國家具工匠。

小野每次看到欽吾的書房總是很羨慕。欽吾當然也不討厭。這房間本來是父親的起居室。打開房門之一可以直接進客廳。另一扇門連接走廊可以直達榻榻米房。父親認為房子太小，於二十世紀加蓋了兩間洋房。這兩間洋房並非父親的喜好，完全為了迎合時尚而加蓋的實用建築。對甲野來說不是很滿意。但對小野來說則極為羨慕。

小野認為如果能在這種書房逍遙地閱讀自己喜歡的書籍，讀膩了時和喜歡的人聊些喜歡的話題，應該是一種極樂世界。博士論文也能馬上完成。寫完博士論文後，還能寫些轟動後世的大作。日子一定過得很愉快。像他現在租人家的房間，腦子老是被左鄰右舍的紊亂步調攪和得亂七八糟，實在很糟糕。像他現在被過去窮追不捨，為了義理人情的糾紛，日夜勞心焦思，實在很糟糕。小野認為自己很聰明，這絕非自吹自擂。擁有聰明頭腦的人，應該使用聰明頭腦為世間做出貢獻才是天職。為了盡天職，他必須擁有能盡天職的條件。這種書房正是條件之一——小野非常想住進這種書房。

甲野和小野就讀的高等學校雖不同，但大學時代是同年級。一是哲學系，一是純文學系，因為專業不同，所以小野不清楚甲野的學力如何。他只聽說甲野的畢業論文題目是「哲學世界與現實世界」。不讀內容的話，他當然無法判斷「哲學世界與現實世界」的價值，但總結說來，甲野沒有領到銀錶。小野卻領得銀錶。恩賜銀錶並非只會計時，也能計量頭腦的好壞。更能計量未來的進步與學界的成功。沒有得到特別優惠的甲野一定不是個傑出人物。何況畢業後，他似乎也沒繼續研究學問。或許他內心另有遠志，但如果真有遠志早就應該顯現在外。既然不顯現，表示他沒有任何遠志。小野怎麼想都覺得自己是個比甲野更有益的人材。但有益人材竟為了每個月的六十圓衣食費而疲於奔命，甲野卻無所事事地徒然過著無聊日子。讓甲野佔領這間書房實在太可惜。雖然這兩年來他也做了不少事，但如果他能以甲野的身分成為這間書房的主人，他就不用因生在貧困家庭，而忍氣吞聲過著不公平的上天給予他的老驥伏櫪[204]的日子。常言道，不幸的人也會有一陽來復[205]之時。小野日日夜夜都在祈禱這一天的到來——不知情的甲野孤單一人坐在書桌前。

若打開正面的窗戶，只要跨下一級石階，不但可以環視寬闊的草坪，也能讓清朗空氣順著地面爬進房內，甲野卻緊閉門窗，靜悄悄地關在房裡。

右邊的小窗不但拉下玻璃，掛在左右兩側的窗簾也遮蔽了半邊窗戶。微弱的光線落在地板。絳紫色的毛織窗簾上的花紋堆積著塵埃，看來至少有二十天左右都沒拉開。顏色也幾乎都褪色了。與房間不搭配的裝飾，在過度時期的日本當然可以通用。把臉貼在窗簾縫隙間的玻璃望向窗外，可以看到石楠樹籬對面的池子。如波浪橫穿過豎立木條，池面時斷時續。池子斜對面是藤尾的房間。甲野不看樹籬也不看池子，更不看草坪，只是一動不動地靠在書桌前。暖爐中有個去年燒剩的煤炭，正在冷眼地觀望春色。

不久，傳來更換書籍的咯噠一聲。甲野取出已翻髒的那本日記開始寫起。

「他們欲對吾施惡。同時不許吾視他們為凶徒。亦不許吾與他們的兇暴對抗。他們曰，不屈服，即嫉吾。」

---

204 比喻千里馬被關在馬廄，無法發揮本領之意。

205 唐．孔穎達疏：「冬至一陽生，是陽動用而陰復於靜也。夏至一陰生，是陰動用而陽復於靜也。」比喻時來運轉。

甲野寫完這段細字後，又在後尾用片假名添上李奧帕迪[206]的名字。之後把日記挪到右邊。他把剛才閱讀的書籍挪回原位，安靜地讀起。細長螺鈿桿鋼筆自桌面滾落地板。甲野腳下多出一片黑汁。他雙手撐在書桌角，微微往後仰，俯視滴落的黑汁。圓形墨汁向外四濺。螺鈿桿打了個滾，在昏暗中發出一道細長冰冷的亮光。甲野挪開椅子。他摸索著取起的鋼筆是父親以前從外國買回來的紀念品。

甲野把手反過來用指尖抓起鋼筆，拾起的鋼筆自手指滑進掌心。倒轉掌心讓掌心朝上後，細長鋼筆桿在掌心上前後滾動。滾動時燦燦發光。這是父親留下的小遺物。

甲野在掌心滾動著鋼筆桿，繼續閱讀。翻開下一頁，上面寫著：

「劍客比武時，若雙方劍術不相上下，等於無術。若無法一籌致勝，等於和不學無術的人相對為敵。如同人與人之間的欺瞞行為。被欺者與欺人者同樣譎詐時，兩人的關係相當於開誠布公，不分勝負。除非一方的偽與另一方的惡攜手，或對方不夠詐偽，或與善人交手——否則毫無效果。第三種例子很罕見。第二種例子亦不常見。只有敗德者才能與凶徒匹敵是常態。只需行善積德便能達到目的之事，有人卻用盡百計千心甚或傷害彼此亦無法達到目的，實為可悲。」

甲野再度取起日記。他把螺鈿鋼筆放進墨水瓶。甲野看鋼筆遲遲不吸墨水，終於鬆手。他在李奧帕迪詩集上擱著黃封面的日記本。雙腳撐著地板，雙手交叉在後脖子，靠在椅背。仰頭即能與父親的上半身肖像畫對視。

肖像畫不大。說是上半身，其實只到背心第二個扣子。身上穿的應該是大禮服，但背景太暗看不清服裝，只有隱約露出的白襯衫和寬額頭的臉龐清晰可見。

據說是請著名畫家畫的。父親於三年前回國時，帶著這幅畫迢遙遠渡大海在橫濱港登陸。之後便一直掛在欽吾仰頭即可望見的壁上。欽吾不仰頭時，肖像畫也會在壁上俯視欽吾。無論欽吾執筆或托腮，或趴在書桌假寐——肖像畫始終在俯視欽吾。欽吾不在書房時，畫中人也一直在俯視書房。

俯視的畫中人栩栩如生。眼珠炯炯有神。而且並非花費很長時間仔細畫出的眼珠。是一筆畫出輪廓，眉毛與睫毛間形成一層天然陰影。下眼皮鬆弛。年齡聚集成拉動眼角的波紋。眼珠在其間活著。能夠迅速捕捉住不動的人的生前之剎那表情，並將那種表情畫在畫布上的手腕，確實稱得上非凡。甲野每次看到這雙眼睛，總覺得畫中人仍活著。

在思考世界中投入一瀾，便有千瀾急追而來。每當甲野陷於瀾瀾相擁的思索之鄉，陷於忘我之境，偶一抬起煩惱的頭與畫中人的眼睛對視時，他總會回過神來地想起，原來這幅畫還在。有時還暗吃一驚，覺得這幅畫怎麼還在——此刻，甲野的視線離開桌上的書籍，將萬事託付給椅背時，驚訝的程度比平日更強烈。

可以令人回憶並懷念逝者的東西，是一種雖能令人勾起回憶，卻無法讓死者復甦的殘酷東西。即便貼身藏著幾根死者的頭髮，再怎麼思念，再怎麼哭泣，這個塵世的日月只會往前迴轉。遺物應該燒掉。父親過世後，甲野總覺得不喜歡再看到這幅畫。父親平安無事時，即使父子倆相隔兩地，甲野也可以在平穩的城堡內望著咫尺前的慈顏，在記憶之紙烘出遠在異鄉的父親容貌，或期待重逢

[206] Giacomo Giacomo Leopardi（1798-1837），義大利浪漫主義詩人。

之春的到來。然而，想重逢的人已經死了。只有眼珠還活著。而且眼珠只是活著而已，絲毫不動——甲野茫然地望著眼珠，左思右想。

阿爺也真可憐。他還未到壽終正寢的年齡。鬍子仍未白。看起來仍紅光滿面。他應該也不想死。實在很可憐。既然非死不可，乾脆回日本後再死。他大概有許多來不及交待的話。甲野也有許多想聽並想說的話。太遺憾了。年紀都這麼大了，還三番兩次被派到外國赴任，並且在外國因急病而突然過世……

活著的眼睛在壁上凝望甲野。甲野靠在椅子凝望壁上的眼睛。每次甲野望向壁上，兩人的雙眼總會對視。兩人文風不動地對視，當秒重疊為分時，壁上的眼珠似乎會開始轉動。並非甲野移動視線而產生的錯覺。而是守望者的光線逐漸增強，靈魂脫離眼珠般地一直線逐步逼近甲野。甲野奇怪地轉動脖子。當他的頭髮離開椅背向前移動兩寸左右時，靈魂已消失。看來靈魂不知何時又回到眼珠內。眼前的畫框依舊只是畫框而已。甲野再度把頭靠在椅背。

這事很荒謬。但最近經常發生這種事。甲野認為可能是身體過於虛弱或腦筋有點不正常。總之，他討厭這幅畫。正因為畫得太像，反倒令人更在乎。他知道把心留在死者身上無濟於事。但死者若掛在你鼻尖不時催促你懷念他，猶如有人用木劍逼迫你切腹一樣。不但令人覺得煩，更令人覺得不愉快。

如果是一般例子，那又是另一回事。但甲野每次想起父親時，總覺得父親很可憐。以甲野目前的健康和精神狀態，也覺得父親很可憐。他雖然住在現實世界，但只是如行屍走肉般地貪圖著食衣住而已，唯有讓精神活在其他國度，忘卻母親和妹妹的事，他才能活到今日。甲野這種腳跟離開現實地面的活法，在功利主義的人眼裡看來，大概會說甲野愚蠢透頂。雖然甲野已決定放棄一切，但他不想讓父親看到自己目前這種落魄樣子。父親只是個凡人。假如父親在九泉之下看到兒子這副模樣，可能會認為他是個不孝子。不孝子不想回憶起父親的事。一回憶就會覺得父親很可憐——甲野總覺得這幅畫不行。應該找個機會收拾起來放到庫房……

十個人有十個人的因果。無論懲羹吹齏或守株待兔，都一樣受大自然定律支配。萬戶人家在大白天聽著午炮[207]而炊飯，蹠下居民[208]則在深夜的被褥裡太平地熟睡。甲野單獨一人在書房胡思亂想時，母親和藤尾在日式房內悄聲談話。

「就這樣，您先不要說出。」藤尾說。褐色的粗絲給衣看上去雖很樸素，但長袖後露出一條婀娜鮮豔的腰帶紅綢裡子。腰帶上有赭色古代花紋，但不知是什麼布料。

「不要向欽吾說嗎？」母親反問。母親穿的是與年齡相配的暗色條紋和服，不過腰上纏的是顯眼的黑綢腰帶。

「是。」藤尾答，接著又確認地問：「哥哥還不知情吧？」

「我還沒對他說。」母親心平靜氣地答，再翻開座墊角問：「咦？我的旱煙管呢？」

旱煙管在火盆對面。藤尾用拇指夾著細長煙袋桿，隔著手提鐵壺遞給母親，「在這裡。」

「對他說了，他會說什麼嗎？」伸手遞出旱煙管的人縮回手。

207 明治時代的東京於正午會鳴炮報時，一九二九年起改用汽笛。

208 地球的另一面，指白天和黑夜顛倒的國家。

「如果他說什麼，妳打算放棄計畫嗎？」母親諷刺地反問，低著頭往煙袋鍋裡裝雲井煙絲。女兒沒答話。若答話，立場會變弱。想要給對方最強硬的回答時，最佳辦法是保持沉默。沉默是金。

母親在火撐子下用力吸了幾口，鼻孔冒煙地說：

「想對他說，隨時都可以。如果妳認為對他說比較好，那就由我來說。沒必要和他商量，只要對他說，事情已經決定這樣，這就行了。」

「我也這樣想，既然我已經下了決定，不管哥哥說什麼，我都不聽……」

「他不會說什麼。如果可以跟他商量，我們一開始根本不用這麼做，其他辦法多得很呢。」

「不過只要哥哥有其他想法，我們就會陷於困境。」

「是啊。要不是有這個問題，我們根本沒必要對他說什麼。既然他是法定繼承人，要是他不答應，我們就得流落街頭。」

「可每次跟他說什麼，他總是說他不要任何財產，所有財產都要給我，叫我安心。」

「光說不行動，又有什麼用？」

「我們也不能主動催促他。」

「他如果真打算把財產讓給我們，催促他要讓就快讓也無所謂……只是這樣做不體面。就算他是學者，我們也不方便主動開口。」

「那就直接跟他說不好嗎？」

「說什麼？」

「說那件事啊。」

「小野的事嗎？」

「嗯。」藤尾明確地答。

「跟他說也可以。反正總有一天都要跟他說清楚。」

「這樣的話，他應該會有什麼行動吧？如果他真打算把全部財產讓給我們，就應該會讓出。如果他只打算分一點財產給我們，也應該會分。不想待在這個家的話，他會主動離開這個家吧。」

「可是，我總不能主動對他說，我不想靠你過晚年，你趕快給藤尾想個辦法。」

「但他不是說過不想照顧您的晚年嗎？既然不想照顧，又不給我們財產，那他到底想讓您怎麼辦呢？」

「他根本就不想怎麼辦。他就那樣拖拖拉拉，光會令人頭痛。」

「他應該很清楚我們的立場呀。」

母親不應聲。

「前些日子他叫我把金錶送給宗近時也……」

「妳對他說妳要給小野嗎？」

「我沒說要給小野，但也沒說要給一先生。」

「他那個人真的很怪。他叫我給妳招贅，要妳照顧我的晚年，結果又打算讓妳和一先生結婚。一先生不是獨生子嗎？怎麼可能入贅我們家呢？」

「唔。」藤尾應了一聲，轉過細長脖子望向院子。院子的淺蔥櫻早已不留一片花瓣，只剩催促傍晚到來的任務，甚至已長出發出淡褐色亮光的嫩葉。左邊三四棵修剪成圓形的石楠樹籬間，隱約可以望見書房窗口。樹枝偏向一方的櫻花樹幹右邊是池子。藤尾的房間突出在池子盡頭。

藤尾不出聲地環視院子一圈，再轉回側臉，正面望著母親。母親方才起便一直望著藤尾。兩人正面相對時，藤尾不知想起什麼，微微挑起美麗的單頰。但單頰上的表情還未形成笑容之前，已自然而然消失。

「宗近家那邊沒問題嗎？」

「有問題也沒辦法呀。」

「不過您拒絕了吧？」

「當然拒絕了。前幾天我去宗近家時，當著宗近家阿爺的面，仔細說明了理由……就跟我那天回來時對妳說的一樣。」

「我記得您說過的話，只是好像有點不清不楚。」

「不清不楚的是對方。妳也知道宗近家阿爺很有耐性。」

「我們這邊好像也沒拒絕得很清楚？」

「看在之前的情分，我總不能像個小孩子那樣，向對方直說藤尾不願意嫁給你們一先生，這門親事不算數。」

「這有什麼不好說的？討厭就是討厭，我不可能喜歡他，您那時乾脆直說不就好了。」

「可世間不是這樣的。妳還年輕，或許妳認為直說比較好，但世間不允許我們這樣做。雖然同樣是退親，但退親也有退親的方式，必須婉轉拒絕，不能說得太直……惹對方生氣也不好。」

「反正您是拒絕了吧？」

「我說，欽吾無論如何都不願意娶媳婦。我年紀也大了，總覺得很無依。」母親一口氣說完，再喝茶。

「年紀大了覺得無依，然後呢？」

「因為覺得無依，所以如果欽吾仍那樣堅持己見，我只能讓藤尾招贅。一先生是宗近家重要的繼承人，我們不能讓一先生入贅我們家。而且也不能讓藤尾嫁到宗近家……」

「您這樣說，萬一哥哥打算娶媳婦呢？我們怎麼辦？」

「不會的。」母親那淺黑額頭皺成八字形。八字形立即散開。母親接著說：「他想娶媳婦就讓他娶，想娶糸子或其他人都隨他。我們早日讓小野先生入贅就行了。」

「可是宗近家呢？」

「別管他們。妳不用擔心。」母親不耐煩地說，接著又添一句：「反正考上外交官之前，他們不會娶媳婦。」

「萬一他考上了，應該會馬上來說親。」

「那個男人有可能考上嗎？妳自己想想……如果一先生考上了，我們就讓藤尾嫁過去，這樣說也無所謂。」

「您這樣說了？」

「我當然沒這樣說。雖然沒這樣說，但這樣說也無所謂，反正那個男人絕對考不上。」

藤尾歪著頭笑出。過一會兒，她挺直身子，結束談話地說：

「那麼，宗近伯父真的認為我們已經退親了吧？」

「應該是……怎麼樣？那以後，一的態度有沒有什麼變化？」

「跟之前一樣。前幾天到博覽會時，他的態度也沒變。」

「你們什麼時候去博覽會的？」

「今天是……」藤尾想了想，說：「前天，前天晚上去的。」

「既然是前天，現在他應該也知道了……只是宗近家阿爺那種個性，也許聽不懂我們的暗示。」

母親有點焦躁。

「不過一先生那種個性，也許他已經聽伯父說了，只是不在乎而已。」

「是啊，兩邊都有可能。那我們就這麼辦，總之先對欽吾說清楚……我們這邊也不說的話，這事永遠沒法解決。」

「他現在應該在書房。」

母親起身。走到廊子又退回一步，彎著腰小聲問：

「妳要和一見面吧？」

「也許會見面。」

「見面時，妳最好暗示他一下。妳不是說和小野約好要去大森[209]嗎？是明天嗎？」

「是，我們約好明天去。」

「乾脆讓一看看你們約會時的光景好了。」

「呵呵呵。」

母親前往書房。

母親穿過明亮廊子，半推開整面磨出清晰木紋的洋房房門，門窗緊閉的房內昏昏暗暗。她把身子靠在門上，抓著門把往前推，雙腳無聲地落在拼花地板時，身後傳來把手迴轉的聲音。讓窗簾遮住春天的書房，昏暗地從人世隔開兩人。

「這房間真暗。」母親說著走到房間中央的桌子前。母親只能看到把頭擱在椅背的欽吾背影，欽吾緩緩轉頭望向聲音方向，出現三分之一斜斜滑落的眉毛。半邊黑髭順著上唇自然地下垂，到盡頭角落時突然又往上翹。雙唇緊閉。黑眼珠同時轉至眼角。母子倆以此姿勢望著彼此。

「這房間很陰暗。」母親站著再度說。

無言的人站起身。鞋子在地板響了兩三下，走到桌子角時，他才緩緩開口。

「要不要打開窗子？」

「我……我無所謂，只是覺得你這樣應該會很沉悶。」

無言的人隔著桌子伸出右手掌。母親領情地先坐下。欽吾也隨後坐下。

「你的身體怎麼樣？」

「謝謝。」

「有沒有好一點？」

「嗯……有……」甲野含糊地答，縮回上半身抱起手腕。同時在桌下將左腳外踝靠在右腳背上。母親只能看到正面的縮水淡黃襯衣袖子。

209 現為大田區。當時大森海岸面臨東京灣，是遊覽地，也是男女幽會場所。在此表示藤尾母子打算把生米煮成熟飯。

「如果你不養好身子，我也很擔心……」

母親還未說完，甲野把下巴頂在喉嚨俯視桌子底。一雙黑布襪重疊在一起。甲野看不到母親的腳。母親再度開口。

「身子不好，心情會沉悶，你自己也會覺得無聊……」

甲野不經意地抬眼。母親突然轉換話題。

「不過你去了京都以後，看上去精神好一些。」

「是嗎？」

「呵呵，說得和自己無關似的……你臉色看起來好多了。是不是因為曬黑了？」

「也許吧。」甲野抬頭望向窗子。左右垂落的窗簾深摺痕間的玻璃窗，映著燃燒般的石楠樹嫩葉。

「下次你到我房間來聊天吧。那邊很明朗，比這書房舒服多了。偶爾像一那樣陪我們這些無聊女人聊些家常，換個心情也不錯。」

「謝謝。」

「雖然我們可能跟不上你的話題……但笨人也有笨人的好處……」

甲野移開刺眼地望著石楠樹的眼睛。

「石楠樹的嫩芽長得很漂亮。」

「很漂亮。嫩芽反倒比一些花好看多了。在這兒只能看到一棵。你去那邊可以看到修剪成圓形的樹籬，真的很漂亮。」

「看來從您的房間可以看得最清楚。」

「是啊，要不要去看看？」

甲野沒回說想看也沒回說不想看。母親說：

「再說，最近大概因為天氣暖和，池子的緋鯉跳得很厲害……你這兒聽得到嗎？」

「鯉魚跳躍的聲音？」

「嗯。」

「聽不到。」

「聽不到？像你這樣門窗全關著，想必聽不到。在我房間也聽不到。前幾天藤尾還笑我說耳朵不中用……不過我也到了耳朵不中用的年紀了，沒辦法。」

「藤尾在嗎？」

「在啊。小野先生應該已經來上課……你有事找她嗎？」

「不，也沒什麼事。」

「那孩子也是，她脾氣太好強，可能時常得罪你吧？你就忍耐一下，當她是親妹妹，好好照顧她。」

甲野依舊抱著手腕，深邃眼眸一直望著母親。母親的視線卻不知為何始終落在桌上。

「我打算照顧她。」甲野徐徐說。

「你這樣說，我就放心多了。」

「我並非只打算照顧她，而是想照顧她。」

「你這樣為她著想，她要是聽到了不知會有多高興。」

「可是……」甲野欲言又止。母親等著後續。欽吾鬆開抱在懷中的手腕，往前挺直靠在椅子的背脊，胸部緊靠桌角地挨近母親。

「可是，媽，藤尾她不打算讓我照顧她。」

「怎麼可能呢？」這回輪到母親縮回上半身把背脊靠在椅子。甲野連眉毛都沒動一下。他同樣以低沉的聲音沉穩地繼續說：

「人要照顧對方時，對方必須信仰照顧的人……說信仰好像在說神，不正確。」

甲野在此住嘴。母親似乎明白還輪不到自己說話，平靜地保持沉默。

「總之受照顧的人必須信賴對方，認為受照顧也無所謂，否則沒有用。」

「如果你真對她這麼失望，我也沒話可說……」母親不動聲色地說到此，突然又改變口氣急促說：「藤尾那孩子真的很可憐。你不要這樣說，你幫她想個辦法吧。」

甲野支著手肘，手掌貼在額頭。

「可是她看不起我，要是想幫她，她只會跟我吵架。」

「藤尾怎麼可能看不起你呢……」端莊文雅的母親發出比平常更大的聲音否定。

「她如果這樣，第一個對不起你的人是我。」母親接著說這句話時，聲音已恢復原樣。

甲野沉默地支著手肘。

「藤尾對你做了什麼壞事嗎？」

甲野依舊從貼在額頭的手掌下望著母親。

「如果她對你做了什麼，我會好好教訓她，你不要客氣，全都說出來。你們之間如果有什麼傷感情的事，對大家都不好。」

貼在額頭的五根手指很細長，連指甲的形狀都像女子那般纖細。

「藤尾應該已經二十四吧？」

「過年後就二十四。」

「不快想辦法不行吧？」

「嫁人嗎？」母親簡單地確認。甲野沒明說到底是嫁人還是招贅。母親開口。

「其實我想和你商量一下藤尾的事，不過最重要的是……」

「什麼事？」

甲野的右眉依舊藏在手掌內。眼光深邃。但毫無銳利的眼神。

「怎麼樣？我希望你再好好考慮一下。」

「考慮什麼？」

「考慮你的事。雖然藤尾那邊也要想辦法解決，但如果你不先做決定，我也很為難。」

甲野的單頰在手背陰影下露出笑容。那是寂寞的笑容。

「你也許會說你身體不好，但像你這樣的身體娶媳婦的人多得很。」

「應該有吧。」

「所以你再考慮一下好不好？也有人娶了媳婦後變得很健康。」

甲野此時第一次鬆開額上的手。桌上有一張格紙和鉛筆。他隨手翻開格紙看了一下，上面寫著三四行英文。讀了後才想起是昨天閱讀書籍時抄下的備忘錄，抄了後將紙片隨手擱在桌上。甲野把格紙扣在桌上。

母親在額頭內側皺著八字紋，老實地等甲野答話。甲野拿起鉛筆在紙上寫下「烏」字。

「很難說。」

「烏」字變成「鳥」字。

「你如果願意娶媳婦就好了。」

「鳥」字變成「鴃」字。下面再添一個「舌」字[210]。甲野寫完後抬起臉說：

「讓藤尾決定吧。」

「既然你堅決不娶媳婦，我只能這麼做。」

母親說完沮喪地低下頭。兒子同時在紙上畫了個三角形。三個三角形重疊成鱗紋[211]。

「媽，我會把這房子讓給藤尾。」

「那你……」母親阻止。

「財產也全部讓給藤尾。我什麼都不要。」

「你這樣做不是令我們很為難嗎？」

「會為難嗎？」甲野平靜地問。母子對視了一眼。

「當然會為難……我會對不起你死去的父親。」

「是嗎？那我應該怎麼辦？」甲野把米黃色鉛筆拋在桌上。

「你應該怎麼辦？反正我沒有學問，我不懂你應該怎麼辦，但我雖然沒有學問，也明白不能這麼做。」

「您不想要嗎？」

「不是不想，我之前對你提過這種過分要求嗎？」

「沒有。」

「我也沒這個打算。每次你這樣說時，我不是都很感謝你嗎？」

「您確實經常向我道謝。」

母親取起滾在桌上的鉛筆，望著鉛筆尖。再望著圓形橡皮。她內心想，這孩子真的無可救藥。

過一會兒，母親在桌上用力拉著鉛筆頭的橡皮說：

「這麼說來，你是堅決不肯繼承這個家？」

「我會繼承這個家。因為我是法定繼承人。」

「你願意繼承甲野家，但不願意照顧我，是不是？」

甲野開口答話之前，把眼珠轉到狹長眼睛中央凝望母親。過一會兒才懇切地說：

「所以我才想把房子和財產都讓給藤尾。」

「既然你這麼說，那就沒辦法。」

母親嘆了一口氣，向桌上拋出這麼一句。甲野則態度超然。

210 鴃舌，比喻蠻夷難懂的語言，在此暗喻母子倆無法溝通。

211 一個大正三角形中央畫個倒立小三角形，看上去總計有四個小三角形。

「那就沒辦法，你的事就隨你便……但藤尾那邊……」

「是。」

「我覺得那個小野先生不錯，你覺得怎樣？」

「小野嗎？」甲野只說了一句，之後默不作聲。

「不行嗎？」

「也不是不行。」甲野緩緩道。

「如果你不反對，我打算這麼決定……」

「好。」

「你答應嗎？」

「是。」

「這樣我總算能安心了。」

甲野定睛凝望正面的某物。彷彿不想承認眼前的母親的存在。

「這樣我總算……你打算怎麼辦？」

「媽，藤尾也知道這件事嗎？」

「她當然知道。怎麼了？」

甲野仍然望著遠方。不久，他眨了一下眼，眼神回到眼前。

「宗近不行嗎？」甲野問。

「一嗎？本來一是最佳對象……何況你父親和宗近家關係不淺。」

「不是已經說定了嗎？」

「也不算說定。」

「我記得爸爸生前說過要把那個錶送給宗近。」

「錶？」母親歪著頭。

「就是爸爸那個金錶。上面有石榴石那個。」

「啊，對，對。好像有過這種事。」母親想起般地說。

「一仍在期待那個錶。」

「是嗎？」母親若無其事地答。

「既然已經說好要送給人家，不給不行。否則情面上說不過去。」

「錶在藤尾手裡，我會好好勸她。」

「包括錶在內，我主要說的是藤尾。」

「但是我們沒有說定要把藤尾也給對方啊。」

「是嗎？……那就算了。」

「我這樣說，聽起來也許好像在違抗你……但我真的不記得有這種約定。」

「我明白。您不是在違抗我。」

「不管有沒有約定，我認為讓藤尾嫁給一也不錯，但人家還沒有考上外交官，還要學習，哪有閒暇討媳婦？」

「那倒無所謂。」

「再說一是長子，他必須繼承宗近家。」

「您打算讓藤尾招贅？」

「我不想這樣做，可你又不聽我的話……」

「就算藤尾嫁給別人，我也打算把財產讓給藤尾。」

「財產……你可千萬不要誤會我的意思……我從來沒想過財產的事。如果可以剖給你看，我真想把我的心剖給你看，裡面可是乾淨得很。難道你看不出來？」

「看得出來。」甲野說。口氣很認真。連母親都聽不出他是在嘲弄。

「我只是年紀大了，感覺有點無依而已……如果讓唯一的藤尾嫁出去，將來就沒人照顧我。」

「原來如此。」

「要不然嫁給一也不錯。他和你交情又不錯……」

「媽，您瞭解小野這個人嗎？」

「我當然瞭解。他待人有禮又親切，而且有學問，條件不是很好嗎？……你為什麼這麼問？」

「那就好。」

「你不要說得這麼冷淡，如果你有意見，說出來聽聽。反正我是特地來找你商量的。」

甲野望著格紙上亂塗的畫，過一會兒才抬眼溫和地下結論。

「宗近會比小野更孝敬您。」

「那……」母親立即回嘴，接著又心平氣和地說：「或許你說得對……你應該不會看錯人，但這件事和其他事不一樣，這件事不能由父母或哥哥決定。」

「藤尾說非他不可嗎？」

「嗯，是的……她不會說得這麼明白……」

「我知道。雖然知道……藤尾在嗎？」

「要我叫她過來嗎？」

母親起身。她走到上面畫著深色蔓藤花紋的淡紅色壁紙旁，伸手按下白色按鈴，還未走回座位，外面便有反應。有人輕輕拉開房門約五寸，門外射進亮光，母親回頭說：

「叫藤尾過來一下，我們有事找她。」輕輕拉開的門又輕輕闔上。

母子隔著桌子相對而坐。兩人都默不作聲。欽吾再度拾起鉛筆。他在三角鱗紋邊緣四周畫個大圓圈。接著在圓周和鱗紋間塗上黑線條。他仔細地並排畫著每一根黑線條。母親閒著無聊地熱心望著兒子的圖案。

沒有人知道兩人內心在想什麼。但表面看去，兩人都非常平靜。倘若舉手投足是可以在形而下傳達內心想法的信號，這世上大概很難找到如此寧靜的母子。兒子在鱗紋外圈整齊劃一地塗滿數十根線條以打發無聊時刻，母親如常地雙手重疊在膝上端然望著兒子用一根根線條塗黑圓圈，這可以說是一對雍容的母子。是和悅的母子。在遮住春天的窗簾內，彼此的胸部隔著桌子正面相對的姿態，看似忘卻世間，忘卻其他人，忘卻所有糾紛。不在這個人世的人的肖像畫，照例在牆上照耀著這對閑靜母子。

仔細畫出的線條逐漸茂密。圓圈內塗黑的部分也逐漸增多。只剩右邊的弓形空白時，門外傳來轉動門把的聲音，門口出現兩人都在等待的藤尾。白色身姿藏在春天背後。深色背景中只浮出肩膀以上的輪廓。甲野的鉛筆筆下線條畫到途中突然頓住。藤尾的臉也同時自背景中出現。

「烤墨紙的結果怎樣？」藤尾邊問邊走到母親一旁坐下。剛坐下即又問母親：「出來了嗎？」

母親只是有所示意地望著藤尾。甲野在此時又增加了四條黑線。

「妳哥哥說有事找妳。」

「是嗎？」藤尾說完，轉身面向甲野。黑線條不停增加。

「哥哥，你找我有事？」

「嗯。」甲野終於抬頭。雖然抬頭，卻不說話。

藤尾再度望向母親。美麗的臉頰同時隱約浮出笑容。哥哥總算開口。

「藤尾，這棟房子和我繼承的所有財產，全都讓給妳。」

「什麼時候？」

「今天起就給妳……但是，妳必須照顧媽媽。」

「謝謝。」藤尾邊說邊又望向母親。臉上果然掛著笑容。

「妳不想嫁到宗近家嗎？」

「是。」

「不想？無論如何都不想嗎？」

「不想。」

「是嗎？……妳真那麼喜歡小野？」

藤尾臉色大變。

「你問這個幹什麼？」她在椅子挺直背脊。

「不幹什麼。問這個對我沒什麼用處。我只是為妳好才問。」

「為我好？」藤尾揚起語尾，接著又輕蔑地降低聲調說：「是嗎？」母親在此時首次開口。

「妳哥哥認為比起小野先生，一比較好。」

「哥哥是哥哥，我是我。」

「妳哥哥說，一會比小野先生更孝敬我。」

「哥哥，」藤尾面對欽吾尖聲說：「你瞭解小野先生的性格嗎？」

「瞭解。」甲野平靜地答。

「你怎麼可能瞭解？」藤尾站起身，「小野先生是詩人。他是高尚的詩人。」

「是嗎？」

「他是個能理解雅趣的人。能理解愛情的人。是溫厚的君子……他的人格不是哲學家能理解的。你大概能理解一先生，但你不明白小野先生的價值。絕對不明白。欣賞一先生的人怎麼可能明白小野先生的價值……」

「那妳就選擇小野吧。」

「我當然會這麼做。」

紫色蝴蝶結丟下這句話往門口移動。細長的手指轉動門把後，眨眼間，藤尾的身姿即消失在深色背景中。

十六

敘述的筆尖離開甲野的書房，進入宗近家。在同一天，亦在同一刻。

宗近家父親按慣例坐在矮桌前的粗棉座墊。他不喜歡穿西式襯衫，敞開黑絲綢和服領子，胸前露出蓬亂胸毛。印部燒[212]擺設品中常見這類外貌的布袋和尚。布袋和尚前擱著奇異的煙草盆。刻有「吳祥瑞造」[213]底款的瓷器，有山，有柳，有人物。人物的大小和山差不多，中央有一條蜿蜒爬至邊緣的金泥。形狀如甕，甕口敞開，敞開口往下縮小一圈形成圓口。相對的把手纏著藤蔓，質樸的藤蔓往上延伸纏至手提把手。

宗近家父親昨天從某家古董店找到這個有補丁的煙草盆寶物，今早起就在大吵大鬧說是「祥瑞」、「祥瑞」，最後不但放進灰還埋了炭火，正在頻頻吸煙。

這時宗近一口氣打開入口的紙門，像往常一樣活潑地進來。父親的視線離開煙草盆。兒子穿著父親轉讓的大號西裝，腳上是山羊絨襪子，打扮得很時髦。

「你要出門嗎？」

「不是要出門，是剛回來……哎呀，真熱。今天好像很熱。」

「在家感覺不出。你沒事急急忙忙的才會感覺熱。走路時鎮定一點不好嗎？」

「我這樣就已經很鎮定了，看起來很急嗎？真沒辦法……哎，終於在煙草盆放進火種了。」

「這個祥瑞怎樣？」

「看起來像個酒瓮。」

「是煙草盆。你們笑話我大半天，你看，放灰進去後不是很像個煙草盆嗎？」

老人提起藤蔓把手，讓祥瑞吊在半空。

「怎樣？」

「嗯，很好。」

「很好吧？祥瑞有很多贗品，不容易買到真貨。」

「到底花了多少錢？」

「你猜多少錢。」

「我猜不著。亂猜的話，又會像上次那棵松樹一樣沒頭沒腦挨一頓罵。」

「一圓八十錢。便宜吧？」

「這算便宜嗎？」

「完全是意外收穫。」

「是嗎？……咦，廊子又有新盆栽？」

「剛剛移植了朱砂根。那個花盆是古薩摩。」

212 岡山縣的備前燒，沒有上釉的古樸陶器。

213 吳祥瑞瓷器有眾多說法，正式銘款是「五良太甫吳祥瑞造」。一般說法是日本陶藝家五郎太甫於十六世紀初隨日本使節前往明國景德鎮（饒州窯）學習燒造瓷器，回國後在佐賀縣西部從事製陶並傳授製法。特色是發亮的白色釉質，紋樣是山水人物或幾何圖樣。

「外形很像十六世紀葡萄牙人戴的帽子……這棵玫瑰怎麼這麼紅？」

「這個叫佛見笑，是玫瑰的一種。」

「佛見笑？這名字真奇怪。」

「華嚴經有一句外面如菩薩，內心如夜叉。你聽過吧？」

「我只聽過句子。」

「聽說這玫瑰的名字就是取自這句話。花很漂亮，但有很多刺。你摸摸看。」

「沒必要摸。」

「哈哈哈，外面如菩薩，內心如夜叉。女人都是可怕的動物。」老人邊說邊用煙袋鍋摳著祥瑞內部。

「這世上竟有這麼麻煩的玫瑰。」宗近讚嘆地望著佛見笑。

「嗯。」老人想起某事地拍打了一下膝蓋，「一，你看過那種花嗎？就是插在壁龕前那個。」

老人邊說邊回頭。無處可逃的贅肉在扭轉的脖子疊成三層，突出在肩膀上。

帶褐色的壁龕牆上閑靜地掛著一幅掛軸，一筆勾出的畫中人物是肩上扛著釣竿的蜆子和尚，底下的平板擱著青銅古瓶。仙鶴般細長的瓶頸中伸出兩根花莖，葉子往四方攤成十字形，各開出兩穗串成念珠般的露珠小花。

「這花很細……我沒看過。這是什麼花？」

「這就是那個著名的二人靜。」

「著名的二人靜？什麼那個著名的？我根本沒聽過。」

「你最好記住。這花很有趣，開花時一定會分別開兩根白穗。所以才叫二人靜。謠曲中有一齣兩個靜的靈魂一起舞蹈的能樂劇[215]。你知道嗎？」

「不知道。」

「二人靜。哈哈哈，很有趣的花。」

「好像都是有因果的花。」

「只要仔細查，都可以查出許多因果。你知道梅花有多少種類嗎？」老人再度提起煙草盆，用煙袋鍋撥弄著灰。宗近趁機轉換話題。

「阿爺，我今天久違地到理髮廳理了髮。」宗近用右手撫摩黑髮。

「理髮？」老人在祥瑞邊緣篤篤敲著竹管中央部位倒出煙灰，再轉頭向宗近說：「好像也沒理得很整齊。」

「沒理得很整齊？阿爺，我理得不是平頭呀。」

「那你理什麼頭？」

「把頭髮分開。」

214 及己，學名 Chloranthus serratus，分布於日本和中國廣東、浙江、湖北等地。一般生長在高山山谷溪邊草叢中。

215 日本能樂經典劇目之一，故事主角是靜御前。靜御前是源平合戰的傳奇人物源義經身邊最出名的女人，原本是一名貌美且舞藝精湛的藝人，和義經一見鍾情而被納為側室。能樂劇中的故事是靜御前的靈魂附身在一個菜摘女（巫女）身上，一個靜御前變成兩個靜御前，一起舞蹈，是一齣難度極高的能樂劇。在小說中和前述的佛見笑玫瑰成對比，佛見笑是藤尾，二人靜是小夜子。

「根本沒分嘛。」

「過些日子才看得清。中間不是比較長嗎？」

「你這樣說，確實好像有點長。你沒事去理髮幹什麼？很難看。」

「難看嗎？」

「再說你這髮型根本不適合夏天，看起來很熱……」

「再熱也沒辦法，我必須理這種髮型。」

「為什麼？」

「不管為什麼都必須這樣。」

「怪傢伙。」

「哈哈哈，阿爺，老實說……」

「嗯。」

「我考上外交官了。」

「你考上了？哎呀，哎呀。是嗎？你早點說出不就好了？」

「我是打算先理髮再說的。」

「頭髮根本不是問題。」

「可我聽說理平頭的人到了國外會被看成是囚犯。」

「國外……你要出國嗎？什麼時候？」

「大概要等頭髮留長為小野清三式那時。」

「那麼，大概還要一個月。」
「是，應該要一個月。」
「既然還有一個月，我就安心了。在你出發前可以和你慢慢商量。」
「是啊，時間多得很。雖然時間多得很，但我想在今天把這套西裝還給您。」
「哈哈哈，不合身嗎？很配啊。」
「正因為您說很配，我才穿到今天……全身都寬寬鬆鬆的。」
「是嗎？那你就不要穿。我來穿。」
「哈哈哈，真意外。您最好不要再穿了。」
「不穿也行。要不然就送給黑田。」
「這樣反倒會令黑田左右為難。」
「有那麼可笑嗎？」
「不是可笑，是不合身。」
「是嗎？那果然是很可笑吧？」
「是的，總結說來是很可笑。」
「哈哈哈，對了，你向糸說了嗎？」
「應考的事？」
「嗯。」
「我還沒對她說。」

「還沒說？為什麼？……你到底什麼時候知道消息的？」

「兩三天前接到通知。因為太忙，所以還沒對任何人提起。」

「你個性太悠閒不好啊。」

「我不會忘記的，您放心。」

「哈哈哈，忘記了可就不得了。你還是注意點。」

「是，我正打算現在去告訴糸公……她很擔心這件事……我打算向她說明及格的事和這個髮型。」

「髮型倒是無所謂……你到底要去哪裡？英國嗎？法國嗎？」

「這點目前還不清楚。不管去哪裡，反正就是西洋吧。」

「哈哈哈，你真樂觀。反正去哪裡都好。」

「雖然我不想去西洋……不過這是順序，沒辦法。」

「嗯，你想去哪裡就去哪裡。」

「如果去中國或朝鮮，我就恢復原來的平頭並穿這套西裝去。」

「西洋很囉唆。像你這種不懂規矩的人去西洋正好可以學習學習，這是好事。」

「哈哈哈，我想我到了西洋可能會墮落。」

「為什麼？」

「因為去西洋的話，必須準備兩種人格，要不然很不方便。」

「兩種什麼人格？」

「一種是不規矩的內面，另一種是鮮亮的外表。很麻煩。」

「日本不是一樣嗎？因為文明壓力太大，外表不打扮鮮亮的話就無法在這個社會生存。」

「但因為生存競爭比以前激烈，所以內面就更不規矩。」

「這是一種平衡，表裡都往反方向發展。往後的人都得過著活生生接受大卸八塊那般的生活。大概會活得很苦。」

「以後人類越進化，就會出現一大堆在神的臉上貼著豬罣丸那樣的人，不過那樣或許反倒更平穩。哎，想到要去學習那種事，真的很討厭。」

「那你乾脆放棄？在家穿著父親的舊衣服，整天信口開河或許比較好。哈哈哈。」

「我特別討厭英國人。他們老是一副所有事都以英國為標準的樣子，任何事都要固執己見按他們的做法去做。」

「不過，最近大家都說英國紳士，風評不是很好嗎？」

「例如英日同盟，根本不值得大家那麼讚賞。那些跟著起哄的人明明沒去過英國，光會打著旗子前進，這不是等於日本已經不存在了嗎？」

「嗯。任何國家只要表面越發達，裡面也會同步發達起來……不僅國家，個人也這樣。」

「要等日本強大起來，讓英國那邊也來模仿日本，否則不行。」

「你會讓日本強大起來，哈哈哈。」

宗近沒有回答要讓日本強大或不強大。他隨意伸手到胸前，發現印花領帶浮在白襯衫領子中央，領帶結扭向一旁。

「這個領帶老是滑來滑去，真難搞。」宗近摸索著把領帶結扭回原位，站起身說：「我去告訴系。」

「你稍等，我有事和你商量。」

「什麼事？」宗近剛起身又坐下，坐下時趁勢打個近似盤腿的坐姿。

「老實說，過去因為你的地位一直沒決定好，我才不常提起……」

「媳婦的事嗎？」

「是的。反正你要出國，出國前先決定下來，看是要結婚，還是要一起帶出國……」

「我沒法帶媳婦一起出國。錢不夠。」

「不帶出國也可以。但你要先決定對象，決定好再讓她待在國內。在你出國期間，我會好好照顧她。」

「其實我也有這個打算。」

「你到底怎麼想呢？你有中意的對象嗎？」

「我打算娶甲野的妹妹。您覺得怎樣？」

「藤尾嗎？嗯。」

「不行嗎？」

「不是不行。」

「外交官夫人應該是那種形象。」

「我跟你說，甲野他父親還在人世時，我和他父親曾經提過這件事。你或許不知道。」

「伯父說過要送我金錶。」

「那個金錶嗎？就是藤尾當作玩具的那個著名金錶？」

「是，就是那個太古金錶。」

「哈哈哈，那個錶還會動嗎？錶是另外一回事，其實我要說的是關鍵的當事人……前幾天甲野的母親來我們家時，我順便對她提起這件事。」

「唔，她怎麼說？」

「她說這是一樁很好的親事，只是你的身分還沒有決定，所以很遺憾……」

「想必是這樣。」

「想必是這樣？你這樣說反倒令我有點吃驚。」

「不，我的意思是那個女人很會說話，但她說的話往往令人聽不懂，這點很麻煩。她會滔滔不絕說她想說的話，說到最後總是不得要領。反正是個不經濟的女人。」

父親有點不愉快地在膝頭敲了一下煙管，甚至轉移視線望向廊子。剛才移植的佛見笑在春夏交界中得意地炫耀鮮紅。

「只是，她到底是想退親還是不想退親，這點沒說清楚，實在很麻煩。」

「是很麻煩。過去也發生很多跟那個女人有關的麻煩事。她總是嗲聲嗲氣說了一大堆……我很討厭。」

「哈哈哈，先不管這個……你們沒有談出結果嗎？」

「對方的意思是等你考上外交官，到時候願意讓藤尾嫁給你。」

「那還有什麼問題？我現在已經考上了。」

「仍有問題。而且是非常麻煩的問題。真難辦。」父親邊說邊兩隻手掌用力揉搓眼珠。揉得眼珠發紅。

「考上了也不行嗎？」

「不是不行……聽說欽吾要離開那個家。」

「怎麼可能？」

「她說，如果欽吾離開那個家，就沒人照顧老人。所以她必須讓藤尾招贅。她的意思是，如果事情變成這樣，她就不能讓藤尾嫁給我們家或任何人。」

「她怎麼說這種無聊話？甲野怎麼會離開那個家？應該不可能。」

「就算要離開那個家，他也不可能去當和尚，大概是不願意娶媳婦讓媳婦照顧那個母親吧？」

「甲野因為患上神經衰弱，才會說出那種荒唐話。這件事不合理。就算他說要離開那個家……伯母真打算讓他出去再招贅嗎？」

「她就是擔心事情會變成這樣。」

「既然這樣，她讓藤尾嫁出去不是很好嗎？」

「好。好是好，她說，考慮到萬一，她就覺得很無依。」

「她到底想說什麼根本讓人聽不懂。這跟走進八幡藪不知[216]一樣嘛。」

「真是……也不知她打算怎樣，真令人頭痛。」

父親抬眼望向兒子，額上擠出皺紋地摸著頭。

「這是什麼時候的事？」

「前幾天，大概有一星期了。」

「哈哈哈，我只不過晚兩三天向您報告我合格的事，您卻晚了一星期。不愧是我父親，比我樂觀一倍以上。」

「哈哈哈，但她真的說得茫無頭緒。」

「確實茫無頭緒。那我就去理出個頭緒。」

「怎麼個理法？」

「我打算先說服甲野娶媳婦，免得他去當和尚，再和他說清楚到底要不要讓藤尾嫁給我。」

「你一個人去辦這件事？」

「是，我一個人就夠了。畢業後一直無所事事，如果連這種事都不做，實在很無聊。」

「嗯，自己的事自己解決，很好。你去試試看吧。」

「不過，如果甲野說願意娶媳婦，我打算讓糸子嫁給他，可以嗎？」

「可以。無所謂。」

「我先去問問她的意見……」

「不用問吧？」

「不問不行啊。這種事和其他事不同。」

216 千葉縣市川市葛飾八幡神社南方的森林，據說只要走進這片森林就會迷路，永遠走不出來。現在也是禁區。

「那你就問一下。要不要叫她來這裡？」

「哈哈哈，不能在父親和哥哥面前直接問她。我這就去問問看。要是她願意，我會對甲野說。」

「嗯，好。」

宗近豎起兩條圓筒西褲。他留下佛見笑和二人靜、蜆子和尚、活布袋和尚等擺設品，順著走廊跨上中樓樓梯。

咚咚跨上兩級便看見妹妹的漂亮和服腰包。跨上第三級時則看到傾向一旁的淺藍色蝴蝶結，妹妹的紅潤半邊臉頰正對著入口。

「妳今天在學習嗎？真難得。什麼書？」宗近直接坐到書桌旁。糸子啪嗒地闔上書籍。豐滿圓手擱在闔上的書籍封面。

「沒什麼。」

「妳在讀沒什麼的書？真是個天下逸民。」

「反正我本來就這樣。」

「妳把手鬆開好不好？簡直像搶到和歌紙牌似的。」

「不管和歌紙牌還是什麼都無所謂。拜託你到那邊去。」

「我就這麼礙事？糸公，爸爸說……」

「說什麼？」

「說妳都不讀女大學[217]，老是讀一些最近流行的戀愛小說，很傷腦筋。」

「胡說。我什麼時候讀那種小說了？」

「哥哥不知道啊。是爸爸這樣說的。」

「亂講，爸爸怎麼可能這樣說呢？」

「是嗎？可我一來，妳就闔上正在讀的書，還像抓住老鼠一樣拚命壓著封面，這麼看來，爸爸說的似乎也不全是胡說。」

「胡說！我已經說過是胡說，你還這樣講，太卑鄙了。」

「妳罵我卑鄙真是罵得太過分。那我不成了危險人物的賣國賊嗎？哈哈哈。」

「誰叫你不相信人家說的話？要不要給你看證據？你等一下。」

糸子用袖子蓋住用手壓住的書，再把桌上的書抽到手邊，藏到哥哥看不見的腰帶後。

「妳可不能偷換書。」

「你先別說話，等一下。」

糸子背著哥哥頻頻在翻動藏在長袖裡的書，過一會兒才拿出書說：「你看。」

她雙手緊緊壓住頁面，只露出一寸大的方形紅色印子。

「這不是印章嗎？原來是……甲野。」

「看到了吧？」

「你向甲野借來的？」

「是的。這不是戀愛小說吧？」

217 江戶時代的女性修身齊家書籍。

「妳不給我看書名，我怎麼知道是不是戀愛小說？算了，就饒妳一次。對了，糸公，妳今年幾歲了？」

「你猜猜看。」

「我只要到區公所，不用猜也能知道妳今年幾歲，我只是問妳一下，當個參考。妳最好不要隱瞞，這樣對妳比較好。」

「不要隱瞞……聽起來好像我做了壞事。討厭，我不喜歡你這樣強迫我說。」

「哈哈哈，不愧是哲學家的弟子，不輕易向權威低頭，佩服。那我用另一種方式問，請問芳齡多少？」

「你這麼不正經，誰願意告訴你？」

「哎呀，正經八百地問妳，妳又生氣了……到底是二十一還是二十二？」

「都差不多。」

「連妳都不清楚嗎？既然妳都不清楚自己的年齡，哥哥真有點擔心。總之妳不是未滿二十歲吧？」

「誰要你多管閒事！幹嘛問人家年齡？……問我幾歲到底想幹什麼？」

「不幹什麼，只是打算讓妳嫁人。」

本來半開玩笑任哥哥逗弄的妹妹突然變臉。如一顆燙手的石頭擱在冰塊上，頓時冷卻下來。糸子垂頭喪氣。她那雙快活的眼睛也同時陰鬱地往下垂，開始數著榻榻米上的條紋。

「怎麼樣？想不想嫁人？應該想嫁吧？」

「人家不知道。」糸子低聲答。她依舊垂著頭。

「不知道怎麼行？這可不是哥哥要嫁人，是妳要嫁人。」

「我又沒說想嫁人。」

「妳不想嫁人？」

糸子點頭。

「不想嫁人？真的？」

糸子沒有回答。這回連脖子都不動。

「不想嫁人的話，哥哥必須切腹了。這下完了。」

宗近看不見低垂的眼色。但妹妹那豐滿的雙頰掠過一絲笑容。

「妳別笑。我真的必須切腹。妳願意嗎？」

「你愛切就切。」糸子突然抬頭。臉上掛著笑容。

「我可以切腹，但這件事太嚴重。如果可能，我想繼續活下去，這樣對彼此不是都比較方便嗎？再說妳唯一的哥哥萬一真切腹，妳也會覺得不好玩吧？」

「我又沒說好玩。」

「那妳就救救妳哥哥，點頭答應吧。」

「你又不說明理由，沒頭沒腦要人家嫁什麼人。」

「只要妳發問，任何問題我都願意回答。」

「不用，不管是什麼理由，我都不嫁人。」

「糸公，妳這種回答簡直跟旋轉炮一樣，沒頭沒尾。」

「什麼意思？」

「沒什麼，是法律術語……糸公，我們這樣鬥來鬥去也不是辦法，我坦白跟妳說，事情是這樣的……」

「就算你坦白跟我說，我也不嫁人。」

「妳打算附加條件？真狡猾……老實說，哥哥打算娶藤尾小姐。」

「又來了。」

「又來了？我這是第一次娶媳婦啊。」

「之前我不是說過嗎？你最好放棄藤尾小姐。藤尾小姐不想嫁到我們家。」

「對，上次妳也這樣說。」

「是啊，既然她不想嫁到我們家，我們何必勉強人家呢？外面不是還有很多女人嗎？」

「妳說得確實很有道理。如果對方不願意，哥哥不是那種會硬逼對方嫁到我們家的人。這會做讓糸公失去威信。如果對方真的不願意，哥哥會另外找別人。」

「最好另外找別人。」

「可是這問題還沒弄清楚。」

「所以你想去問個清楚嗎？」內向的妹妹有點吃驚地望向桌子。

「前些天甲野家的伯母不是來我們家，在一樓和阿爺密談嗎？聽說那時提到這件事。聽阿爺說，甲野家伯母那時說，現在仍不能讓藤尾嫁出去，只要一先生考上外交官，身分地位決定了後，隨時都可以再商討。」

「然後呢？」

「這樣不就好了？因為哥哥考上外交官了。」

「哎喲，什麼時候？什麼時候會考上？」

「什麼時候？已經考上了。」

「真的嗎？太意外了。」

「哥哥都考上了，妳意外什麼？沒禮貌。」

「那你怎麼不早說呢？害我為你擔心了好久。」

「託妳的福，我也感激涕零。雖然感激涕零，但我忘了向妳報告，這也沒辦法呀。」

兄妹倆毫無隔閡地對視。接著同時笑出。

笑完後，哥哥說：

「所以哥哥才理了這個頭，因為不久後將要出國，爸爸說，得先娶個媳婦成為一家之主後再出國，哥哥就想，既然要娶媳婦，那就娶藤尾小姐。那種時髦女人比較適合當外交官夫人。」

「既然你那麼喜歡藤尾小姐，那就娶她吧……不過，還是女人看女人比較可靠。」

「才女糸公說的話當然不會有錯，哥哥也打算把妳的話當做參考意見，總之，哥哥必須和對方談清楚。對方如果不願意，應該會明說不願意。總不會聽到我考上外交官的消息，突然改變主意說要嫁給我吧？對方應該不會輕薄到那種程度。」

糸子的鼻孔哼哼發出兩三聲輕笑。

「會這樣嗎？」

「我不知道。不問對方怎麼知道呢？……不過，如果要問，最好去問欽吾先生，要不然會丟盡面子。」

「哈哈哈，不願意的話肯定會拒絕，這是人之常情。反正被拒絕也不是恥辱……」

「可是……」

「……雖然不是恥辱，但我會問甲野。這件事我會問甲野……不過甲野那邊有點問題。」

「什麼問題？」

「他那邊有必須先解決的問題……是先決問題，糸公。」

「我剛剛不是問了嗎？到底是什麼問題？」

「聽說，甲野打算當和尚，這事鬧得很厲害。」

「別胡說八道。淨說些不吉利的話。」

「先不管吉利不吉利的問題，在眼下這種社會決定當和尚，是一種可喜現象。」

「怎麼能這樣說……他不會因一時好奇而想當和尚吧？」

「很難說。尤其最近很流行煩悶。」

「那哥哥你先當當看。」

「基於好奇嗎？」

「好奇也好，什麼都好。」

「理個平頭就會被看成是囚人，萬一我理個光頭坐在外國公使館內，人家肯定會認為我是狂人。妳是我唯一的妹妹，其他事我都可以答應妳，但妳不要讓我去當和尚。我從小就很討厭和尚和油炸豆腐。」

「那欽吾先生幹嘛得去當和尚呢？」

「就是啊，這邏輯有點說不通，不過，應該可以不用去當和尚。」

「哥哥說的到底是正經話還是在開玩笑，我都聽不明白。你這樣真能當外交官嗎？」

「聽說像我這樣的人最適合當外交官。」

「你……欽吾先生到底發生什麼事？你說正經的。」

「我說正經的，甲野他說要把房子和財產全讓給藤尾，他要離開那個家。」

「為什麼？」

「聽說因為身體不好，他無法照顧伯母的晚年。」

「是嗎？太可憐了。像他那種人應該不在乎房子和錢財。或許這樣做比較好。」

「連妳都贊成他這樣做，先決問題就更難解決。」

「錢多得如山，對欽吾先生來說根本沒有用嘛。倒不如全讓給藤尾小姐比較好。」

「妳真是慷慨得不像個女人。反正也不是我們家的錢。」

「我也不需要什麼錢。有錢反倒很累。」

「我們家的錢還沒多到足以累垮妳的程度，哈哈哈。不過我很佩服妳這種作風，妳有資格當尼姑。」

「討厭。什麼尼姑和尚的，討厭。」

「有關這點，哥哥也贊同妳的意見。但甲野打算放棄自己的財產離家出走，這就很荒唐。先不說財產……要是欽吾離開那個家，後果是藤尾必須招贅。所以伯母說，到時候不能讓藤尾嫁給一先生。伯母說得很有道理。換句話說，因為甲野的任性，妳哥哥的親事吹了。」

「這麼說來，哥哥是為了娶藤尾小姐才打算留住欽吾先生？」

「從另一方面看來也可以這麼說。」

「比起欽吾先生，哥哥不是更任性嗎？」

「這回妳說得倒很理性。難道妳不認為荒唐嗎？竟然要放棄已經繼承的財產。」

「既然他不想要，也沒辦法呀。」

「那是因為他患上神經衰弱才會那麼說。」

「他不是神經衰弱。」

「總之是有病吧？」

「他沒有病。」

「糸公，妳今天怎麼不像平常的妳？說話這麼斷然。」

「欽吾先生本來就是那樣的人。大家都說他有病，那是大家錯了。」

「可是他也不健全啊。竟然提出這種動議。」

「他是想放棄自己的東西吧？」

「這倒沒錯……」

「他不想要，所以打算放棄吧？」

「不想要……」

「甲野先生是真的不想要。他不是逞強也不是在刁難別人。」

「糸公，妳真是甲野的知己。妳比哥哥更理解甲野。我沒想到妳這麼信任甲野。」

「是知己也好，不是知己也好，我說的都是真心話。是事實。如果伯母和藤尾小姐認為不是，那是伯母和藤尾小姐的錯。我最討厭說謊。」

「佩服。沒有學問也能擁有出自真誠的自信，真令人佩服。哥哥非常贊同妳的意見。所以，糸公，哥哥重新和妳商量一件事，不管甲野離不離開那個家，不管他會不會把財產讓給藤尾，妳說，妳願意嫁給甲野嗎？」

「這根本是兩回事嘛。我剛剛只是說出我的真心話而已。我覺得欽吾先生很可憐，才那樣說的。」

「好。妳是個明理人。雖然是我妹妹，我還是很佩服妳。但我問的正是另一個問題。怎樣？妳不願意嗎？」

「我又沒說不願意……」糸子說到中途突然垂下頭。她看似在凝視前襟的花紋。過一會兒，糸子眨了一下眼，纏在睫毛的一滴眼淚落到膝上。

「糸公，妳怎麼了？今天氣候這麼驟變，哥哥都不知該怎麼辦了。」

糸子緊閉著嘴唇抽咽了一下，眨眼間又落下兩滴眼淚。宗近從父親讓給他的西裝口袋抽出皺成一團的手帕。

「來，擦吧。」宗近把手帕遞到糸子胸前。妹妹像個固定的人形一動不動。宗近右手遞出手帕地稍微蹲下身，仰望妹妹的臉。

「糸公不願意嗎？」

糸子無言地搖頭。

「那，妳願意嫁給他？」

這回脖子沒有動。

宗近把手帕擱在妹妹膝上，抽回身子。

「妳不能哭啊。」宗近望著糸子。片刻，兩人都默不作聲。

糸子總算取起手帕。粗絲綢的膝上微微沾了淚痕。糸子在淚痕上仔細拉平手帕的皺褶，再折成四層擱在膝上。手掌緊緊壓住手帕一邊。接著抬起眼。雙眼如汪洋大海。

「我不嫁人。」糸子說。

「妳不嫁人？」宗近毫無意義地重複著妹妹的話，立即大聲說：「妳別開玩笑。妳剛剛不是說願意嫁給甲野嗎？」

「可是，欽吾先生不打算娶媳婦。」

「這不問他怎麼知道……所以哥哥打算去問他。」

「你不要問他。」

「為什麼？」

「總之就是不要問他。」

「那我就沒辦法了。」

「沒辦法也不要問他。我很滿足現在的我。我現在這樣就很好。嫁了人反倒不好。」

「這可怎麼辦呢？妳什麼時候變得這麼固執？……糸公，哥哥不是出於自私，為了想娶藤尾才叫妳嫁給甲野。哥哥是為妳著想才和妳商量的。」

「我知道。」

「妳知道就好，接下來就好說。妳不討厭甲野吧？……好，這是哥哥的看法，對不對都無所謂。妳聽著，第二個問題是妳不想讓哥哥問甲野願不願意娶妳，是吧？就是這點令哥哥更想不通，也好，這點也答應妳……既然妳不想問，但如果甲野說想娶妳，妳願意嫁給他是吧？……沒錢沒房子都無所謂。如果妳願意嫁給身無分文的甲野，反倒是妳的榮譽。有關這點，糸公，哥哥和爸爸都不會唱反調……」

「嫁了人，人會變壞嗎？」

「哈哈哈，怎麼突然提出這種大問題？為什麼？」

「不為什麼……如果變壞了，會令人討厭的。所以我寧願終生都陪在爸爸和哥哥身邊，這樣比較好。」

「爸爸和哥哥身邊……爸爸和哥哥當然也想終生和妳在一起。可是，糸公，這樣不行啊。妳嫁人後，只要變得比現在更完美，讓妳丈夫終生都疼愛妳，這樣不是更好嗎？……反正，現實問題更重要。總之，剛才那件事，妳就交給哥哥辦好不好？」

「什麼事？」

「妳不想問甲野，可要等甲野主動來向妳求婚的話，真不知會等到什麼時候……」

「無論等到什麼時候，他都不可能來求婚。我能理解欽吾先生心裡在想什麼。」

「所以這件事就交給哥哥辦。哥哥絕對會讓甲野答應娶妳。」

「可是……」

「哥哥絕對會讓他點頭。哥哥負責幫妳解決這個問題。妳放心，沒問題的。等哥哥的頭髮留長，哥哥必須出國。到時候哥哥就見不到糸公，為了報答妳平日對哥哥的照顧，哥哥代妳去解決這個問題……就當做狐皮背心的謝禮。好不好？」

糸子沒有回答。樓下傳來父親唱謠曲的聲音。

「又在唱……那我走了。」宗近走下中樓。

十七

小野和淺井來到橋上。深邃谷底有一條筆直鐵軌，前後鐵軌均埋在青麥田中。環繞著壯觀峭壁的高大堤防長滿盛春的綠意，折成弧形屏風地消失於遠方。斷橋離鐵軌高約十丈，自南往北伸展。倚在欄杆俯視，只見寬廣的兩岸全佈滿綠色，之上才是石牆。再望向石牆底，可以看到一條細長的褐色道路。鐵軌在細長路上發出亮光——兩人在斷橋上止步。

「景色很美。」

「嗯，景色確實很美。」

兩人站著倚在欄杆。站著觀看時，無邊無際的青麥似乎每隔一分鐘都在長高。今天天氣暖和得將近熱。

平鋪著一層草席的盡頭是景色迥然不同的普通森林。暗黑色的常綠樹中，有一群看似在飄往上空的顯眼的黃綠粉末，那應該是樟樹嫩芽。

「好久沒來郊外，真舒服。」

「偶爾來這種地方也不錯。不過我剛從鄉下回來，這種景色一點都不稀罕。」

「你應該不稀罕。帶你來這種地方是不是有點虧待你？」

「沒關係。反正我每天都沒事做。不過，人每天沒事做也不行。你有沒有能掙錢的路子？」

「我這邊沒有能掙錢的路子，但你那邊應該有很多吧？」

「沒有，最近法律系也很無聊。跟文學系一樣。沒有銀錶吃不開。」

小野倚在橋上的欄杆，習慣性地從西裝內側口袋取出銀製煙盒，啪嗒一聲打開。裡面整齊並排著埃及香煙的金色濾嘴。

「要不要來一根？」

「哦，謝謝。你這煙盒真豪華。」

「人家送的。」小野也取出一根香煙後，又將煙盒拋進別人看不見之處。

兩人的煙裊裊上升，無事地飄進上空。

「你平常都抽這種高級香煙嗎？看來你手頭很寬裕。能不能借我一點錢？」

「哈哈哈，我才想向你借錢。」

「怎麼可能？借我一點吧。我這次回老家花了不少錢，現在手頭很緊。」

對方看似不是在開玩笑。小野往一旁吹出一口煙。

「你需要多少？」

「三十圓或二十圓都好。」

「我哪有那麼多錢？」

「那十圓也好。五圓也可以。」

淺井不斷降價。小野將雙肘擱在身後的鐵欄杆上，略微伸出小羊皮鞋。他嘴上啣著香煙，透過眼鏡望著腳尖的裝飾。遲日影長不惜光。陽光照耀著擦得雪亮的細緻羊皮，羊皮蒙上一層隱約可見的塵埃。小野用手中的細長拐杖砰砰擊了幾下鞋子側面。塵埃在離鞋子一寸高的地方飄舞。拐杖擊中之處出現幾道黑斑。並排的淺井的鞋子如同粗重的軍鞋。

「十圓的話，我可以湊出……什麼時候還我？」

「這個月底一定還你，行嗎？」淺井把臉湊近。小野夾下口中的香煙。他用手指根夾著香煙彈了一下，三成煙灰落在鞋面。

小野保持姿勢斜過白領上的脖子，望著在五寸下方的欄杆托著腮的淺井。

「這個月底或任何時候還錢都可以……但我想拜託你一件事。你願意做嗎？」

「嗯，你說說看。」

淺井不假思索地答應。同時鬆開托腮的手挺直背脊。兩人的臉靠得很近。

「是井上老師的事。」

「喔，老師現在怎樣了？我回來後一直抽不出時間拜訪他，真糟糕。你碰到老師時，代我向他問好。順便也向老師的小姐問候一聲。」

淺井揚聲哈哈大笑。他順勢在欄杆探出胸部，往遙遠下方吐出口水般的痰。

「就是那個小姐的事……」

「她終於要結婚嗎？」

「你太性急了，這麼快就下結論……」小野住口，望著麥田一會兒，突然往前拋出手中的煙頭。白色袖口和景泰藍袖扣同時響了一聲。一寸有餘的金色煙嘴掠過半空落到橋下。落下的煙頭在地面反彈了一下。

「你真奢侈。」淺井說。

「你在認真聽我說的話嗎？」

「有啊。之後呢？」

「之後？我根本還沒說什麼……我會幫你湊錢，但我要拜託你一件事。」

「你說。我們是京都以來的知己。我可以幫你做任何事。」

淺井的口吻很熱情。小野收回一隻手肘，轉身面向淺井。

「我想你應該會幫我做，所以一直在等你回來。」

「那我回來得正是時候。你想和誰談判什麼事嗎？結婚條件？這年頭若娶個沒有財產的媳婦會很不方便。」

「不是那回事。」

「可是，為了你的將來，你最好把條件定好。就這樣吧。我幫你去談條件。」

「如果我真要娶對方，你幫我談條件也可以……」

「遲早都要娶吧？大家都這樣想。」

「誰這麼想？」

「還會有誰？我們大家。」

「那不行。我怎麼可能娶井上老師家的小姐……我和他們根本沒有正式說好。」

「是嗎？……我不相信。」淺井說。小野在心中認為淺井是個下等男人。正因為是這種男人，小野認為他應該能毫不在乎地向對方提出退親的事。

「你不要開我玩笑，這樣我怎麼說正經話。」小野恢復原有的溫和口氣。

「哈哈哈。你何必這麼認真？太老實會吃虧的。臉皮要再厚點才行。」

「過一陣子再說。我現在仍在學習。」

「要不要我帶你去練習練習？」

「到時候就請你多多……」

「你嘴巴這麼說，搞不好早就背著人拚命在練習了。」

「怎麼可能？」

「大有可能。我看你最近打扮得很時髦，我懷疑是送你那個煙盒的人在搞鬼。對了，這香煙好像也有一股怪味。」

淺井舉起快燒到手指根的煙頭，在鼻尖哼哼聞了兩三次。小野益發覺得淺井開的玩笑一點都不好笑。

「我們邊走邊談吧。」

為了不讓淺井繼續戲謔，小野跨出一步走到橋中央。淺井的手肘離開欄杆。上空的陽光主動挨近左右兩邊的麥田。溫暖的綠意掠過麥穗在田埂升騰。罩住整片原野的暑氣把兩人裹得幾乎頭昏腦脹。

「天氣真熱。」淺井跟在小野後頭。

「是很熱。」小野止步等淺井跟上來，待兩人並肩時，再度跨出腳步。小野邊走邊一本正經地提出問題。

「剛才那件事……坦白講，兩三天前我到井上老師家時，老師突然提起親事……」

「我就是在等你說這件事。」淺井似乎還想說什麼，小野加快說話速度，讓話題急速往前進行——

「當時老師的口氣很激烈，我因為受過老師的照顧，不好意思傷他的感情，所以請老師給我幾天時間好好考慮，當天就那樣告辭。」

「你太慎重了……」

「你聽我說完。如果你想批評，等一下我會洗耳恭聽……你也知道，我以前受過老師的大恩情，按情理來說，無論老師說什麼，我都必須聽他的……」

「沒錯。」

「沒錯是沒錯，但結婚問題不比其他事，結婚問題是跟終生幸福有關的大事，即便是恩師的命令，我也不能馬上服從。」

「嗯，有道理。」

小野打量對方一眼。沒想到對方一本正經。話題繼續進行——

「如果我和老師有過什麼正式約定，或者對小姐做出什麼必須負大責任的事，根本不用老師催促，我自然會主動把事情辦好。但有關這點，我真的清白無辜。」

「嗯，清白。這世上沒人比你更高尚更清白。這點我可以保證。」

小野再度打量淺井一眼。淺井完全沒察覺。話題繼續進行——

「但老師卻死心塌地認為我必須負這個責任，所有事都朝這方向想。」

「嗯。」

「我總不能追究根源地向老師說，您這種想法一開始就錯了，您的出發點是錯誤的……」

「你個性太老實了。你必須世故一點，要不然會吃虧。」

「我知道我會吃虧，但以我的個性來說，我沒法正面否定對方的看法。何況對方又是我的恩師。」

「是，對方是照顧過你的恩師。」

「而且以我的立場來說，我目前正在寫博士論文，這種時候提出親事會令我很為難。」

「你還在寫博士論文？太厲害了。」

「一點都不厲害。」

「怎麼不厲害？如果沒有能領到銀錶的腦筋，絕對辦不到。」

「先不說那個……總之，事情就像我剛才說的那樣，我很感謝老師的盛情，但我打算先拒絕這門親事。可是以我的個性，每次見到老師時，我就很同情他，實在很難一口拒絕，所以我才想拜託你辦這件事。怎樣？你願不願意幫我？」

「原來如此，沒問題。我去見老師，好好跟他說。」

淺井如扒下一碗茶泡飯地輕鬆答應。如願以償的小野無言地往前走了一兩步。接著繼續說：

「不過，我願意終生照顧老師。我也不能老像現在這樣無所事事……坦白講，老師的經濟環境已大不如前。所以我更同情他。這回他提出親事的目的也並非單純的結婚問題，他是拿親事當藉口，暗示我在經濟上幫助他。我當然會幫助他。我願意為老師做任何事。但只有結婚才算報恩，不結婚就不算報恩，這種想法對我來說太輕薄，我完全沒有這種想法……既然受過恩情，再怎麼說也是恩情。直至我報恩之前，恩情永遠不會消失。」

「你真令人佩服。老師若聽到你這番話一定很高興。」

「你好好轉告我的心意。萬一老師誤會我的意思，後果可就很麻煩。」

「好。我絕對不會傷他的感情。我會好好對他說。但你別忘了借我十圓。」

「我會借錢給你。」小野笑著答。

錐子是穿洞的工具。繩子是綁物品的手段。淺井是向對方提出退親要求的器械。若非錐子就無法在松木板穿洞。若非繩子就無法綁住蠑螺。這世上只有淺井能以到澡堂洗澡般的心情輕易答應代辦這件談判。小野是個才子。他深知該如何使用工具。

然而，提出退親要求和提出後該如何完滿解決後事，則是不一樣的才能。抖掉落葉的人不一定會打掃院子。淺井是個即便進皇宮參觀也敢不客氣抖掉落葉的男人。但他同時也是個即便進皇宮參觀也不會拂拭任何纖塵的不負責任的男人。淺井是個明明不知該如何浮出水面，卻敢潛水的勇敢男人。不，應該說潛水時完全沒考慮到必須具有浮出水面之技術問題的豪傑。他只是承諾了小野的請求。只是以替對方辦事的心情承諾所有事而已。僅僅如此而已。倘若不考慮事情的是非善惡和結果的輕重程度，淺井其實是個毫無惡意的善人。

小野當然明白這些道理。他心裡明白這些道理，卻仍拜託淺井辦事，因為他認為只要淺井代他提出退親要求即可，至於後果會怎樣則無所謂。如果對方抱怨，小野打算逃閃。即便逃不掉，他也已經做好對方於不久之後不得不忍氣吞聲的準備。小野和藤尾已經約好明天到大森玩——只要去一趟大森，就算事情全曝光，他也無法和藤尾斷絕關係。到時候再守約補助井上的物質生活。

決定如此做的小野，聽到淺井爽快答應代辦事情時，心裡覺得終於卸下一半重任。

「陽光這麼強，好像麥子味已經飄到鼻尖。」小野的話題總算轉到大自然。

「你聞到香味了？我完全沒聞到。」淺井哼哼聳動圓鼻子，接著問：「你現在還去那個漢姆雷特家嗎？」

「甲野家嗎？還去。我等一下就要去。」小野若無其事地答。

「聽說甲野前些天去了一趟京都。他回來了嗎？不知道他有沒有聞些麥子味回來……那種人，真無趣。他不是成天愁眉苦臉的嗎？」

「是啊。」

「那種人早點死去比較好。他有很多財產嗎？」

「好像有很多。」

「他那個親戚呢？我在學校偶爾會碰到。」

「宗近嗎？」

「對，對。我打算這兩三天去找他一趟。」

小野突然停住腳步。

「找他什麼事？」

「請他幫我找工作。不多奔走活動不行呀。」

「可是宗近現在也因考不上外交官而煩著呢。你去拜託他也沒用。」

「沒關係。我去說說看。」

小野的視線移到地面，默默地走了四五米。

「你打算什麼時候去老師那裡？」

「今晚或明天早上就去。」

「是嗎？」

在麥田中轉個彎，前面是杉樹樹蔭緩坡。兩人前後地走下坡。彼此都沒閒工夫聊天。下坡後，兩人並肩走過稀疏的杉樹籬笆時，小野開口：

「如果你到宗近那兒，不要告訴他有關井上老師的事。」

「我不會說。」

「我說真的。」

「哈哈哈，看來你很害羞。對他說有什麼關係？」

「說了會有點不方便，所以你千萬……」

「好，我不說。」

小野很不放心。他半認真地想撤銷剛才拜託淺井的事。

小野在十字路口和淺井分手，惴惴不安地來到甲野府邸。在他進入藤尾的房間約十五分鐘後，宗近站在甲野書房門口。

「喂！」

甲野仍坐在方才的椅子，維持方才的姿勢，依舊畫著方才的幾何圖案。圓周內的三角鱗紋早已完成。

聽到有人喚了一聲「喂」，甲野抬頭。要形容他吃驚，形容他激動，形容他畏懼，形容他裝模做樣都不恰當，他只是極為簡單地抬起頭。是一種哲學性的抬頭方式。

「原來是你？」甲野說。

宗近大踏步地走到桌子角，突然皺起八字粗眉。

「哎呀，空氣真不好。這樣對身體有害。把窗子打開一點吧。」宗近鬆開上下的栓子，握著中央的圓門把，掃地般地筆直打開正面的法式窗。廣闊的春風隨著院子前剛發芽的草坪嫩綠一起吹進房內。

「這樣就很明亮。啊，真舒服。院子的草坪大半都發綠了。」

宗近再度回到桌子前坐下。正是剛才謎女坐的那把椅子。

「你在做什麼？」

「嗯？」甲野停止手中的鉛筆動作，把畫滿圖樣的紙片順著桌面滑到宗近面前說：「怎樣？畫得不錯吧。」

「這是什麼玩意？畫得還真多。」

「我已經畫了一個鐘頭以上。」

「如果我沒來找你，你恐怕會一直畫到晚上吧？真無聊。」

甲野沒應聲。

「這跟哲學有什麼關係嗎？」

「也可以說有關係。」

「你大概想說這是萬有世界的哲學性象徵吧？虧你一個人的頭腦竟能畫出這麼多東西。難道你打算寫一篇染布畫匠與哲學家的論文？」

甲野這回也沒應聲。

「我看你跟以前一樣老是磨磨蹭蹭的。每次見到你都這麼不乾不脆。」

「今天特別不乾不脆。」

「是天氣的關係嗎？哈哈哈。」

「不是天氣的關係，是因為我還活著。」

「是啊，這世上既乾脆又活著的人並不多。我們兩個都這樣不乾不脆地活了將近三十年……」

「我永遠都會不乾不脆地活在這個浮世中。」

甲野第一次笑出來。

「對了，甲野，我今天來向你報告一件事，順便想和你商量一件事。」

「好像是個難題。」

「我過些日子要出國。」

「出國？」

「嗯，到歐洲。」

「去歐洲很好，但別像我父親那樣被煮爛[218]了。」

「很難說，不過只要渡過印度洋[219]，應該就沒事。」

甲野哈哈大笑。

「坦白說，我最近很幸運考上外交官，所以立刻去理了這個頭，打算趁目前這種好景氣[220]時趕快出國。真是塵事多忙啊。我根本沒時間去畫圓圈三角形之類的圖。」

「那真是可喜。」甲野隔著桌子仔細觀察對方的表情。沒有批評也沒有提出問題。宗近亦沒主動說明任何事。開場白就這樣結束。

「甲野，到此為止是報告。」宗近說。

「你見了我母親嗎？」甲野問。

「沒有。我今天從這邊的玄關直接進來，完全沒通過那邊的和房。」

宗近沒有說謊，他腳上仍穿著鞋子。甲野靠在椅背，仔細觀看眼前這個樂天派的頭和印花領帶——領帶依然浮在領子中央——以及他身上那套父親的舊西裝。

「你在看什麼？」

「沒什麼。」甲野答，依舊看著宗近。

「我去跟伯母說一聲吧？」

這回甲野沒應聲，照樣望著宗近。宗近在椅子半抬起腰。

「最好不要去。」

桌子對面傳來清晰的一句。

長髮人徐徐離開椅子，他舉起右手攏起額頭的前髮，左手撐著椅背，轉頭望向亡父的肖像畫。

「你如果要告訴我母親，不如告訴肖像畫。」

穿著父親舊西裝的男人瞪著圓眼，望著有一頭黑漆頭髮佇立在房內的人。其次再瞪著圓眼，望向牆上的故人肖像畫。最後再交互望著黑漆頭髮的主人和故人的肖像畫。交互觀看時，佇立的人轉動削瘦肩膀，在宗近頭上說：

「我父親已經死了。但他比活著的我母親更實在。更實在。」

背倚椅子的人聽著這句話，臉龐同時再度轉向畫像。他望著畫像一會兒。活著的雙眼在牆上俯視他。

218 此處甲野說的「煮爛」，意思是橫死。

219 宗近卻單純地照字面解釋，以為天氣太熱會被煮爛。因此甲野才會哈哈大笑。

220 指日俄戰爭後的日本國情。

不久，背倚椅子的人說：

「伯父也太可憐了。」

佇立的人答：

「那雙眼睛仍活著。仍活著。」

說完，在房間走動。

「我們到院子去。這房間太陰森，不好。」

宗近從椅子站起，走到甲野身邊拉起甲野的手，二話不說便穿過敞開的法式落地窗，來到兩級石階下的草坪。腳底抵達柔軟地面時，宗近問：

「到底怎麼回事？」

草坪往南橫行二十多米，盡頭是高大樫樹籬笆。籬笆不足十米。遮住視野的繁密籬笆內有五坪大的池子，突出在池子對面的新和房內擱著藤尾的書桌。

兩人緩步走至草坪盡頭。歸途時多繞了四五米走在樹蔭下回書房。兩人的步伐偶然一致。樹叢中央有兩三個踏腳石，兩人走到能誘人走向池子的拐角時，新和房方向突然傳來野雞般的尖笑聲。兩人不約而同停止腳步。視線同時望向同一個方向。

四尺餘的細長空地筆直伸至池子邊，池子對面是橫向伸展的淺蔥櫻，長樹枝正好罩在屋簷，小野和藤尾站在廊子盡頭笑著面向這邊。

左右兩側是不規則的春天雜樹，頭上是櫻樹樹枝，腳下是離開根頭爬出溫水水面的荷葉——中央是兩個靜物畫中的活人。正因為畫框是集大自然景物之精華——正因為畫框形狀端正得完全不損風韻，亦不規則得完全不攪亂視線——踏腳石和水面、池子邊緣的距離非常恰當——兩人的位置剛好不高不低——最後又因為出現得太突兀，如在瞬息間吐出的幻影——因而兩人的視線聚集在池水對面的兩人身上。同時，池子對面的兩人的視線也落在池子這邊的兩人身上。對視的四人，彼此盯著對方。這是間不容髮的瞬間。在彼此都愣住時，只有搶先跳過那瞬間的人才能成為勝者。

女人微微抽回白布襪的隻腳。她從染著赭色古代模樣，顏色鮮豔得令春天失色的腰帶中，扯斷般地迅速抽出一條蜿蜒鏈子。手掌握著細蛇的膨脹蛇頭，細長金鏈在半空甩了一圈，鏈尾射出一條深紅色亮光——接下來的瞬間，小野的胸前已橫掛著一條如靜止閃電的燦爛金鎖鏈。

「呵呵呵，果然最適合你。」

藤尾的尖笑聲擊打著呆滯水面，回彈至兩人耳邊。

「藤……」宗近正打算跨出腳步，甲野卻推了一把宗近的側腹把宗近推向前面。活人畫自宗近的視野中消失。甲野自宗近身後遮住活人畫般地探出頭，臉龐挨近好友耳畔，低聲說：

「別出聲……」繼而把莫名其妙的好友拉進樹叢。

甲野的手搭在好友肩上，把好友推上石階回到書房，默不作聲地左右啪嗒闔上類似門扉的法式落地窗。再習慣性地鎖上落地窗的上下栓子。之後走向門口。甲野轉動本來就插在門把的鑰匙，把門上鎖。

「你在幹什麼？」

「把門鎖上，不讓任何人進來。」

「為什麼？」

「不為什麼。」

「到底是怎麼回事？你的臉色很壞。」

「沒事。你坐吧。」甲野把方才的椅子拉到桌子旁。宗近像個小孩乖乖服從甲野的命令。甲野等對方坐下，才悄然地坐到平日坐慣的安樂椅。身子面向書桌。

「宗近，」甲野對著牆壁喚了一聲，轉動脖子正面對著宗近說：「你最好放棄藤尾。」平穩的口氣隱含著溫暖。春脈為了讓所有樹枝都染上綠意，在荒涼景色中不為人知地活動，這正是甲野的同情心。

「原來如此。」

宗近抱著手腕只答了一句。又消沉地添了一句，「糸公也這麼說。」

「你妹妹的眼光比你好。藤尾不行。她太野。」

有人在門外扭轉門把。門打不開。門外的人用力敲門。宗近回頭。甲野連眼神都懶得動。

「別理她。」甲野冷冷地說。

門外的人把嘴貼在門上般呵呵笑了一陣。接著傳來奔向和房方向的腳步聲。兩人互望。

「是藤尾。」甲野說。

「是嗎？」宗近答。

之後是一片靜寂。桌上的座鐘滴答滴答作響。

「你也要放棄那個金錶。」

「嗯，我放棄。」

甲野依舊面對著牆壁，宗近依舊抱著手腕——時鐘滴答滴答作響。和房那邊傳來一陣哄笑聲。

「宗近，」甲野再度轉動脖子面向宗近，「藤尾討厭你。你最好什麼都不要說。」

「嗯，我什麼都不說。」

「藤尾無法理解你的人格。她是個淺薄的野丫頭。把她讓給小野吧。」

「反正我已經理了頭。」

宗近從胸前抽出粗大骨節的手，咚地敲了一下頭頂。

甲野眼尾聚集著若有若無的笑意，沉重地點頭。接著說：

「有了這個頭，沒必要再擁有藤尾吧？」

宗近只是輕輕應了一聲「嗯哼」。

「這樣我總算可以安心。」甲野舒適地翹起一條腿擱在另一條腿的膝頭。宗近抽著紙煙。他吹出一口煙，自言自語地說：

「我正要起步。」

「你正要起步。我也正要起步。」甲野也自言自語地說。

「你也正要起步？為什麼要起步？」宗近揮開眼前的煙，恢復精神地湊過臉來。

「我要從原有的身無分文重新做起，當然算是正要起步。」

宗近手指夾著敷島牌香煙，驚訝得甚至忘了把香煙送至嘴邊。

「從原有的身無分文重新做起是什麼意思？」宗近似乎懷疑自己的腦筋有毛病地反問。甲野以如常的口氣平靜地答：

「我把這棟房子和所有財產都讓給藤尾了。」

「讓給藤尾？什麼時候？」

「剛才。我在畫這個圖案時。」

「那……」

「我在這個圓圈內畫三角鱗紋那時……這圖案畫得最好。」

「你怎麼會輕易讓給她……」

「我不需要。有財產反倒是一種累贅。」

「伯母答應了？」

「她不答應。」

「既然她不答應……那伯母不是很難堪嗎？」

「不讓給藤尾，她才會難堪。」

「可是伯母不是經常擔心你會做出什麼傻事嗎？」

「我母親是虛偽的人。你們都上當了。她不是母親，是個謎。是澆季[221]文明的特產物。」

「你這樣說不是太……」

「你大概認為她不是我的親生母親，所以我對她懷有偏見吧？如果你這樣認為，那也無所謂。」

「可是……」

「你不相信我？」

「我當然相信你。」

「我比我母親崇高。比我母親聰明。我比她更明白做人的理由。而且我比我母親更善良。」

宗近不應聲。甲野繼續說：

「她叫我不要離開這個家，意思是要我主動離開這個家。她叫我繼承財產，意思是要我讓出財產。她說希望我照顧她的晚年，意思是她不想讓我照顧……所以我表面看似違背她的意思，其實所有事都讓她如願……你等著看吧，等我離開這個家，我母親一定會到處向別人說這都是我的錯，世間也會相信她說的話……我是為了我母親和妹妹，才會犧牲這一切。」

宗近突然從椅子站起，走到書桌角，在書桌支著半邊手肘，臉龐罩住甲野的臉望著甲野說：

「你是不是瘋了？」

「我知道別人會認為我瘋了……反正之前大家都在背後說我是個瘋子。」

這時，宗近那雙既圓又大的眼睛不停掉出眼淚，落在書桌上的羅塞蒂詩集。

「你為什麼不說？為什麼不把對方趕出去……」

「趕對方出去，只會讓對方的性格更加墮落。」

「即便不趕對方出去，你也沒理由出去。」

「如果我不出去，只會令我的性格更加墮落。」

「那你為什麼讓出全部財產？」

「我不需要。」

「你怎麼不事先跟我商量一下？」

「我只是讓出我不需要的東西，沒必要跟你商量。」

宗近沉吟了一聲。

「要是我為了我不需要的財產，讓同是一家人的繼母和妹妹墮落的話，也立不了什麼功。」

「你真的打算離開這個家？」

「是的。我繼續待下去，只會讓雙方都墮落。」

「離開這個家，你要去哪裡？」

「我還不知道要去哪裡。」

宗近隨手取起桌上的羅塞蒂詩集，豎起書背，再用書背輕輕敲打著櫸樹桌角斜面，看似在考慮某事，之後說：

「你要不要來我家？」

「去你家也沒用。」

「你不願意？」

「不是不願意，但去了也沒用。」

宗近瞪著甲野。

「甲野，我拜託你來我家。不是為了我和阿爺，我拜託你為糸公來我家。」

「為糸公？」

「糸公是你的知己。即便伯母和藤尾小姐誤會了你，我也看錯了你，但就算全日本的人都想迫害你，糸公絕對會袒護你。糸公雖然沒有學問也沒有才氣，但她理解你的價值。你心裡在想什麼，她都非常清楚。糸公雖然是我妹妹，可她是個很了不起的女人。就算你身無分文，你完全不用擔心她會墮落……甲野，拜託你娶她當你的媳婦。你可以離開這個家，也可以入深山。你想到哪裡流浪都隨便你。不管你想做什麼都行，但拜託你帶著糸公一起走……我已經和糸公約好全權幫她談妥這件事。你如果不答應，我沒臉回去見我妹妹。我必須殺掉我唯一的親妹妹。糸公是個值得尊敬的女人，她是個真誠的女人。我說真的，她為了你，任何事都願意做。殺掉她太可惜。」

宗近搖晃著椅子上的甲野的削瘦肩膀。

十八

小夜子從阿婆手中接過點心袋子。她倒出點心擱在出雲燒盤子，國產品餅乾遮住盤子中央的藍色鳳凰圖案[222]。盤子的黃色邊緣留下一大片空白。盤子上並排著兩根竹筷，小夜子小心翼翼不讓筷子掉落地從起居間端著盤子進客房。淺井正在客房和老師緬懷京都以來的舊歡。時刻是早上。日頭逐漸逼近廊子。

「小姐以前住在東京吧？」淺井問。

222 島根縣出產的出雲燒盤子是高級品，表示小夜子家以前經濟情況還算富裕，而國產品餅乾在當時是仿製外國的廉價品，盤子和餅乾的對照暗示出孤堂老師家目前的處境。

小夜子把盤子擱在主客之間，抽回柔軟的肩膀時，順口小聲回了一句「是」，不好意思立即起身退席。

「她是在東京長大的。」先生補了一句小夜子沒說明的話。

「我想起來了……沒想到竟然這麼大了。」淺井突然轉變話題。

小夜子垂下淒寂的笑臉，沒應聲。淺井毫無顧忌地望著小夜子。他內心想，等一下他就得毀掉眼前這個女人的婚姻大事，卻仍毫無顧忌地望著對方。淺井對婚姻問題的看法如同街頭擺攤子的算命先生那般輕率。他對女人的未來以及終生幸福之類的問題沒什麼同情心。他認為只要把別人拜託的事情完成即可。而且認為這是法學性的做法，並認為法學性的做法最具實際性，而實際性的做法亦是最佳處理方式。淺井是個缺乏想像力的男人，迄今為止他對自己缺乏想像力這事從未有過任何不滿。他認為想像力和理智思考是兩種性質完全不同的作用，並深信想像力反倒會阻礙理智的思考。他在法學系教室從來沒聽過任何一位老師說過，有時候只有靠想像力才能想出讓人恢復健全人性的處理方式，這種處理方式比光靠知識判斷的純作用能力更能發揮效用。因此淺井完全不明白此道理。他只是單純地認為提出退親要求便了事。淺井做夢也不會想到，夫子的一言對小夜子的淒寂命運到底會產生何種變化。

淺井無心地望著小夜子時，孤堂老師咳了幾下不尋常的咳嗽。小夜子擔心地望向父親。

「您喝藥了嗎？」

「早上的份已經喝了。」

「會不會覺得冷？」

「不冷，只是有點……」

老師舉起左手用三根手指按住右手手腕。小夜子忘了淺井的存在，專注地望著把脈的老師的臉。老師的臉和鬍子逐日瘦削。

「怎麼樣？」小夜子憂心地問。

「好像有點快。看來燒還沒退。」老師微微皺起眉頭。每次看老師量體溫，焦急得一臉不耐煩時，小夜子總是感到很悲哀。為了避開原野的驟雨，父女倆躲到唯一能避雨的一棵杉樹下，不料仰頭一看，閃電正擊中樹梢。小夜子並不害怕，她只是很同情老人。如果因照料不周而令老人發怒，她還有辦法讓老人快活起來。但如果是光靠精神也無法撐過去的病情，那就即便想孝順也沒法孝順。這兩天來老人一直在咳嗽，當事人以為是一時性的感冒，小夜子也沒放在心上，豈知偷偷問過醫生後，醫生說病情不輕。這不是過了兩三天仍不退燒而發急的小病。如果告訴老人實情，只會讓老人更擔憂。若要隱瞞，老人會靠精神力量繼續支撐。而且動不動就發怒。照這樣下去，老人的神經於一年後恐怕會裸露在外，稍微碰到空氣便會暴跳如雷——想到此事，小夜子昨晚整夜未闔眼。

「您就披上外褂吧？」

孤堂老師沒回答，只是問：「有沒有體溫計？我量量看。」

小夜子起身到起居室。

「您怎麼了？」淺井隨口問。

「沒什麼，只是有點感冒。」

「哦，是嗎？……樹木都長出嫩葉了。」淺井說。他完全不同情也不關心老師的病情。老師本以為淺井會詳細問發病原因和病情經過以及目前的病狀，沒想到老師的期待竟落了空。
「喂！沒有嗎？怎麼了？」老師對著鄰房問，聲音比平常大。順勢又咳了兩下。
「是，我馬上送過去。」小夜子小聲答。老師看小夜子遲遲不送來體溫計，轉頭望向淺井，有氣無力地答：
「啊，是嗎？」
淺井覺得很無聊。他打算趕快辦完事一走了之。
「老師，小野完全不行呀。他變得很時髦。他完全不想和小姐結婚。」淺井毫無順序地一口氣說完。
孤堂老師那雙深陷的眼珠立即發出亮光。發亮的眼神逐漸擴散，整張臉嚴肅起來。
「您最好不要指望他。」
小夜子在隔壁房間尋找忘了擱在哪裡的體溫計，她正抽出長火盆的第二個抽屜，抽出兩寸時，聽到這句話頓時住手。
先生的嚴肅表情益發嚴肅起來。缺乏想像力的淺井根本無法預測事情的結果。
「小野最近變得非常時髦。小姐嫁給他只會吃虧。」
嚴肅表情終於撐不住。
「你是來說小野的壞話嗎？」
「哈哈哈，老師，我說的是事實。」
淺井莫名地高聲大笑。

「你不要多管閒事。真是個輕佻小子。」老師尖聲反駁。聲音終於一反常態。淺井這才大吃一驚。他沉默了一陣子。

「喂，還找不到體溫計嗎？妳到底在磨蹭些什麼？」

鄰房沒有回應。有個影子一聲不響地映在打開半邊的格子紙窗門上。門檻邊無聲地出現一根細長木筒。老師在榻榻米取起木筒砰一聲抽出筒子。他拿出體溫計在陽光下用力搖了兩三次，再透過陽光看著度數問：

「你為什麼說這種多管閒事的話？」

老師的注意力大半集中在體溫計。淺井在此時恢復精神答：

「我是受人之託。」

「受人之託？誰拜託你的？」

「是小野拜託我的。」

「小野拜託你的？」

老師忘了把體溫計擱在腋下。他茫然若失。

「他就是那種個性，不好意思親自來老師家退親。所以才拜託我代他來說。」

「是嗎？你再說詳細點。」

「他說必須在兩三天內給您一個答案，我是代他來的。」

「我是要你詳細說明他為什麼要退親的理由。」

小夜子在紙門內側擤鼻涕。雖然聲音很小，但只隔一扇門的人也能聽出是擤鼻涕的聲音。聲音傳自門楣附近，看來小夜子就站在紙門外。淺井聽到擤鼻涕的聲音，心裡有何感受則不得而知。

「理由嘛，他說他必須當上博士，目前沒餘裕考慮婚姻問題。」

「那麼，對他來說，博士稱號比小夜重要嗎？」

「也不全是這個意思，但如果他拿不到博士稱號，對他的將來非常不利。」

「我明白了。理由就這個？」

「他還說，他沒有和老師訂下任何明確的契約。」

「契約是指在法律上有效的契約吧？意思是字據吧？」

「也不是指字據……他說，他過去受過你們的恩情，所以他打算輔助你們的物質生活以表酬謝。」

「他的意思是每個月要給我們錢？」

「是的。」

「喂！小夜，妳出來一下。小夜……小夜啊！」老師逐漸抬高聲音。但依舊沒有回應。

小夜子蹲在紙門外，文風不動。老師只得再轉頭望向淺井。

「你有媳婦嗎？」

「沒有。雖然我想娶媳婦，可我必須先養活我自己。」

「如果你還沒娶媳婦，你就仔細聽我說的話，以便日後當參考……我告訴你，人家的女兒不是玩具。他想用小夜替換博士稱號，門兒都沒有。你想想看，再怎麼貧窮的人家，人家的女兒也是個活人。對我來說，是寶貝女兒。你去問小野，問他為了當上博士敢不敢去殺一個人？還有，你再對他說，比起法律上的契約，井上孤堂是個更重視道義契約的人……每個月願意給我們錢？是誰拜託他給我們錢的？我從前之所以照顧小野，是因為他哀求我幫助他，我覺得他很可憐，完全出於一片好意才幫助他。什麼物質生活上的輔助？太無禮了……小夜啊，我有話對妳說，妳出來一下，喂！妳不在嗎？」

小夜子在紙門外啜泣。老師頻頻咳嗽。淺井不知所措。

淺井完全沒想到老師會如此大怒。而且他認為老師沒有大怒的理由。他說的話通達事理。任誰看來，若想在世間功成名就，博士稱號當然很重要。要求對方取消模稜兩可的約定亦非忘恩負義的行為。倘若完全不顧過去所受的恩情，那確實有點說不過去，但既然小野表示要用物質報答過去所受的恩情，老師應該高興地接受，讓小野履行義務才對。但老師竟突然大怒——所以淺井感到不知所措。

「老師，您何必生這麼大的氣呢？如果您不滿意，我再去和小野說說看。」淺井說。看來這件事很嚴重。

老師沉默了一會兒，口氣稍微平靜下來，卻不甘心地說：

「你似乎把婚姻問題看得太簡單，婚姻問題不能這麼簡單處理。」

淺井聽不懂老師的意思，但老師的樣子確實令他有點動心。只是淺井深信婚姻是一種權宜手段，對彼此都有利時，定親也無妨，條件不利時，應該也可以隨時退親，因此他沒應聲。

「你不明白女人心，才答應代他辦這件事吧？」

淺井依舊默不作聲。

「你不懂得人情是什麼東西，才會蠻不在乎地說出這種話吧？你以為小野退親後，小夜明天起就可以自由嫁給別人，才會說出這種話吧？這世上有五年來死心塌地認為對方是自己的丈夫，結果沒有任何特別理由，突然讓對方給退了親，之後再平心靜氣嫁給別人的女人嗎？或許這世上也有這類女人，但小夜絕對不是這種輕佻女人。我也沒把她養成這麼輕佻……你如此輕率地代別人來退親，誤了小夜的終生大事，你不覺得良心不安嗎？」

老師那雙深陷眼窩逐漸濕潤。頻頻咳嗽。淺井這才恍然大悟，心想如果老師說的是事實，那老師說的確實有道理。淺井總算同情起老師來。

「老師，那請您再等一陣子。我回去和小野說說看。我今天只是受小野之託而來，完全不知道詳情。」

「不，你不用和小野說了。對方既然不願意，我也不想硬逼我女兒嫁給對方。不過，你最好讓對方親自來退親。」

「可是，小姐的心意……」

「小野應該很清楚小夜的心意。」老師賞對方一巴掌似地怒道。

「不過，這樣小野會很難做人，我再和他說說……」

「你回去對小野說，井上孤堂再怎麼寵愛女兒，也不是那種會向對方低頭，懇求對方娶自己的女兒的卑鄙男人……小夜啊，喂，妳不在嗎？」

紙門另一側傳出長袖摩擦紙門腳的聲音。

「這樣回答可以吧？」

另一側沒有應聲。過一會兒，傳來把臉蒙在長袖中的哇的一聲。

「老師，我再和小野說說看。」

「不用說了。你就叫他親自來退親。」

「總之……我會對小野這樣說。」

淺井終於站起身。老師送客人到玄關，淺井向老師鞠躬告辭時，老師說：

「早知道就不應該生女兒。」

淺井走到外面鬆了一口氣。他從未有這種感覺的經歷。走出巷子，在蕎麥麵店座燈前往右拐彎走至大街，來到有電車的地方時，淺井突然跳上電車。

一個多小時後，突然搭了電車的淺井信步地走出宗近家大門。隨後有兩輛人力車出來。一輛前往小野的租房。另一輛駛往孤堂老師家方向。大約五十分鐘過後，宗近家玄關前的松樹旁，有輛放下黑車篷的人力車抬起車轅，往甲野府邸方向飛奔而去。小說必須按順序說明這三輛車的使命。

宗近搭乘的人力車在小野的租房前停止車輪聲時，小野剛好吃完午飯。擱飯菜的托盤仍擺在小野眼前。飯桶也還未被收回。主人公移到書桌前，望著自口中吹出的濃煙陷入沉思。小野和藤尾約好今天去大森。既然約好就不能失約。然而，這個不能失約的約定反倒令小野有點過意不去。他覺得不安。如果不和對方約好，或許他的心情會更平靜一些。或許可以多吃一碗飯。但他已經主動擲出骰子。事情已定。無論如何他都必須渡過盧比孔河[223]。不過，若無其事地渡過河川的凱撒是位英

[223] Crossing the Rubicon，破釜沉舟之意。

雄。一般說來，人在關鍵時刻都會再度思前想後一番。小野每次在關鍵時刻思前想後時，必定會心生後悔，認為不該這麼做。每次隻腳跨進打算搭乘的小舟時，當船夫重新撐起篙說要啟程，他總是很想大喊暫停。總是期望有人趕到岸邊來拉他上岸。因為若只是隻腳剛跨上小舟，他仍有上岸的機會。在還未履行約定之前，那個約定就如還未離開岸邊的小舟，並非完全沒有後路可退。梅瑞狄斯的小說有這樣的故事——某個男人和某個女人約好在車站見面。倘若事情按照計畫進行，汽笛一響，這對男女便會失去名譽。當兩人的命運面臨關鍵時刻時，女人最後失約沒來車站。男人一臉落寞地坐進馬車，空手而回。事後才聽說某某友人扣留住女人，故意不讓她赴約——和藤尾約好到大森的小野望著香煙的青煙，心想，如果能這樣失約，或許反倒是件幸福的事。何況淺井還未帶消息回來。孤堂老師若答應退親，無論結果如何，他都不會吃虧。假如對方不答應，那就得趕快前往大森赴約，讓生米煮成熟飯，反正和藤尾的約定本來就是打算度過眼前難關臨時想出來的計畫。當然小野也沒必要等對方的否定答案。雖然沒必要，但在面臨實行計畫的此刻，他仍有點掛心。人情正在瓦解小野在腦中構築成的計畫。想像力正在挽留小野不要去實行計畫。正因為小野是詩人，他比其他人更富於想像力。

　　正因為富於想像力，他才不敢自己去退親。要是讓他親眼看到老師和小夜子的臉，看到房間的模樣，看到他們父女倆的生活狀況，再將看到的一切延長至未來，浮現在想像中的鏡子時，將會有兩種結果。一種是小野自己也在鏡中的例子，這時鏡中的景象將是春天，生活富裕，每個人都很幸福。但如果抹去鏡面上的自己的影子，景象將會變成黑暗，變成黃昏，一切都很悲慘。基於上述這些想像，小野若要割開自己的靈魂去談判，相當於明明知道小小爐灶可以升起一縷青煙，卻故意去奪走柴火那般。小野不忍心這麼做。人可以閉著眼睛吞下苦東西。但無法睜著想像的眼睛一刀斬斷這種萬縷千絲的緣份。所以小野才拜託盲目的淺井去做。拜託後，只要殺掉想像即可了事。雖然小野沒有把握，但他已下定此決心。然而，即便殺一條狗也不是一件簡單的事。想在天生便具有的心靈感情作用上，只塗黑對自己不利的部分，將其一筆勾銷，是自古以來便有幾千萬人嘗試過的窮極之策，亦是幾千萬人都同樣失敗了的下策。人心和稿紙不一樣。小野在下了此決心的當天夜晚即恢復想像力。

他描畫著削瘦的臉頰。描畫著凹陷的眼窩。描畫著蓬亂的頭髮。描畫著微弱的氣息——接著想像突然變形。

他描畫著鮮血。描畫著風雨交加的淒涼夜晚。描畫著寒冷的燈火。描畫著白紙燈籠[225]——然後毛骨悚然地停止想像。

停止想像時，他突然想起約定。想起履行約定後將會發生的壞結果。此結果又令想像力掀起曲曲折折的波瀾——良心進了當舖。終生都無法贖回。利上滾利。背脊將變得沉重並發痛，最後導致彎腰駝背。他將夢寐不安。世人會在背後指責他。

小野惘然若失地望著香煙的青煙。恩賜的銀錶每隔一秒都在催促他趕快履行約定。正如把無力的身體託付給雪橇那般。只要袖手旁觀，雪橇自然而然會滑向約定的深淵。這世上沒有任何東西能

224 George Meredith（1828-1909），英國詩人、小說家。

225 葬儀用的燈籠。

比「時間」雪橇更正確地往前滑行。

「還是去吧。只要不做壞事[226]，去了應該也無所謂。只要慎行，事後應該有挽救的機會。小夜子那邊，等淺井帶回消息再做打算。」

香煙的煙搖搖曳曳，濃密至朦朧罩住未來的影子時，宗近的健壯身軀拂去小野的所有想像，出現在現實世界中。

小野不知道下女於何時並怎樣帶宗近進來。宗近驀地進房。

「這房內真是亂七八糟。」宗近邊說邊把紅漆托盤端到走廊。接著把黑漆飯桶也端出。連水壺都端到走廊後，宗近才坐在房間中央問：

「怎麼樣？」

「對不起，麻煩你了。」主人不好意思地轉身面向客人。這時下女恰好來收回水壺和盛飯菜的托盤。

把心交給時間，故意袖手旁觀的人，勢必走上主動履行約定的命運。他會隨著秒針的前進而加深胸中的不安，逐步逼近可怕之處。突然從一旁衝出的宗近，在半途擋住不得不往前滑行的人。被擋住的人雖遭到干擾，卻可以回歸原位享受片刻的安寧。

做人必須守約。但奪走守約條件的人並非自己。主動失約和中途受干擾而失約是兩回事，心情完全不一樣。當人面臨不得不履行約定的關鍵時刻時，有人來阻礙，失約的責任便不在自己身上，這是一件好事。如果遭良心譴責為何失約時，當事人可以答說自己打算履行義務，卻被宗近阻擋了。

因此小野反倒懷著好意歡迎宗近前來。不幸的是，這絲好意竟因小野的不愉快感情而四面八方被深深鎖住。

宗近和藤尾是遠親。無論小野打算陷害藤尾，或藤尾打算陷害小野，兩人已瞞著眾人暗地訂下把生米煮成熟飯的約定，而且在即將履行約定的關鍵時刻，突然有人蹦出，姑且不論對方是否多管閒事，總之小野感到極度不安。因為突然蹦出的人並非第三者，而是藤尾的親戚。

如果只是單純的親戚，那還好說。但對方是迄今為止只喜歡藤尾的宗近。是客死在外國的人很早之前便認定是女婿的宗近。是到昨天為止仍不知道小野和藤尾的關係，以為可以如願以償的宗近。是完全不知道被偷走的金子到底去向如何，仍守護著空保險櫃的宗近。

射向春天的金鏈子閃電，將秘密之雲劈成兩半。在金鏈子仍睡眼惺忪的此刻，倘若淺井向對方說出井上老師的事——那就大事不妙。「同情」是說給對方聽的表面話。「於心不安」則用在除了同情還做出對不起對方的事時。比這兩種感情更深刻，利害得失會直接彈回自己身上時，就得用「大事不妙」來形容。小野望著宗近，內心覺得大事不妙。

他歡迎宗近來訪的那絲好意核心，無地自容地居於同情圓圈中。同情圓圈外還重疊一層可怕的內疚圓圈。最外層是大事不妙圓圈，如潑在地面的黑墨水，毫無界限地連接著未來。而宗近就像掌握此未來大權的主人公。

226 指情交，生米煮成熟飯之意。

「昨天失禮了。」宗近說。小野面紅耳赤地垂下頭。他不安地擦火柴點著香煙，心想，宗近接下來大概會提起金錶的事。宗近卻絲毫不提昨天的事。

「小野，剛才淺井來我家。我今天特地來找你，正是為了這件事。」宗近開門見山說。

小野的神經全刺痛起來。過一會兒，小野才自鼻孔陰森地噴出煙。

「小野，你千萬不能認為是仇敵來了。」

「不，我不會……」小野說這話時，再度暗吃一驚。

「我絕不是來挖苦你的，我不是那種乘機想抓別人弱點的人。你看，我是理了這個頭來的。我沒時間跟人玩這種遊戲。就算有時間，也不符合我們家的家規……」

小野聽懂了宗近的意思。但他不明白宗近為何理那個頭。只是他沒勇氣反問，只得保持沉默。

「如果你認為我是那種下流人，那我這趟在百忙中特地前來的目的便毫無意義。你也是個受過教育的人，應該懂得道理。假如你把我看成是那種人，那我接下來要說的話，對你來說完全無效。」

小野依舊默不作聲。

「我就算是個閒人，也不會閒到為了讓你輕蔑而雇車趕來……總之，淺井說的是事實吧？」

「淺井怎麼說？」

「小野，我這回是真心的。你聽好。人一年至少有一次必須真心待人。如果活得只剩一張表皮，沒人願意和他們打交道。就算他們願意和我們打交道，也沒意思。我這回是打算和你打交道才來的。你懂嗎？你明白我的意思嗎？」

「是，我明白。」小野老實地答。

「既然你明白，我就把你當做同等關係對你說。你看起來好像很不安，是吧？看起來一點都不泰然。」

「或許……是吧。」小野束手無策地坦白承認。

「你這樣直說，我反倒很同情你，但淺井說的全是事實吧？」

「是。」

「現代這個輕薄社會充滿只會做表面工夫的人，沒有人會理會其他人到底心懷不安或無法泰然自若。不要說其他人，很多人明明自己坐立不安也會裝成一副得意洋洋的樣子。或許我也是其中一個。不，不是或許，我確實是其中一個。」

小野此時第一次積極插嘴。

「我很羨慕你。老實說，我一直認為如果能像你這樣不知該有多好。和你比起，我的確是不值一提的人。」

小野似乎不是為了迎合宗近才說這種話。他身上那層文明表皮裂開了。從中出現真心話。聲音雖無精打采，卻帶著真誠。

「小野，你察覺到這點了？」

宗近的話帶著溫暖。

「嗯。」小野答。過一會兒，他再度答：「是的。」接著垂下臉。

宗近把臉湊近對方，對方仍舊垂著臉，之後說：

「我性格懦弱。」

「為什麼？」

「這是天生的，沒辦法。」

小野說這話時，仍是垂著臉。

宗近再度把臉湊近小野。他豎起一條腿，把手肘擱在膝蓋。手肘托著臉往前湊出。然後說：

「你的成績比我好。腦筋比我聰明。我很尊敬你。因為尊敬你，所以我才來救你。」

「救我……」小野抬起頭，鼻尖前正是宗近的臉。宗近壓前地說：

「在這種面臨危險的時刻，如果不矯正你那天生的性格，你會終生都活得坐立不安。即便你再怎麼用功學習，即便你當上了學者，你也會後悔莫及。這個時候最重要，小野，你在這個時候必須真心待人。這世上有很多終生都不明白何謂真心的人。只靠表皮活在這世上的人，和用泥土製成的人形差不多。如果當事人本來就缺乏真心，那就另當別論，可明明有一顆真心的人，讓他當人形太可惜。以真心待人後的心情非常舒暢。你有過這種經驗嗎？」

小野垂著頭。

「如果沒有，你現在就經歷一次看看。這種事一生只有一次。錯過這個機會，往後就沒機會。你將會終生都不理解真心的滋味而死去。在你死去之前，你會一直活得像長毛獅子狗那般，不安地轉來轉去。只要累積真心待人的機會，人就會越高尚。會覺得自己活得像個人……我不是在吹牛。沒有親身體驗過的人不明白這個道理。你也知道，我這個人既沒學問也不用功，考試名落孫山，成天無所事事。但我比你更坦然。我妹妹一直認為我是個粗線條的人才會這樣。或許我真的是個粗線條的人……不過，如果我真那麼粗線條，我今天就不會雇車趕來你這裡。小野，你說是不是？」

宗近親暱地笑出。小野沒有笑。

「我能夠比你更坦然，並不是因為學問好壞，也不是因為用不用功的問題，這些都不是問題。是因為我偶爾會真心待人。說會真心待人好像有點不恰當，應該說能夠真心待人。這世上沒有比真心待人更能加強自己的自信。只要你越真心待人，你就越能活得穩穩當當。越是真心待人，越能自覺精神的存在。只有在你真心待人那時，你才能領悟自己確實存在於天地前的觀念。所謂真心待人，小野，是全力以赴決勝負的意思。是戰勝對方的意思。是不得不戰勝對方的意思。是人類全體都在活動的意思。巧言利口或小有才幹的人，他們再怎麼努力也不能算是真誠的人。只有把大腦中的東西全部扔向這個世界，才能體會自己是個真誠的人。才會感到心安理得。老實說，我妹妹昨天也坦露真誠了。甲野在昨天也露出真心。我在昨天和今天都是真心的。你就趁這個機會真心一次吧。只要有一人真心待人，不但可以拯救當事人，也可以拯救這個世界……怎樣？小野，你不明白我說的話嗎？」

「不，我明白。」

「我是真心在問你。」

「我是真心明白了。」

「那就好。」

「我很感激你。」

「好，回歸正題……那個叫淺井的男人，簡直不是人，如果把他說的話全部當真，事情會很麻煩……其實我本來打算帶淺井來，讓他在你面前重新詳述他對我說過的話。之後再聽你怎麼說，最後對照你們的說詞，再判斷事情到底是怎麼回事，或許這樣做才順理成章。我再怎麼笨也明白這個道理。但事情若牽涉到真誠不真誠，問題就很大。他說什麼有契約沒契約，嘰哩咕嚕說一大堆。什麼娶了媳婦就不能當上博士，不能當上博士就會影響名聲，簡直跟小孩說的話一樣，這些都不是問題吧？你說是不是？」

「是，都不是問題。」

「重要的是該如何真誠對待人家。這正是你眼下必須做的事。如果你不嫌棄，我可以和你商討。幫你跑一趟也行。」

垂頭喪氣的小野在此時重新坐正。他抬起頭，正面望著宗近。眼神一反常態堅定有力。

「真誠的處理方式是盡早和小夜子結婚。我不能拋棄小夜子。這樣做會對不起孤堂老師。我錯了。向孤堂老師提出退親的事，全是我不對。我也對不起你。」

「對不起我？這事不用說了，反正是瞞不住的事。」

「真的很對不起……我不應該退親。要是不退親……淺井已經去退親了嗎？」

「他說他按照你說的去退了親。但是井上老師要求你親自去退親。」

「那我親自去一趟。我現在就去向他賠罪。」

「慢著，我已經託我父親去井上老師那兒。」

「你父親？」

「嗯，聽淺井說，井上老師非常氣憤。還有，井上老師家的小姐哭得很厲害。我怕我來你這兒商討事情時，萬一那邊發生什麼事可就不得了，所以託我父親過去探看一下，順便拖延時間。」

「謝謝你們這麼親切。」小野的頭幾乎貼在榻榻米。

「反正老人家也沒事做，只要對大家有益，他什麼事都願意做。總之，我就這麼處理了……我對我父親說，如果這邊談得順利，我會雇車去井上家，到時候再讓小姐過來一趟……小姐來了後，你要在我面前親口向小姐說，她是你未來的媳婦。」

「我會的。我過去也可以。」

「不用，請小姐過來是因為我還有其他事要辦。等事情辦完，我們三人要去甲野家一趟。去了後，你必須在藤尾小姐面前再說明一次。」

小野看似有點畏懼。宗近立即接著說：

「要不然我負責向藤尾小姐介紹你的媳婦。」

「有必要這麼做嗎？」

「你不是決定要真誠待人嗎？……那你最好在我面前和藤尾小姐一清二白斷絕關係。帶小夜子小姐去是想讓她當證人。」

「帶她去也可以，但這樣做好像太不給人面子……能不能盡量息事寧人……」

「我也不喜歡當著藤尾小姐的面讓她丟盡面子，但為了救她，這也沒辦法。用普通方法是無法改變她那種性格的。」

「可是……」

「這樣做會讓你沒面子嗎？事情都到了這種地步，你還在顧忌面子問題，覺得這樣做很尷尬，這表示你仍停留在表面工夫。你剛才不是說要真誠待人嗎？所謂真誠待人，對我來說，終歸是實踐這兩個字。光說不練的話，只有嘴巴會變得真誠，人是不會變的。如果你想主張你這個人已經變得真誠，那你就必須實際做給別人看，沒有證據的話，說什麼都沒用……」

「那我做給你看。人再多也無所謂，我做。」

「這就好。」

「我乾脆全部坦白對你說……其實我們約好今天去大森。」

「去大森？跟誰去？」

「那個……跟現在那個人。」

「藤尾小姐？約在幾點？」

「我們約好三點在車站前見面。」

「三點……現在幾點了？」

宗近的背心內響起喀噠一聲。

「已經兩點。反正你也不會去。」

「我不去。」

「藤尾小姐不可能單獨一人去大森。只要你不去赴約，她應該會回家。三點過後就會回家。」

「就算遲到一分鐘，她也不會繼續等。應該會馬上回家吧。」

「那正好……外面好像下雨了。你們約好就算下雨也去嗎？」

「是的。」

「這雨……看來不會馬上停雨……總之先寫封信把小夜子小姐請過來。我父親大概已經等得很焦急。」

不像春天的驟雨斜斜下著。天空底層深不可測。自那深處不斷降落數以千計的雨絲。氣溫冷到須要火盆的程度。

信在滴答雨聲中完成。當車篷顏色在雨中搖來晃去，車夫拉著人力車不暇旁顧地遠去時，小說必須轉移敘述。先前奔出宗近家大門的第二輛人力車早已抵達孤堂老師的僑寓，正在竭力進行分擔任務。

孤堂老師因發燒而躺在被褥。他背對著珍藏的義董掛軸橫躺著，小夜子在他前額髮際擱上退燒的冰袋。小夜子蹲在父親枕邊，哭得紅腫的雙眼看似在細數聚集在冰袋底的皺紋。她一直不肯抬頭。宗近的父親四平八穩地坐在距離鐵絲花紋蓋被二尺遠之處。渾厚的膝頭越出座墊壓在榻榻米，和面黃肌瘦的孤堂老師的臉龐比起，看上去威風凜凜。

宗近老人的聲音依然很大。孤堂老師的聲音比平常尖。兩人正在進行對話。

「因為這樣，所以我才突然登門拜訪，在您身體欠佳這個時候真的很不好意思，但事情實在很急，請您不要介意。」

227 當時東海道線的起點站是新橋車站，下午三點約好在車站前見面，表示下午四點左右抵達大森。在這種時刻抵達大森，明顯不是一般的郊遊。

「哪裡，我這個落魄樣子很失禮，我才不好意思。本來應該起來向您打個招呼……」

「不用客氣，您這樣躺著，我反倒比較好說話，對我來說比較方便，哈哈哈。」

「我很感激您的親切，還特地跑這一趟。」

「這沒什麼，如果是往昔，我們這算是武士間互相幫助。哈哈哈，說不定哪天就會輪到您來照顧我。不過，您隔了這麼久又搬來東京，應該處處都很不方便，很傷腦筋吧？」

「算算已經是二十年。」

「二十年？那真是太久了，可以說歷時兩個時代了。您在東京有沒有親戚？」

「幾乎沒有。我已經很久沒和他們聯絡。」

「這樣啊。那麼，你們能仰賴的只有小野氏[228]一個？這真是，太不像話了。」

「是我們太傻。」

「不過，事情還可以挽救。您不用太擔心。」

「我不擔心。我只是太傻了。剛才我也向我女兒說過，這一切都是命。」

「可是，您迄今為止付出這麼多努力，現在說放棄就放棄，未免太可惜，請您先把事情交給我們處理。我兒子也說過他會盡一切可能來處理這件事。」

「我真的很感激你們的好意。不過，既然對方不願意娶我女兒，我女兒大概也不想嫁給對方，就算她願意，我也不會答應[229]……」

小夜子輕輕取起冰袋，用毛巾仔細擦拭父親的額頭。

「暫時不要用冰袋了……小夜子，妳不嫁給他也行吧？」

小夜子把冰袋擱回托盤。她雙手貼在榻榻米，整個臉龐罩住托盤。眼淚不停落在冰袋。花白頭墊在枕頭的孤堂老師，往後扭轉半邊臉說：「不嫁給他也行吧？」結果看到滴落在冰袋的眼淚。

「您說的有道理，有道理……」宗近老人姑且連說了兩遍。孤堂老師把臉轉回原位。他雙眼含淚地盯著宗近老人，過一會兒才說：

「只是，如果我不答應讓小夜子嫁給小野，致使小野和那個名叫藤尾的婦人結婚，您兒子就太可憐了。」

「不……有關這點……您盡可放心。我兒子已經決定不娶對方……應該不會娶……不，絕對不會娶。就算他想娶，我也不答應。如果我兒子說想娶那個討厭我兒子的婦人，我絕對不允許。」

「小夜，宗近先生的父親也那樣說。都一樣吧？」

「我……不嫁給他……也可以。」小夜子在枕頭後斷斷續續地說。雨聲太大，勉強才聽得到小夜子的聲音。

「不，不能這樣。不然我特地趕來這兒的目的就毫無意義。小野氏那邊可能也有不少苦衷，暫且先等我兒子的捎信吧，總之，我剛才也說過，請你們再等等……雖然我不想說我兒子的好話，但我兒子是個明白是非的人，他絕對不會做出讓你們陷於困境的事。如果他認為這房親事不能退，

---

228 按照小說年代和宗近老人的年齡來算，宗近老人是江戶時代末期出生的人，而且應該是武士階級，因此在此稱呼小野為「氏」。

229 日本舊民法規定，婚姻必須由戶主同意才能成立。因此藤尾的婚姻也必須取得異母哥哥甲野的同意才能成立。

他應該會勸對方這樣做……雖然我和你們素昧平生，但請你們相信我……這時刻應該有消息了，只是湊巧竟下起雨來……」

有輛人力車冒著大雨轉動著車輪停在格子門前。門被打開，屋內頓時明亮起來，一雙沾滿泥濘的濕透草鞋踏在脫鞋石塊上。——敘述在此必須移至第三輛人力車的任務。

第三輛人力車載著糸子，一路鈴鈴響著奔馳到甲野家大門前時，甲野正在書房整理東西。他依次拉出書桌抽屜，將迄今為止積存的信件一封封撕碎丟棄。地板堆積的碎紙片已高達他的膝部。甲野踏著凌亂的紙片站起。接著從抽屜依次取出寫著細字的紙張。其中也有五六頁訂在一起的紙張。大部分是洋紙。而且寫的是英文。甲野匆促讀了一遍，立即將紙張擱在書桌。有些連內容都讀不到半行便擱在書桌。不久，書桌上的紙張已堆積得將近一尺高。大部分的抽屜都空了。甲野雙手上下壓著紙張走到暖爐旁，無言地將紙張拋進暖爐。重疊的紙張離開主人的手後，凌亂地落進暖爐。

洋桌上有個裝飾青銅葡萄葉的煙灰缸。煙灰缸上有火柴。甲野伸手取起火柴盒。他取起火柴盒搖了搖，裡面只發出五六根火柴的聲音。接著回到書桌前。他取起擱在李奧帕迪詩集旁的黃封面日記本，再回到暖爐前。用大拇指壓著日記斷面，雨絲般飛快翻閱了一遍，眼前閃爍著黑墨水和灰色鉛筆筆跡，很快便翻到黃封面。他完全忘了到底寫些什麼。只記得昨晚臨睡前在最後一頁寫下最後一首對聯。

入道無言客。出家有髮僧。

甲野下定決心地把日記本擱在凌亂的紙張上。蹲下。暖爐前響起咻一聲。凌亂的紙張在靜默中倦怠地伸著懶腰，自下層加高熱度。紙張縫隙間升起一陣帶著糊味的煙。紙張最底層開始蠕動。

「嗯，還有要寫的東西。」

甲野屈著膝蓋，自煙中救出日記本。紙張已焦黃。暖爐中發出呼一聲，整個燃燒起來。

「哎呀，怎麼回事？」

母親站在門口奇怪地望著暖爐。甲野聽到聲音斜轉過身。袖口映著火光與母親正面相對。

「房間太冷，我點火取暖。」甲野只說了這一句，又別過臉俯視暖爐。淡糖稀色的火焰正在燃燒。偶爾夾雜藍色和紫色的火焰升往煙囪。

「你就在那兒取暖吧。」

這時恰好有四五條雨絲隨風飛來，撞上玻璃碎成雨滴。

「下雨了。」

母親沒回答，跨前三步走到房間中央。她哄小孩般地問：

「你要是覺得冷，要不要叫人過來燒煤炭？」

熊熊燃燒的火焰升起一陣搖晃的紫色火舌後，瞬間就消失。暖爐中漆黑一片。

「不用。火已經熄了。」

欽吾說完這句話，轉身背對著暖爐。掛在壁上的亡父眼珠發出一道閃光。雨聲嘩然作響。

「哎呀，信件撒了一地……這些都不要了嗎？」

欽吾望著地面。撕碎的信紙亂成一片。有些只有兩三行字或五六行字，有些甚至撕得只剩半行字。

「全都不要了。」

「那就打掃一下。垃圾桶在哪裡？」

欽吾沒應聲。母親俯身望著書桌下。腳踏板後面隱約可見西式垃圾桶籠子。母親彎腰伸長手。窗外射進的陽光照在藍色緞子腰帶。

欽吾筆直伸長右手，握住蓋著套子的椅背。他斜屈著削瘦肩膀，拖著椅子來到書桌旁。母親自書桌下拉出垃圾桶。她一一拾起地面的信件碎片放進垃圾桶。每拾起一片便仔細展平揉成一團的紙片觀看。她將寫著「日後見面時……」的紙片丟進垃圾桶。又將寫著「……請原諒我。不過只要情況允許……」的紙片丟進垃圾桶。再翻過寫著「……已經無法忍受……」的紙片觀看。

欽吾斜眼瞪著母親。他用力握緊拉到書桌角的椅背。藍色布襪敏捷地跳到白色套子上。成雙的藍布襪再度跳到書桌上。

「哎，你要幹什麼？」母親手中握著信件碎片仰視欽吾。雙眼間明顯露出恐懼神色。

「我要卸下畫框。」欽吾在書桌上平靜地答。

「畫框？」

恐懼神色登時變成驚愕。欽吾的右手已抓住燙金畫框。

「等一下。」

「什麼事？」欽吾的右手依舊抓住畫框。

「你卸下畫框做什麼？」

「我要帶走。」

「你要去哪裡？」

「我要離開這個家，只帶這幅畫像離開。」

「你要離開？這……就算你要離開，也不用這麼急著卸下畫像。」

「不行嗎？」

「不是不行。你想要的話，你就帶走，可是，你不用急著現在就卸下吧？」

「現在不卸下就沒時間了。」

母親莫名其妙地呆呆望著欽吾。欽吾雙手抓住畫框。

「你說要離開，你真的打算離開這個家？」

「是的。」

欽吾回頭答。

「什麼時候？」

「現在就走。」

欽吾搖晃著雙手往上撐起畫框，自折釘卸下後再擱下畫框。一條細線連繫著畫框與牆壁。如果放鬆雙手，細線看似會斷掉，令畫框落地。欽吾雙手恭敬地捧著畫框。母親在下面說：

「今天下這麼大的雨。」

「下雨也無所謂。」

「你至少向藤尾告個辭再離去吧？」

「藤尾不是不在家嗎？」

「你就等她回來再走吧。你這樣突然說走就走，不是分明想刁難我嗎？」

「我沒有刁難您的意思。」

「就算你沒有刁難我的意思，也要顧一下世間體面。你要離開的話，也得做好離開的準備，要不然只會讓我丟臉。」

「世間……」欽吾舉著畫框邊說邊轉回脖子，細長眼睛望了一眼母親。當他把視線拉到母親身後的門口時，突然僵住——母親有點害怕地回頭。

「咦？」

彷彿自天而降的糸子安靜地站在門口，緩緩地鞠躬打招呼。當糸子那頭豐滿的髮髻回到原位時，她已經跨步往前走到書桌旁。白色布襪並排一起時，糸子筆直地仰頭望著欽吾說：

「我來接你回去。」

「幫我拿一下剪刀。」欽吾在書桌上拜託糸子。他用下巴示意剪刀在Leopardi詩集一旁——噗哧一聲，畫框離開了牆壁。剪刀噹啷地落地。欽吾雙手捧著畫框在書桌上轉了一圈，面對兩人。

「我哥哥叫我帶欽吾先生回去，所以我就來了。」

欽吾捧著畫框自眉梢處小心翼翼地往下放。

「妳幫我拿著。」

糸子小心地接過畫框。欽吾自書桌跳下。

「我們走吧……妳雇車來的？」

「是。」

「這畫框裝得進嗎？」

「裝得進。」

「那好。」欽吾再度接過畫框走到門口。糸子跟在欽吾身後。母親叫住兩人。

「等一下……糸子小姐也稍等一下。我不明白欽吾到底不滿什麼事，非要離開這個家不可，但你們也要考慮一下我的心情，你們這樣做，叫我該如何面對世人呢？」

「世人怎麼想都無所謂。」

「你說的跟小孩似的……完全是個不懂事的小孩。」

「是小孩也不錯。能當個小孩很好。」

「你又說這種話……你不是好不容易才從小孩長大成人嗎？你能有今天，可不是說做就能做到的。你再仔細考慮看看。」

「這是我仔細考慮後的決定。」

「你怎麼這麼不聽話呢？……反正說什麼都是我不對，才會發生這種事，現在不管我說什麼或求你什麼都沒辦法了……我……我怎麼面對你過世的父親……」

「我父親不會在意。他不會責怪您。」

「不會責怪我……你何必意氣用事這麼刁難我呢？」

甲野提著畫框，他不想再回答任何話。糸子安靜地站在甲野身旁。大雨環繞著房間不停吹過來。風自遠方傳送著雨聲。那是嘩啦作響的尖聲。亦是廣闊的聲音。甲野默然地站在雨聲中。糸子也默然地站在雨聲中。

「你聽明白了嗎？」

甲野依然保持沉默。

「我說了這麼多，你仍不明白嗎？」

甲野仍舊不出聲。

「糸子小姐，妳看看，他就是這個樣子。妳回去後，向妳父親和妳哥哥好好說明妳剛才看到的情況……真是的，讓妳看到這種見不得人的光景，實在很不好意思。」

「伯母，欽吾先生想離開這個家，您就爽快讓他走吧。您這樣勉強留住他也沒辦法啊。」

「既然妳也這樣說，那就沒辦法了……我坦白向妳說，妳還年輕，才會有這種輕率的看法……就算欽吾想離開這個家，我們又不是單獨一家人住在深山中，怎麼可以說走就走呢？要是現在讓他走，走的人雖無所謂，但留下的人會進退兩難呀。」

「為什麼？」

「常言道，人言可畏啊。」

「管人家說什麼……欽吾先生這樣做有什麼不對呢？」

「雙方都站在可以面對世人的立場，我們才能活到今天。世間情面比個人問題更重要呀。」

「可是欽吾先生這麼想離開這個家，他不是很可憐嗎？」

「這正是情面。」

「這就是情面嗎？無聊。」

「一點都不無聊。」

「那您都不為欽吾先生想想嗎……」

「不是沒為他想。我正是為了他才這樣說。」

「表面說為了欽吾先生，其實是為了伯母您自己吧？」

「是為了世間情面。」

「我完全不明白……不管世間人怎麼說，想離開的人還是想離開。這件事根本不會給伯母帶來困擾。」

「可是，雨下得這麼大……」

「雨下得再大，也不會淋到伯母身上，這有什麼問題呢？」

往昔沒有火車的時代發生了以下這麼一件事。有個山男和一個海男吵了架。山男說，魚是鹹的。海男說，魚不可能有鹹味。兩人都堅持己見，永遠無法和好。除非名為教育的火車開通，除非雙方都可以自由地上下名為理性的階梯，否則彼此都無法理解對方的想法。人有時在庸俗社會醃得太久，就會認為外表看上去不眩目的人都不是人。即便向對方說明那是虛偽的，那不是真實的，對方也不會信服。對方會堅持自己的鹽醃主義——謎女和糸子的對話永遠是兩條平行線，無法交集。正如山男和海男對魚的基本觀念迥然不同那般，謎女和糸子這兩個女人對人的看法，在出發點即完全不同。

既理解山也理解海的甲野沉默地俯視兩人。糸子說的道理簡單得令人無法辯解。母親的主張則愚蠢俗氣得令人厭煩。甲野抱著父親的畫框站在原地望著兩人的爭論過程。他沒有露出無聊的神色。也沒有不耐煩的樣子。更沒有不知如何是好的神態。倘若兩人的爭論一直持續到傍晚，他大概也會保持原有姿勢抱著畫框一直站到傍晚。

然而，雨聲中突然傳來吆喝。有輛人力車停在玄關。玄關方向傳來腳步聲。首先出現的人是宗近。

「唷，你們還沒走嗎？」宗近問甲野。

「嗯。」甲野只應了一聲。

「伯母也在這兒嗎？那正好。」宗近說完就坐下。之後是小野進來。小夜子寸步不離跟在小野的影子背後。

「伯母，這種雨天，人這麼多實在很熱鬧啊……小夜子小姐，這是我妹妹。」

活躍兒光說一句便兼顧招呼和介紹。宗近很忙。甲野仍舊扛著畫框站在原地。小野也沒事地站著。只有小夜子和糸子兩人徒勞地彼此恭敬鞠了個躬。她們當然沒有機會融洽地聊天。

「這種雨天，你們還……」

母親八面玲瓏地說。

「這雨下得真大。」宗近立即接口。

「小野先生……」母親開口問，宗近插嘴打斷。

「聽說小野和藤尾小姐約好今天去大森。可惜他今天無法赴約……」

「是嗎……可是，藤尾剛才出門了。」

「她還沒回來嗎？」宗近若無其事地問。母親的表情明顯有點不愉快。

「這種時候還談什麼大森。」宗近自言自語地說，再回頭招呼其他人，「大家都坐下吧。老站著會很累。藤尾小姐大概快回來了。」

「坐吧，請坐。」母親說。

「小野，你坐下。小夜子小姐也坐吧？……甲野，你那個是什麼……」

「他卸下他父親的肖像畫，說要一起帶走……」

「甲野，你等等。藤尾小姐快回來了。」

甲野沒答話。

「我幫你拿吧……」糸子低聲說。

「不用……」甲野把提在手中的畫框擱在靠牆的地面。小夜子垂著頭悄悄望向畫框。

「你們找藤尾有事嗎？」

這句是母親問的。

「是，有事。」

這句是宗近的回答。

之後——只有雨仍在下著。大家都默不作聲。這時，有輛人力車載著克麗奧佩特拉的憤怒，如韋馱天那般自新橋飛奔而來。

宗近在背心前讓懷錶啪嗒響了一聲。

「三點二十分。」

沒有人應聲。人力車的黑色車篷彈開千絲雨，一直線往前飛奔。克麗奧佩特拉的憤怒在座墊上跳躍。

「伯母，要不要我談談京都的事給您聽？」

人力車上的憤怒不停鞭策車夫的背脊，似乎在呵斥車輛必須在雨絲落地之前趕過雨絲。人力車正面切斷橫向吹來的風雨，車輪拐個彎後，在甲野家大門鋪至玄關前的碎石子路上，留下兩條車輪碾碎的痕跡。

克麗奧佩特拉將憤怒凝結在深紫色蝴蝶結，蝴蝶結在鑽出車篷時抖動了一下，之後突然衝進玄關。

「二十五分。」

宗近還未說完，憤怒的化身便如受辱的女王般，站在書房中央。六人的視線全集中在紫色蝴蝶結。

「唷，妳回來了。」宗近叼著香煙說。藤尾不屑回宗近任何一句話。她挺起高挑背脊，橫眉豎眼地環視房內。環視房內的雙眼最後抵達小野身上時，用力地刺向小野。小夜子躲在西裝肩膀後。宗近無言地站起。他將吸到一半的香煙拋進青葡萄煙灰缸內。

「藤尾小姐，小野沒去新橋。」

「沒你的事！……小野先生，你為什麼沒來新橋？」

「如果我去了，事情會變得很麻煩。」

小野一反常態把話說得很清楚。克麗奧佩特拉的眼眸飛舞著雷電。雷電大喊著「你這個不知死活的傢伙」射向小野的額頭。

「你失約了，你必須說明理由。」

「如果他去赴約，事情會變得很糟糕，所以小野沒去赴約。」宗近說。

「你閉嘴！……小野先生，你為什麼沒來赴約？」

宗近闊步往前邁出兩三步。

「我來介紹。」宗近邁前一步把小野推到一旁，小野身後出現小夜子。

「藤尾小姐，這位是小野的夫人。」

藤尾的表情立即轉為憎惡。憎惡逐漸化為嫉妒。當嫉妒在藤尾體內滲至最深層時，藤尾變成化石。

「目前雖然仍不是正式夫人，但她早晚都將成為小野的夫人。聽說五年前就定親了。」

小夜子垂著紅腫的雙眼，細長脖子鞠了個躬。藤尾握著發白的拳頭，文風不動。

「胡說！胡說！」藤尾說了兩遍，「小野是我的丈夫。他是我未來的丈夫。你到底在說什麼？真沒禮貌。」

「我只是基於好意向妳報告事實而已。順便向妳介紹小夜子小姐。」

「你想侮辱我？」

成為化石表情的內側血管突然破裂。紫色鮮血再度於藤尾的臉龐注入憤怒。

「我是好意。是好意。妳不要誤會。」宗近反倒心平氣和地答——小野終於開口——

「宗近說的都是事實。她確實是我將來的媳婦……藤尾小姐，迄今為止的我是個輕薄的人。我對不起妳。也對不起小夜子。更對不起宗近。從今天起，我要重新做人。我要做個有真誠心的人。請妳原諒我。如果我去新橋赴約，對妳和對我都不好。所我沒去赴約。請妳原諒我。」

藤尾的表情第三度產生變化。破裂血管的鮮血被蒼白吸收，只剩下深濃的侮蔑神色。她臉上的面具突然崩裂。

「呵呵呵。」

冷不防迸出一陣高過雨聲的歇斯底里的笑聲。藤尾將緊握的雙拳伸進腰帶中，瞬間拉出一條長鏈子。深紅鏈子尾發出怪異亮光，左右搖晃。

「那麼，這條鏈子對你來說沒用處了？也好……宗近先生，那我就送給你。你收下吧。」

藤尾伸出手，露出白皙手臂。懷錶確實落在宗近的赭黑手掌。宗近往暖爐邊邁出一大步。他大叫一聲，赭黑色的拳頭同時往半空飛舞。懷錶撞上大理石角而破碎。

「藤尾小姐，我不是為了想要這個懷錶而故意搞砸妳的約會。小野，我也不是為了想要一個玩弄別人感情的女人，而故意演出這種惡作劇。只要打碎這個懷錶，你們應該都能理解我的用心吧？這也是第一義的活動的一部分。甲野，你說對不對？」

「對。」

目瞪口呆站在原地的藤尾，臉上的筋肉突然停止作用。雙手僵硬起來。雙腳也僵硬起來。她像失去重心的石像踢倒椅子，昏厥在地面。

十九

穿過凝聚的雲層在上空傾盆約一天的大雨，浸蝕進大地的骨髓後總算歇止。春天在此走到盡頭。梅花、櫻花、桃花、李花均且散且落，剩下的百花也夢幻般地全凋謝。在春天矜誇的東西全走向滅亡一途。我執強烈的女人喝下虛榮的毒藥與世長辭[231]。風失去可以玩弄的花，只能在逝者房內徒勞地吐露芳香。

藤尾躺在向北[232]的被褥。身上蓋著單薄的友禪綢小蓋被，蓋被染著不沾人間煙火的片輪車[233]花紋。上邊爬滿半綠的蔓藤。這是淒涼的圖案。蓋被文風不動。底下似乎鋪著兩層郡內織[234]厚被褥。被褥鋪著一塵不染的光滑床單，可以看見床單下露出兩條粗格子黃色和古銅色線條。

---

230 宗近在這段話中分別呼喚了三人的名字，表示三人之間都有點距離，宗近是各別望著對方的臉呼喚對方，再向對方說明或問話。

231 虛榮的毒藥是隱喻，真正的死因不清楚。夏目漱石於生前對此作品完全沒做任何說明，因此有專家解釋為精神上受刺激而暴卒，也有專家解釋為藤尾在半夜喝了毒藥自殺身亡。另有專家主張，當時有不少年輕人會仿效小說主人公的死法而自殺，或許夏目漱石考慮到這點，故意省略藤尾的真正死因。

232 死人的枕頭必須向北。

233 上半部車輪在水中飄動的圖案。平安時代的貴族為了防止牛車車輪乾燥，經常將車輪浸在河中，平安時代以來即為和服或蓋被圖案之一。

234 山梨縣郡內地區生產的絲綢。

一成不變的是黑髮。紫色蝴蝶結已經取下丟掉。所有髮絲都任其蓬鬆散亂地披在枕上。母親想到女兒的人生就此結束，似乎沒心情為女兒梳頭。蓬亂長髮披落在雪白的床單上，與蓋被的天鵝絨領相連。中間是仰臥的臉龐。肉片依舊是昨天的樣子。只是顏色不一樣。眉毛依然很濃。母親剛才讓她的雙眼闔上。母親一直細心撫摩她的雙眼，好不容易才讓她闔眼——臉龐以外全看不見。

床單上有懷錶。精緻鏤刻的魚子地雕金錶框已砸得失去原樣。只有鏈子毫無損傷。鏈子在錶框邊緣繞成幾圈，每隔半寸發出折射的黃金亮光，歪曲的蓋子上有一粒眼睛般的石榴石圓珠。

上下倒立豎著一面兩片式銀屏風[235]。六尺長的屏風底色是皎潔月光色，其上用大量銅綠顏料紛雜畫著纖弱的花莖。不規則地交疊畫著鋸齒狀葉片。銅綠色花莖頂端畫著手掌大的薄花瓣。花瓣畫得很淡，似乎只要用手指輕彈花莖，花瓣便會紛紛掉落。花瓣基部的斑點畫得類似折疊成好幾層的抽縮的吉野紙[236]褶皺。花瓣畫成紅色。畫成紫色。所有花都自銀[237]中生長。在銀中盛開。畫得看似花瓣也會掉落在銀中——花是虞美人。落款是抱一[238]。

屏風後擱著藤尾慣用的拼花小書桌。高岡塗[239]蒔繪硯台盒和書籍都移到裝飾檯。書桌上供著一個盛油瓦器，雖是白天，瓦器中仍點燃一根燈芯。燈芯看似是新的。燈芯比瓦器長三寸，盡頭甚至沒浸到油地細長拖著一條白線。

其他另有一座白瓷香爐。失去血色的紅色線香袋擱在書桌一隅。插在灰中的五六根線香，均自紅色香頭化為煙霧而消失。香味類似佛陀。顏色是飄蕩的藍色。濃煙自香頭上升，之後再東搖西擺。每搖擺一次，煙霧的寬度會加寬。寬度愈加寬，顏色便愈淡薄。逐漸淡薄的寬帶子中有一條緩緩流蕩的濃煙，最後寬帶子和濃煙均行蹤不明。之後是燃盡的灰啪嗒一聲直立地掉落。

裝飾櫺上的高岡塗硯台盒是暗紅色，上面畫著堆高的綠色古木樹幹，再模仿螺鈿地凸出幾朵寒紅梅[240]。黑底內側有一隻飛舞的黃鶯。一旁並排著蘆雁圖蒔繪文卷匣，直至昨天為止，匣內珍藏著在黑暗底層發出深濃亮光的石榴石圓珠。珍藏著上下兩層蓋子均密密麻麻鏤刻著魚子地的金懷錶。文卷匣上擱著一本書。四個角落均燙金的切口看起來很顯目。書頁間垂下一條長長的紫色書籤飾穗。夾著書籤的頁面，自上數起第七行剛好是那句「這正是世代冠冕的女王的死法，這才是真正的女王」。文字一旁用顏色鉛筆畫著細線。

一切都很美。橫躺在美麗裝飾品中的那人的臉龐也很美。驕傲的雙眼永遠閉上了。閉上驕傲雙眸的藤尾，無論眉毛，無論額頭，無論黑髮，都美得猶如仙女。

「線香會不會燒完了？」母親在隔壁房正打算起身。

「我剛剛上了香。」欽吾說。他抱著手腕規矩地並排著雙膝跪坐著。

「一先生也去燒個香吧。」

「我剛才也上過香。」

235 死人枕邊豎起的屏風必須上下倒立。

236 和紙的一種，原料為葡蟠，紙質非常薄。

237 此處不用「銀色」形容，而用金屬的「銀」，恰好與藤尾的金懷錶成對照。

238 江戶時代末期的畫家，酒井抱一（1761-1828），姬路城主的弟弟。

239 富山縣高岡市生產的漆器。

240 梅花品種之一，花瓣是深紅重瓣。

藤尾的房間偶爾會吹來線香味。燃盡的灰不停在香爐中啪嗒啪嗒直立地倒下。銀屏風在不知不覺中薰著線香味。

「小野先生還沒來嗎？」母親問。

「應該快來了。我已經遣人叫他來。」欽吾答。

房間特意被關緊。只打開隔開房間的紙門。在隔壁房只能看見片輪車友禪綢小蓋被的下擺。其他一切均被芭蕉布紙門隱藏著。隔開幽冥世界的紙門邊緣是黑色。一寸寬的邊緣筆直穿過門楣和門檻。母親坐在紙門內側，有時會歪著頭往後仰，似乎在窺探看不見的地方。比起冰涼的雙腳，她似乎更在意屍體那冰涼的臉龐。每次窺探隔壁房，黑色邊緣總是整齊地斜切斷友禪綢小蓋被。如果寫實畫下，可以成為一幅畫。

「伯母，事情變成這樣，我很同情您，但也沒辦法。您就死心吧。」

「我做夢也沒想到會……」

「現在哭也沒用。這都是命。」

「這事太遺憾了。」母親擦拭眼淚。

「哭得太傷心反倒無法祭奠死者。重要的是該如何處理後事。既然事情變成這樣，甲野就必須留在這個家，如果您不做好心理準備，走投無路的是您。」

母親哇一聲大哭起來。人能夠抑止回憶過去時流下的眼淚。但當人猝然認識到自己的未來命運時，會發作性地大哭。

「我該怎麼辦呢……想到這點……一先生……」

母親在眼淚和鼻涕間斷斷續續發出這些話。

「伯母，我這樣說很失禮，但您平日的想法有點錯誤。」

「是我不對，才會讓藤尾變成這樣。欽吾也打算拋棄我……」

「我剛才就說了，再哭也沒用……」

「……我真的沒臉面對大家。」

「所以您往後要改變想法。甲野，是不是？這樣做應該對吧。」

「這一切大概都是我的錯。」母親第一次面向欽吾。抱著手腕的人總算開口——

「您只要不分親生孩子或非親生孩子就好了。您只要以正常心態對待我就好了。您只要不必對我太客氣就好了。您只要不把簡單的事想得太複雜就好了。」

甲野斷然地說。母親垂著臉沒作答。或許她無法理解甲野說的話。甲野再度開口——

「您本來打算讓藤尾繼承房子和財產吧？所以我說願意把房子和財產都讓給藤尾，但您始終不相信我說的話，這是您的錯。您不希望我繼續留在這個家吧？所以我說要離開這個家，您卻認為我是故意給您難堪，這也是您的錯。您打算招小野做女婿再認他為養子吧？您以為我不會答應，故意叫我到京都玩，然後趁我不在時讓藤尾和小野逐漸加深關係。您不應該要這種策略。您表面說為了治我的病才讓我去京都，您對我這樣說，也對別人這樣說吧？這種謊言是錯誤的……只要您改變這種想法，您不用離開這個家。我願意照顧您的晚年。」

甲野說到此便閉嘴。母親垂著臉思考了一會兒，最後低聲答——

「聽你這樣說，這全是我的錯……以後我會聽從你們的意見，改掉我所有缺點……」

「這樣就好。甲野，是不是？再怎麼說，伯母也是你的母親。讓她留在這個家，你負責照顧她。我也會仔細向糸公說明。」

「嗯。」甲野只應了一聲。

正當隔壁房間的線香即將燃盡時，小野把手貼在蒼白額頭趕來了。藍色的煙再度掠過屏風往上升騰。

葬儀於兩天後結束。葬儀結束後的當天夜晚，甲野在日記寫著——

「悲劇終於來臨。我早就預測到悲劇遲早會來臨。明明知道悲劇會來臨，我卻袖手旁觀地任其發展，因為我深知對於罪孽深重的人，隻手單拳根本無法阻擋她們的行為。因為我深知悲劇很偉大，才想讓她們體會悲劇的偉大力量，讓她們徹底洗滌橫跨三代的罪孽。並非我冷淡。倘若我舉起隻手，即會失去隻手，瞄一眼，即會令隻眼瞎掉。就算我失去隻手和隻眼，她們的罪孽依然不變。不僅不變，反倒會逐日加深。我並非因恐懼而束手或閉目。只是私下認為大自然的偉大制裁比人的手眼更親切，能讓人在眨眼間看清自己的真面目。

悲劇比喜劇偉大。有人說，悲劇能以死亡封住一切孽障，因此偉大。當人陷於無法挽救的命運深淵時，由於無法逃脫，悲劇才顯得偉大，正如流逝的河水一去不回，因此偉大，這是一般說法。但假若命運只具有給予人最後通告的功能，命運並不偉大。命運之所以偉大，是因為能在瞬間將生變成死。命運能突如其來地點出眾人都忘卻的死亡，因此偉大。能讓不正經的人突然正襟肅容，因此偉大。讓那些人於事後正襟痛感道義的必要，因此偉大。讓那些人在大腦內樹立人生的第一義是道義之命題，因此偉大。讓道義在運行中遭遇悲劇後方能通暢前進，因此偉大。人都渴望其他人實踐道義，但人很難做到這一點。悲劇能讓個人不得不去實踐道義，因此偉大。實踐道義時，雖對別人最有利，但對自己最不利。悲劇能令眾人都實踐道義，促進眾人享受一般的幸福，引導社會走向真正的文明，因此偉大。

人生中問題多得無以數計。吃小米或大米，是喜劇。從工或從商，也是喜劇。選擇這個女人或那個女人，亦是喜劇。花鳥絲綢或條紋絲綢，是喜劇。英語或德文，也是喜劇。所有一切都是喜劇。只剩最後一個問題——生或死？這是悲劇。

十年有三千六百天。一般人從早到晚為其身心交瘁的問題皆為喜劇。連續三千六百天都演喜劇的人，最終會忘掉悲劇。眾人都為了該如何解釋生的問題而煩悶不堪，結果都不把「死」這個字放在心上。正因為大家都忙著取捨這個生和那個生，才會忽視生死間的最大問題。

忘卻死亡的人會變得奢侈。一浮在生中，一沈也在生中。一舉手一投足均在生中，因此人們認為再怎麼跳躍，再怎麼瘋狂，再怎麼嬉戲，都不會脫離生這個圈子，不用擔心死亡的問題。過於奢侈會變得大膽。大膽會蹂躪道義，自由自在地橫行於世。

萬人均以生死大問題為出發點。通過此出發點後再說要拋棄死。說喜歡生。於是萬人在此均朝著生前進。由於萬人欲拋棄死的觀念一致，才訂下彼此須守道義的默契，因為道義是拋棄死的必要條件。然而，正因為萬人都在逐日朝生前進，正因為萬人都在逐日遠離死，正因為萬人都相信無論再怎麼猖狂也不會脫離生這個圈子——於是道義成為不必要的東西。

輕視道義的萬人，把道義當做犧牲品，得意洋洋地上演各種喜劇。他們彼此嬉戲。喧鬧。欺騙。嘲弄。蔑視別人。踐踏別人。踢蹬別人——這些均是萬人在上演喜劇時享受到的快樂。在萬人朝著生前進時，此快樂也會分化發展——而此快樂只能在犧牲道義時才能享受——因此喜劇便無止盡地一直在進步，道義觀念也隨之逐日退化。

當道義觀念衰退至極度，無法繼續撐持追求生的萬人社會時，悲劇會突然發生。這時，萬人的視線才會各自移向自己的出發點。方始明白原來死住在生的隔壁。方始明白當眾人都沉醉於瘋狂的舞蹈時，有人會不小心跨出生的境界，踏進死的圈子。方始明白眾人皆厭惡的死，其實是個不能忘卻的永劫陷阱。方始明白人不能隨便跳過圍在陷阱四周那些即將腐朽的道義繩子。方始明白必須綁上新的繩子。方始明白第二義以下的活動均毫無意義。在此，萬人才首次理解悲劇的偉大……」

兩個月後，甲野抄錄日記中這一段文字寄給身在倫敦的宗近。宗近在回信中如此寫著——

「此地只流行喜劇。」

【夏目漱石年表】

年份	生平大事	作品	年號	世界大事
1867	西元一八六七年二月九日出生於今日的新宿區。本名夏目金之助。		慶應3年	蘇伊士運河開通。 奧匈帝國成立。 明治天皇登基。
1868	成為內藤新宿名主鹽原昌之助的養子。		慶應4年／明治1年	日本明治維新開始。 西班牙光榮革命。 古巴獨立。
1874	進入淺草寺町公立戶田學校初級小學就讀第八級。		明治7年	台灣牡丹社事件爆發。
1876	養父母離婚，回到親生父母家住，但保留鹽原家戶籍。		明治9年	日本武士開始禁止佩刀。 亞歷山大．格拉漢姆．貝爾取得電話專利。
1878		發表《正成論》，為模仿史論寫作的短文。	明治11年	塞爾維亞獨立。 中國第一套郵票發行。
1881	親生母親過世。		明治14年	曾紀澤與沙俄代表訂立了《中俄伊犁條約》和《陸路通商章程》。

年份	生平大事	作品	世界大事
1883 明治16年	轉入神田駿河台私立成立學舍，開始學習英語，是專攻西學的轉捩點。		鹿鳴館開館。 托馬斯·愛迪生設置世界上第一座使用露天電線的電照明系統
1884 明治17年	進入東京大學預備學校。		費邊社成立。 朝鮮爆發甲申事變。
1886 明治19年	因腹膜炎無法參加學年考試而留級，從此立志努力學習，因此一直名列前茅。 兼任江東義塾教師。		可口可樂發明。 自由女神像在紐約港揭幕。
1887 明治20年	大哥、二哥相繼過世。		台灣正式建省，劉銘傳為首任巡撫。
1888 明治21年	改回夏目姓。 升入第一高中本科英文科。		世紀末連環殺手開膛手傑克犯案。 中國北洋水師正式成軍。
1889 明治22年	結識正岡子規。	正岡子規寫《七草集》夏目漱石評論。 《木屑錄》第一次使用「夏目漱石」為筆名。	大日本帝國憲法生效。 艾菲爾鐵塔落成。 《華爾街日報》創刊。

1890	第一高中本科畢業，九月升入東京大學文學院英文科。		明治23年	梵谷舉槍自盡。
1891	東京大學文學院英文科特等生。	將《方丈記》譯為英文。	明治24年	愛迪生取得電影攝影機及收音機的專利。
1893	東京大學英文科畢業，升入大學院。 擔任東京高等師範學校英語教師。	發表《英國詩人對天原山川之觀念》的講演。	明治26年	日本開始使用西曆。
1894	診斷出初期肺結核。		明治27年	中日甲午戰爭爆發。 孫中山建立興中會。
1895	辭去高等師範學校職務，到愛媛縣立普通中學任教。 受正岡子規影響開始寫俳句。 與貴族院書記長中根重一長女鏡子訂婚。		明治28年	古巴獨立戰爭開始。 中日甲午戰爭結束，簽訂《馬關條約》。 唐景崧發表「台灣民主國獨立宣言」。 孫中山發動廣州起義。 盧米埃兄弟在巴黎首次放映電影。
1896	與中根鏡子結婚。		明治29年	第一屆現代奧林匹克會在雅典舉行。 清朝與俄國簽訂《中俄密約》。 孫中山倫敦蒙難。

年份	生平大事	作品	和曆	世界大事
1897	親生父親過世。 鏡子流產。		明治30年	商務印書館創立於上海。
1898	鏡子懷孕、精神疾病發作，一度自殺。 漱石精神狀態開始不佳。		明治31年	中國《百日維新》。
1899	長女出生。		明治32年	發現甲骨文。
1900	被文部省選派為英國留學生10月抵達倫敦。		明治33年	海牙創立國際法庭。 義和團占領天津、八國聯軍攻占大沽炮台。 諾貝爾獎基金會成立。
1901	次女誕生。 化學家、東京大學教授池田菊苗至倫敦與夏目漱石同住兩個月。	動筆寫《文學論》	明治34年	《辛丑條約》簽訂。 人類第一艘飛艇首航成功。
1902	神精衰弱惡化。 十二月回國，出發前得知子規過世。		明治35年	梁啟超在日本辦《新民報》。 美國百老匯第一個劇場開始營業。

1903	出任第一高中講師、東京大學英文科講師。 精神狀況再度惡化，與鏡子分居約二個月。 三女誕生。	在東京大學講述《文學論》	明治 36 年	居里夫人發現放射線元素「鐳」。 福特汽車公司成立。 萊特兄弟成功完成人類首次飛行。
1904	兼任明治大學講師。	《從軍行》（詩）	明治 37 年	日俄戰爭爆發。
1905	四女誕生	《我是貓》上部（小說） 《倫敦塔》（小說） 《幻影之盾》（小說） 《琴的空音》（小說） 《一夜》（小說） 《薤露行》（小說） 《克萊依爾博物館》（紀行散文）	明治 38 年	清朝廢除科舉制。 日俄戰爭結束。 俄皇發表《十月宣言》。 孫中山在《民報》發刊詞提出「三民主義」。
1906	岳父過世。 木曜會開始舉行。	《趣味的遺傳》（小說） 《草枕》（小說） 《二百十日》（小說） 《我是貓》中部（小說）	明治 39 年	英國工黨建黨。

年份	生平大事	作品	世界大事
1907 明治40年	三月決定加入朝日新聞社，從此成為專業作家。 長子出生	《少爺》（小說） 《野分》（小說） 《我是貓》下部（小說） 《虞美人草》開始連載 《文學論》（評論）	海牙公約簽訂。
1908 明治41年	次子出生	《虞美人草》出版（小說） 《三四郎》（小說） 《文鳥》（小說） 《夢十夜》（小說） 《坑夫》（小說）	美國第一次母親節慶祝活動。 溥儀繼位。 美國聯邦調查局成立。
1909 明治42年	創設朝日文藝欄	《永日小品》（小說） 《文學評論》（評論） 《滿韓處處》（紀行散文）	伊藤博文被暗殺過世。
1910 明治43年	五女誕生。 胃潰瘍住院	《從此以後》（小說）	愛迪生發明有聲電影。 大清帝國宣布取消去髮留辮。
1911 明治44年	拒絕接受文部省授予的博士。 廢止朝日文藝欄。 因胃病再度住院。 五女過世。	《門》（小說） 《現代日本的開化》（演講）	人類首次抵達南極。

1912	精神疾病、胃病復發。	《彼岸過後》（小說）	明治45年／大正1年	溥儀退位，孫中山任中華民國臨時大總統。 鐵達尼號事件。
1913			大正2年	人類第一次飛越地中海。
1914		《行人》（小說） 《心》（小說） 《我的個人主義》（演講）	大正3年	第一次世界大戰爆發。
1915		《道草》（小說）	大正4年	美國首次橫越大陸的無線電電話通話。 袁世凱稱帝。
1916	診斷出糖尿病。 十一月最後一次星期四會。 西元一九一六年十二月九日因胃潰瘍大出血去世。	《明暗》開始連載。 十二月十四日《明暗》遺稿發表完畢。	大正5年	袁世凱過世。 日本明治製菓創立。

國家圖書館出版品預行編目(CIP)資料

虞美人草 / 夏目漱石著；茂呂美耶譯. --
二版. -- 臺北市：麥田出版：家庭傳媒城
邦分公司發行, 2020.11
面；　公分. --（miya ; 5）
譯自：ぐびじんそう
ISBN 978-986-344-830-3（平裝）

861.57　　　109014173

虞美人草(經典珍藏版)

作　　者／夏目漱石
譯　　者／茂呂美耶
責任編輯／林怡君 林秀梅

版　　權／吳玲緯
行　　銷／巫維珍　蘇莞婷　何維民　吳宇軒
業　　務／李再星　陳紫晴　陳美燕　葉晉源
副總編輯／林秀梅
編輯總監／劉麗真
總 經 理／陳逸瑛
發 行 人／凃玉雲
出　　版／麥田出版
城邦文化事業股份有限公司
104台北市民生東路二段141號5樓
電話：(886)2-2500-7696　傳真：(886)2-2500-1967
發　　行／英屬蓋曼群島商家庭傳媒股份有限公司城邦分公司
104台北市民生東路二段141號11樓
書虫客服服務專線：(886)2-2500-7718、2500-7719
24小時傳真服務：(886)2-2500-1990、2500-1991
服務時間：週一至週五 09:30-12:00・13:30-17:00
郵撥帳號：19863813　戶名：書虫股份有限公司
讀者服務信箱 E-mail：service@readingclub.com.tw
麥田部落格：http://ryefield.pixnet.net/blog
麥田出版 Facebook：https://www.facebook.com/RyeField.Cite/
香港發行所／城邦(香港)出版集團有限公司
香港灣仔駱克道193號東超商業中心1/F
電話：852-2508 6231
傳真：852-2578 9337
馬新發行所／城邦(馬新)出版集團〔Cite (M) Sdn Bhd.〕
41-3, Jalan Radin Anum, Bandar Baru Sri Petaling,
57000 Kuala Lumpur, Malaysia.
電話: (603) 9056 3833
傳真: (603) 9057 6622
E-mail：services@cite.my

印　　刷／沐春行銷創意有限公司
書封設計／莊謹銘

2012年（民101）4月　初版一刷
2020年（民109）12月　二版一刷
Printed in Taiwan.

定價／420元

ISBN 978-986-344-830-3